俄国文学演讲录

图书在版编目(CIP)数据

俄国文学演讲录 / 刘文飞著. —北京:商务印书馆,2017
ISBN 978-7-100-14960-0

Ⅰ.①俄… Ⅱ.①刘… Ⅲ.①俄罗斯文学—文学研究—文集 Ⅳ.①I512.06-53

中国版本图书馆 CIP 数据核字(2017)第 169925 号

权利保留,侵权必究。

俄 国 文 学 演 讲 录
刘文飞 著

商 务 印 书 馆 出 版
(北京王府井大街36号 邮政编码100710)
商 务 印 书 馆 发 行
北 京 冠 中 印 刷 厂 印 刷
ISBN 978-7-100-14960-0

2017年11月第1版　　开本 787×960 1/16
2017年11月北京第1次印刷　印张 18½
定价:68.00元

目录

i 自序

上篇　俄国文学与文化

3　俄罗斯民族性格与俄国文学
22　俄国的文学地图
39　俄国文学的若干种读法
55　俄国文学的思想史意义
66　俄国文学在中国
76　中俄文学外交的可能性
86　20世纪80年代中国对俄苏文学的接受和扬弃
93　俄国文学中的"伊索式语言"
107　从俄国的文化图腾"双头鹰"谈起
120　反法西斯战争与俄语文学
131　"后苏联文学"的几个悖论走向

下篇　俄国作家与作品

147　普希金对于中国和中国人的意义

153　托尔斯泰片论

160　托尔斯泰的三部小说

168　契诃夫的生活和创作

180　"文明的孩子"布罗茨基

197　布罗茨基的"诗散文"

214　布罗茨基的《献给约翰·邓恩的大哀歌》解读

234　布罗茨基的诗《狄多与埃涅阿斯》赏析

244　格罗斯曼的"生活与命运"

255　读《曼德施塔姆夫人回忆录》

271　米尔斯基的《俄国文学史》

自 序

近十余年来，我在国内外的高等学校、科研机构和书店沙龙等处先后做过近百场演讲，主题均为俄国的文学和文化，我从保留下来的讲稿中挑出二十余篇，组成这部小书。这些演讲分为两个部分，第一部分是关于俄国文学和文化的概论，第二部分是关于作家或作品的专论。讲稿不以演讲完成的时间先后为序排列，而以内容作为分类依据。演讲稿在结集时有所修改，主要是删去一些重复的内容，但尽量保留演讲时的"原生态"。

在这些演讲稿结集出版之际，我要向我无法在此一一列出姓氏的每一位邀请我去发表演讲的同行和朋友表示衷心的感谢！同时感谢首都师范大学为出版此书提供的支持，感谢商务印书馆编审冯华英女士为出版此书付出的辛劳！

刘文飞
2017 年 3 月 25 日
于京西近山居

上篇　俄国文学与文化

俄罗斯民族性格与俄国文学[*]

今天应北京大学博士生联谊会的邀请来为大家做一个讲座。在这里做讲座让我感到很担心：担心之一就是联谊会的负责人跟我说，这将是关于俄罗斯文化的系列讲座，如果我讲得不好的话，就相当于没有广告效应，第一炮打不响，会连累后面的高手，所以希望大家往后继续来听讲座，后面的讲座肯定比我的更精彩；担心之二是我今天讲的题目叫《俄罗斯民族性格与俄国文学》，这个题目太大了，在两个小时里讲清俄国文学已经不可能，如果再加上俄罗斯民族性格，就更不可能了。我之所以选这样一个大题目，就是想在这个系列讲座的第一讲先把面铺开，让大家在很多问题中发现哪些是你们感兴趣的，这样一来，往后你们就可以有选择地听，或者有选择地读一些书。题目大的好处在于信息量大，但是不好的地方就是可能显得很空泛。

我今天发言的题目是《俄罗斯民族性格与俄国文学》。在世界这个大家族里，每个民族就像每个人一样，都有自己的性格。我们在谈到人的性格时，实际上就是在谈这个人在特定的环境中或者在与人的交际中所表现出来的行为举止的总和：比如说这个人是软弱的还是坚强的，这个人是富有进攻性的还是保守的，是暧昧的还是爽朗的。我们之所以会感觉这个人区别于另外一个人，就是因为他有某种性格。

---

[*] 2002年3月14日在北京大学的演讲。

这种性格实际上就是他作为一个个体区别于另外一个个体的识别符号。一个民族和一个人比起来，当然要复杂得多。我们在说一个民族的性格时，其中一定有无数个例外，因为它是由不同的个体组成的一个整体。但是，一个民族由于受到文化传统、历史、地域等多种因素的制约，还是会有它独特的性格的，也就是它不同于其他民族的东西。比如，我们说美国人很自由、很随意，法国人很浪漫，德国人很严谨，日本人很暧昧，西班牙人热情奔放，英国人保守怀旧。这就说明，在面对一个民族时，我们大体上还是能够感觉出一个整体性格来的。这种民族性格的形成过程可能是漫长的、复杂的。一个人性格的形成可能是先天的基因和后天的生长环境共同作用的结果。比如说这个人的父母很乐观，但是从小就把这个人送到修道院去生活的话，他长大之后可能也会变得很封闭，反过来也一样，这说明后天的作用是不能忽视的。

下面我们谈谈民族性格的表现方式。我们在说一个民族的性格时，往往是相对于外族而言的。在国内，我们往往会对很多事情熟视无睹，但到了国外，我们却会变得非常关注那些细枝末节，也就是说，一个民族的民族特性，外国人往往还有可能看得更清楚一些。体现民族性格的途径是很多的，比如说，最典型的就是战争，两个民族的性格在打仗时体现得尤其清楚。现在的体现方式要更多一些，比如政治、外交、贸易和文化交流等。一个民族的民族性格的最佳载体之一，有可能就是这个民族的文化，就是这个民族的文学。我们在阅读这个民族的文学作品时，最关注的可能就是其中的人物。文学作品中的人，就是对现实生活中的人的典型化，就是艺术化了的现实人物。文学中的人物可能是这个民族最典型、最有性格的人物。如果想了解一个民族，阅读它的文学作品可能是一条捷径。还有一个便利就是，我们在认识一个活生生的外国人的时候会受到时空的限制，比如现在去莫斯科，就只能看到苏联解体以后现阶段生活在莫斯科的人，但是通过对文学作品的阅读，就可能了解到屠格涅夫时期的俄国和俄罗斯人。也就是说，通过文学来了解外族，可以跨越时空的限制。因此，这也就是我把俄罗斯民族性格和俄国文学结合起来谈的理由。我想谈的是，在俄国文学中，俄罗斯民族的性格有着怎样的沉淀，怎样的渗透，怎样的折射，俄国文学的特质如何受到俄罗斯民族性格的影响。

很难用一句话来概括俄罗斯的民族性格，但是，俄罗斯民族还是表现出了一些具有共性色彩的民族性格。我觉得，俄罗斯民族是一个非常情绪化的民族，是一个非常爱走极端的民族，它的民族性格中经常会体现左右摇摆的不稳定性。实际上，人的性格都是有其两面性的，我们说这个人坚强，他有时候又可能是脆弱的。当然，一个人性格的左右摇摆毕竟是在一定的幅度之内的，否则，性格就失去了其界限。不过，在俄罗斯的民族性格中，我觉得这两个极之间的距离非常大。举个例子：俄罗斯人非常剽悍，英勇善战的，从历史上看，他们赢得了很多次世界规模的战争，否则他们也不会有那么大的疆土，那都是靠战争和扩张赢得的。后面我还要详细地讲一讲。但是同时，我们也会觉得俄罗斯人有时是非常多愁善感的，很犹豫彷徨的。我以前读过俄国哲学家别尔嘉耶夫的《俄罗斯命运》一书，他在书中提出这样一个观点：德国是欧洲的男人，俄国则是欧洲的女人。我当时觉得很惊讶，因为我感觉俄罗斯人太男人化了，怎么会是欧洲的女性呢？当我在俄国生活了一段时间之后，才发觉他的这种说法并非空穴来风。经过和俄罗斯人的交往，我发现他们还是有犹豫彷徨的一面，优柔寡断的一面。我想，通过喝酒这件事，就能感觉出俄罗斯人的这种矛盾的性格。大家都知道，俄罗斯人酗酒成风，有许多人都染上了酒瘾，其中包括女人和老太太。他们和中国人不一样，在中国，喝酒是一种交际的润滑剂，而俄罗斯人却不一样，他们喝酒有些近似

5

于吸毒，喝酒就是为了醉倒。因此，和俄罗斯人喝酒不必劝酒，他会自己先把自己灌醉的，因为酒是好东西，可以让他享受一下。但是在喝完酒以后，一多半的俄罗斯人都会变得非常伤感，会和人谈起非常伤心的事情，甚至声泪俱下。在这个喝酒的过程中，俄罗斯人既豪爽又脆弱的天性得到了典型的体现。俄罗斯人的性格中另一个矛盾性的现象，就是粗与细的并存。俄罗斯人的性格中有很粗糙的一面，同时也有非常精细、精致的一面。十几年前，我在莫斯科大剧院看芭蕾舞，觉得在那里看到了真正的芭蕾。为什么一个在生活中显得大大咧咧的民族，却能把这样一种精细之极的艺术做到最好呢？还有一个例子，我曾经在莫斯科国民经济成就展览馆的宇宙馆里看到一对模型，展示的是1975年美苏一次太空合作的成果，一边是美国的"阿波罗"太空舱，一边是苏联的"联盟号"太空舱，这两个航天器能在空中对接，就说明它们在科技水平上是大抵相当的。但是，将它们放在一起则不难看出，美国的东西做得非常精致，而苏联的东西外表却显得很粗糙。大家都知道，俄国在航天、军工等高科技领域一直保持国际一流水平，可是轻工业却长期上不来，这和他们的民族性格是有关系的。俄罗斯民族性格中还有一种分裂的东西，就是大度和狭隘的二元对立。他们是非常乐于助人的，在处理国家间的关系上是比较大度的，但另一方面又往往显得非常小气，颐指气使，最典型的例子就是20世纪50—60年代的中苏关系。新中国成立之后，苏联对我们进行了一百多个大工业项目的援建，那种无私援助的规模和力度在国际关系史上是很罕见的，中国的工业底子基本上是那时打下的。但是，在意识形态领域出现分歧之后，俄罗斯人很快就撤走所有的专家，撕毁所有的项目合同，使中国蒙受了巨大的损失，中国20世纪50年代末起出现三年困难时期，饿死很多人，这有国内政策和自然灾害等方面的原因，苏联的背信弃义也是一个重要的原因。一个国家能在几年之前那么无私地帮助你，几年之后又能那样撕破脸皮对待你，这种左右摇摆、忽冷忽热的性格真叫人无所适从。

总结一下：俄罗斯民族性格具有两面性，有时非常懒惰，有时又非常勤奋；有时非常霸道，有时又非常恭顺；有时非常蛮横，有时又非常虔诚；有时非常暴躁，有时又耐性十足。我觉得其他民族不像俄罗斯人，性格的摆幅如此之大。我也在思考，为什么俄罗斯民族有这样一种性格分裂的状态呢？我觉得，俄罗斯民族性格中这种二元对立，或者说是矛盾性格、双重人格，是在特定的历史文化环境中逐渐形成的。我感觉到，在造成其性格复杂性的诸多因素中，有两个原因也许比较重要：一个就是地理上的东西方之间的矛盾，一个就是社会结构上的上下层之间的矛盾。

大家知道，俄国横跨欧亚大陆，俄罗斯人非常喜欢用一个俄语单词来界定自我，这就是"Евразия"，翻译成汉语就是"欧亚"或"欧亚大陆"。俄国认为自己既是一个欧洲国家，也是一个亚洲国家；既是东方，也是西方，有时它也为此而感到很骄傲。俄罗斯人非常强调自己的西方特征，但是西欧从来就没有把俄罗斯人当成真正的欧洲人。面对西方，俄国是东方；而面对东方，俄国又成了西方。它夹在东方文化和西方文化这两个巨大的文化板块之间，但是它又还没有强大到能够成为一个独立的文化之"极"。我们经常做一个比喻，说俄国就像一个巨大的文化钟摆，一直摇摆在东西方之间，它有时是亲近东方的，有时又是摆向西方的。也就是说，俄罗斯民族始终有一种文化上无归属的困惑，或者说，在民族文化身份的定位上它一直面对一种艰难的选择或取舍。在当今的世界上，当然也有新"崛起"的文化，比如说，我们以前经常把欧美文化并列在一起，美国尽管非常强大，但是美国的文化却似乎还是欧洲文化的附属。现在情况已经有所不同，美国渐渐成了世界的唯一霸主，尤其是现在的全球化，实际上就是美国化，不管是互联网也好，大众传媒也好，还是整个世界的政治和经济秩序，都越来越多地受到美国的影响和控制。我们感觉到，美国文化正在试图脱离欧洲文化成为一个单独的"极"。另一方面，以前我们认为，中东、中亚都应该包括在东方文化之中，可是现在，他们认为他们和东方文化完全不是一回事，他们在努力地与东亚、南亚和东南亚的文化拉开距离。也就是说，整个伊斯兰文化有一种崛起的强烈愿望。所以，现在美国的反恐斗争，背后实际上隐藏着这两个新文化板块的"文化冲突"和"文明冲突"。苏联解体之后，俄国国力空前下降，刚刚结束扮演世界政治和意识形态舞台上的主要角色之一，俄国目前还谈不上其文化的崛起。更重要的是，俄国文化并不像北美文化或伊斯兰文化那样，并未在一心一意地谋求建立一种独立的文化，它更多地却是在犹豫和彷徨，所以它的文化暂时还不可能称霸一极。必须要确认自己的身份，即到底是东方人还是西方人，自己的文化究竟属于东方还是西方，成年累月地面对这种选择，民族的性格就难免出现一定的分裂。这是第一个原因。

第二个原因就是俄罗斯民族社会结构上的矛盾。俄国的起源和发展都比较晚，在西欧已经开始进入工业时代的时候，俄国还保持着农奴制度，俄国农奴制度的延续时间之长，在欧洲是比较罕见的，它直到1861年才正式废除农奴制度，也就是说，在俄国，人奴役人的制度曾长期合法地存在着。这样一个不合理的社会制度阻碍社会的发展，形成了一个得不到教育和发展的机会、因而相对愚昧的阶层，即广大农奴。与此形成对照的，是俄国社会自彼得改革之后出现的"文明化了的"贵族阶层。彼得要求贵族阶层完全欧化，当时主要就是"法国化"。他要求贵族必须说法语，穿欧式的服装，跳欧洲的宫廷舞蹈，否则甚至没有权利结婚。这是一种绝对的西化，强加的欧化。在压迫、盘剥广大农奴的基础上，俄国出现了一个受到良好教育、非常富裕的贵族阶层。这些贵族子弟甚至是先会说法语然后才会说俄语，普希金的第一首诗就是用法语写的。不仅是普希金，其他人也是这样。无论就财产和富裕程度来说，还是就受教育的程度来说，甚至是就接受西方先进文化思想的广度和深度来说，俄国贵族都不亚于西欧任何一个国家的贵族。19世纪的俄国大作家，绝大多数都是贵族出身。总而言之，在整个俄罗斯民族的构成中，上下层之间的差异很大，就是说，整个社会一直存在着一种上下阶层之间发展上的不平衡现象。

地域上的东西方矛盾和社会构成上的上下层矛盾，一直是俄国社会没有解决的问题，这两大矛盾一横一纵，形成一个十字交叉，就像是俄罗斯民族要永远背负着的沉重的十字架。这两大矛盾的存在和延续，对俄罗斯民族的性格无疑会产生某种深刻的影响。

下面，我想从俄罗斯民族的性格特征中挑出三种我认为跟俄国文学联系比较多的，或者说在俄国文学中我们经常能碰到的俄罗斯民族性格。我所说的这三种性格，第一就是尚武精神，崇尚武力，或者说是一种英雄主义气质；第二就是一种宗教的感情，一种弥赛亚精神；第三就是一种艺术气质，或者说一种审美乌托邦的精神。俄罗斯民族性格中不是只有这三种性格，这三种性格也未必就是最典型的三种俄罗斯性格，但是，它们却可能是我自己感触比较多的；其次，它们和文学结合得比较紧密；再者，参照中国人的性格，我们也许会觉得这三种俄罗斯性格要更为突出一些。

先谈一谈俄罗斯人的尚武精神——这种英雄主义的气质。俄罗斯人有两大爱好，一个是爱打仗，一个是爱艺术。这两个爱好结合在一起，自然要促成战争文学的发达。到俄国去过的人都会发现，只要是他们打过胜仗的地方都建有纪念碑，只要是为俄国打过胜仗的人都有纪念碑，就是说，为国家做出贡献的人他们是牢记不忘的。这当然是历代当权者的意愿使然，但俄罗斯民族就整体而言还是比较认同战士的。比如说，我到过鲍罗金诺，也就是库图佐夫阻击拿破仑的那个地方，在方圆几十公里的地方就有几十座纪念碑，几乎为参战的每支部队都分别建立了一座纪念碑。在俄国各地，卫国战争时期的坦克、高炮到处都是，商店里的武器玩具也特别多，孩子们从小就非常崇尚军人。他们也喜欢对孩子，尤其是男孩子进行一种斯巴达式的教育，比如说在莫斯科街头，孩子摔倒后，大人一般是不会去立即把他扶起来的，除非他实在爬不起来。我们在公园还看到一个刚会走的孩子走了几步，他父亲就把他推倒，待小孩爬起来后再推倒。有人说这是一种挫折教育，但也说明他们非常注重培养孩子这种坚强的军人精神。我们再看看俄国的历史，整个儿就是一部战争史。在公元9世纪，古代罗斯人才刚刚开始在东欧平原上建立小公国，到了19世纪，它却迅速扩张为全世界版图最大的国家。现在俄罗斯人经常非常自豪地说他们是"六分之一"，意思是说他们国家的陆地面积占全世界的六分之一。最早，俄国没有一个出海口，只有北方的北冰洋，可那里是长期无人居住的冻土带。所以，他们就持之以恒地向东西南三个方向争夺出海口，战争从此就成了这个国家历史中最主要的内容。在12世纪之前，基辅公国主要是和南方的游牧民族战斗。12世纪到15世纪，古代罗斯被蒙古人打败，成吉思汗和他的子孙们一直打到匈牙利，横扫半个欧洲。他们是游牧民族，所以不建设，只索要赋税。他们把罗斯分成许多小公国。他们的统治中一个比较高明的办法就是，每隔一段时间在几十个公国中间找出一个叫"全罗斯"的大公，所有公国都想争这个头衔，互相之间因此内讧不断。俄国的历史学家如今认为，俄国落后于欧洲主要就是由于这三个世纪的异族统治。蒙古鞑靼人的统治结束之后，俄国的战争历史却没有随之结束，到了19世纪战争就更多了，与拿破仑的战争，接着就是与土耳其的常年战争，最后又是第一次世界大战。在1735—1878年间，俄国共与土耳其发生六次大规模的战争,小的战争就不计其数了,最后,俄国通过战争得到了高加索和中亚的部分地区,向南在黑海找到一个出海口。彼得一世在位36年,总共进行了53次战争,平均半年多就要打一仗。俄国有一个有名的女皇叫叶卡捷琳娜,这是一个德国大公的女儿,后来嫁给彼得三世,有人说这个女皇是踏着她丈夫的尸体走上皇座的。她在位34年,也是连年征战不断。她曾经非常骄傲地说:我两手空空来到俄国,现在终于通过我的努力为俄国送上了我的嫁妆,这就是克里米亚和波兰。她还说,如果上帝让她活上两百年的话,她就会占领整个欧洲。在俄国历史上,几乎每一年都发生过战争,它几乎与每一个邻国都发生过战争,包括与日本和中国,这是一个好战的民族。

现在我们来看看战争以及战争中的人和事在文学中的表现。中国的文学起源于《诗经》,我们的文学起源是非常灿烂的,因为它是关于爱情、关于劳动的描写。俄国的文学起源却是关于战争的,最早的就是"壮士歌",现在也可以翻译成"史事歌"。这些口头文学基本上谈的都是部落的民族英雄及其战斗事迹。再接下来就是英雄史诗《伊戈尔远征记》,这是俄国文学发源处的一座宏大的纪念碑。伊戈尔是基辅公国的一个王公,他对南方草原部落的起义不满,就去征讨这个部落,出发之前他看到了日食——一轮黑太阳,这是一个凶兆,他本来不应该再走了,但是他一意孤行,结果战败。这部史诗写的是一场失败的战争,俄罗斯民族非常崇拜战争,但在写战争的时候却又往往喜欢写一些悲剧的故事,这与其他国家和民族不大一样。伊戈尔战败被俘后,他的妻子在基辅的城头哭诉。这个哭诉是否和孟姜女哭倒长城有一些相同点呢?她的哭诉,是俄国文学最早的最具有悲剧性的一个段落。在这部史诗中,有一个叙述人叫鲍扬,他不断地穿插进来,对伊戈尔及其行为进行评判,号召整个国家不要再发生内战了。这个凌驾于主人公之上的叙述者的声音,就为那种道德感的、训诫式的俄国文学叙述者的传统角色开了一个先河。伊戈尔在史诗中并不是一个完全正面的角色，他的确非常勇敢，但是他自以为是，结果给这个民族带来灾难。无法想象，在写一个民族英雄的时候，作者竟然也敢写这个人身上的缺点。我们之所以谈这部作品，是因为它是俄国文学源头处的作品，对后世的文学无疑有很大的影响。之后就是蒙古鞑靼人统治时期，文学成就不高，创作水平也不高，但仅有的几部作品基本上都是谈战争的。比如《拔都攻占梁赞的故事》，还有一部《顿河彼岸之战》，都是描写战争的。18世纪以后，俄国兴起古典主义。古典主义一般是比较严谨的，是一种颂歌体，主要内容是歌颂国家和帝王的。而在俄国，国家最重要的生活内容是战争，帝王最突出的功绩就是打胜仗，因此，俄国古典主义文学歌颂战争的内容也是比较多的。

下面就到了19世纪，即普希金的世纪。普希金描写战争有一点是令现在的人感到非常惊讶的。一个俄国哲学家叫弗兰克，他在读普希金作品时发现了这个特点：不知道为什么，我们在读普希金写的俄国和土耳其的战争时，发现作者谁都同情，但是这种同情又并不让人反感。普希金有一段时间跟着俄国部队到过前线，目睹过一次战争，后来他在自己的作品中就写到，俄国的士兵怎么勇敢地冲过去，土耳其的士兵怎么光着头，挥着月牙刀，同样勇敢地冲过来，而普希金就像是个旁观者，在描写一场游戏。普希金对俄土战争的描写，开创了俄国浪漫主义文学中战争主题的先河。俄国的高加索地区对于俄国浪漫主义文学来说是一个最好不过的场景，这里山川秀美、壮丽，是浪漫主义文学情节发展的最佳处所，而且，这个地方还正在进行战争，必然会有许多扣人心弦的故事发生。还有，对于俄罗斯人来说，高加索一般被认为是东方，是异域，而异域情调又是浪漫主义作家最热衷表现的对象之一。俄国浪漫主义文学中最杰出的作品，如普希金的《高加索俘虏》、莱蒙托夫的《当代英雄》等,都是以高加索为背景的,俄国的战争文学传统和新的文学主流在这里交汇到了一起。1812年,俄国为抗击拿破仑的入侵而进行了一场可歌可泣的战争,这场战争过后半个世纪,有人对它进行了一个宏观的概括,这就是托尔斯泰的《战争与和平》。我们发现,在这部作品中,战争不是唯一的描写目的,有人把它与《红楼梦》比较,因为它也写了四大家族的兴衰与生活史,但是《战争与和平》还是很强调战争,通过战争写生活。从托尔斯泰开始,把人物放在战争的特定背景下,通过战争时期与和平时期的生活对照,勾画出人物的性格发展史和心灵成长史,这成了俄国长篇史诗小说常常采用的一种模式。大家都知道安德烈的形象,一开始十分注重功名,有一次他负伤倒在战场上,看到天空是那样的悠远无限,人是那样的渺小,微不足道,他于是改变了生活态度。作者把这种性格的突转安排到战场上,通过这种写法表现出一种独特而又丰满的俄罗斯性格。托尔斯泰的这一手法,后来在肖洛霍夫那部同样不朽的小说《静静的顿河》中得到了创造性的继承。

到了20世纪,俄国以及苏联同样遭遇了许多战争,包括第一次世界大战和国内战争、反法西斯的卫国战争,尤其是第二次世界大战,后来构成了俄国文学史上战争文学的最主要描写对象。有人统计,在卫国战争之后,几乎每一年都有五百余部反映卫国战争的文学作品面世,这个势头一直保持到苏联解体之前。苏联解体前后,大家都在关注国家向何处去,顾不上别的了,但是最近,关于战争题材的文学又开始出现。苏联时期的卫国战争文学,先后出现过"三次浪潮"。在"二战"期间和战后的一段时间里,反映卫国战争的文学基本上都是歌颂性质的,歌颂苏联人民的英雄主义,歌颂斯大林的领导或者歌颂苏联军队的功勋,这是主旋律。而且大家也都承认,在卫国战争的胜利里面也有文学的一份贡献。当时,许多作家都当了随军记者,到前线参战，还有许多作家牺牲在前线，那时的文学真正成了一种武器。我在这里提一部作品，就是阿·托尔斯泰的小说《俄罗斯性格》。书中写到苏军的一个坦克手，名叫德略莫夫，他和德军打了几年仗，战功卓著，在战争即将结束的时候，他的坦克被击中，整个坦克起火，他被烧得面目全非，最后经过整容，谁都认不出他来，连他的声音都变了。有这么一个细节，当给他拆绷带时，护士把一面小镜子递给他，然后就转过身去，不敢看他。这名战士却说，没什么，就是这样我也一样能活下去。小说作者说，这就体现了俄罗斯性格。但是这名战士想回家看看，他怕父母伤心，就说他是他们儿子的战友，说他们的儿子一切都好。最后父母留他在家住一晚，第二天又见到了未婚妻卡佳，卡佳看到他时的表情，使他暗自下定决心离开家，不暴露自己的真实身份，当天就走了。回到部队后，家里来了一封信，说你的战友来看过我们了，但是你的母亲觉得那就是你，哪怕你变成那样子也没关系，我们只会更加为你感到骄傲。又过了两天，他的母亲和未婚妻来部队看他，母亲说，你是我的骄傲；未婚妻说，我会一辈子跟着你的。作者在结尾时写道：看，这就是俄罗斯性格！作者还说，每个人都有自己的性格，在现实生活中，人的性格会裹上一层又一层外衣，但是战争发生以后，死神逼近时，外表的皮会像被太阳晒爆的皮肤一样，一层一层地脱落下去。

"第二浪潮"出现在1953年斯大林去世后，大家开始写战争中悲哀的东西、残酷的东西。这时出现一个流派，叫"战壕真实派"。这些作家写死亡的残酷场面，写化脓的伤口上落满绿莹莹的苍蝇。这一阶段比较重要的作品，就是肖洛霍夫的《一个人的遭遇》（又有翻译成《人的命运》的，但我觉得译成《一个人的命运》比较好）。这部作品中写到人性，所提倡的就是对人的关怀。小说的主人公索科洛夫在战场上被俘，历尽艰辛回到苏联，却发现所有的家人都被炸死了。

后来，他在一个渡口遇到一个小男孩，那男孩在等他父亲，因为他父亲说他会回来的，索科洛夫虽然不是小男孩的父亲，却主动地对男孩说，我就是你的父亲，小男孩根本就不怀疑，两个不幸的人就这样走到了一起。作者说，是战争把两颗沙砾吹到了一块。应该理解人，应该品味人在战争中的痛苦，这就是那一时期战争文学的主题。

"第三浪潮"则把英雄主义和悲剧的东西结合起来。有一部在中国比较有影响的作品《这里的黎明静悄悄》可以作为其代表，因为它将英雄主义的场景和悲剧意味的情节完美地结合在了一起。再往后，苏联文学开始提倡"全景性的军事文学"，写最宏大的场面，试图整体性地再现卫国战争期间全民各个阶层的丰功伟绩，这也是为了配合"冷战"时期美苏在军事上的对峙。这方面的代表作有《解放》和《围困》等。

最后总结一下。纵观俄国战争文学的历史，会发现一个连贯的性格线索，从伊戈尔到安德烈，到格里高利到五个女兵，作家们在描写他们的时候，一方面会歌颂他们崇高的英雄主义；另一方面也会通过他们体现一种强烈的悲剧意识。文学人物性格的两面性往往就来自作家对生活的复杂感受。这就是第一个问题。

下面讲一讲俄罗斯人的宗教情怀，或曰弥赛亚精神。"弥赛亚"一词原为古犹太语，有"膏油"的意思，后来就指"受膏者"，一个人的头上被涂上了"膏油"，这个人就成了被选中的人，成为负有某种使命的人。俄罗斯人认为，他们就是这样一种肩负某种责任感、某种使命感的民族。在这里，我们要简单地回顾一下俄国宗教的历史。公元 10 世纪之前的古代罗斯一直是个多神教国家，任何一个可以引起人的惊异或者恐惧的东西都可能变成神，变成崇拜的对象。在基辅公国时期，公元 988 年，基辅大公决定转而信奉基督教。他本来也有一个想法，想用原始宗教来统一各地的宗教，以雷神"佩伦"为主神的一个宗教系统就曾经被提出来，但是，当时的各个部落都有自己的信仰，所以推行不下去。于是，基辅大公就决定从拜占庭把一个现成的宗教照搬过来，这算是俄国宗教史上的第一个重大事件。第二个重大事件就是"第三罗马"学说。罗马教廷分裂之后，天主教逐渐在西欧占了上风，基督教的"东方教会"被迫转至拜占庭，就是现在的土耳其首都君士坦丁堡。后来，受到伊斯兰文化的围攻，东方基督教的宗教中心又转到了莫斯科，这就是俄国教会的说法。在16世纪，普斯科夫城的一个修道院院长给沙皇上了一个奏折，提出这个学说，说莫斯科就是"第三罗马"，前面两个罗马已经背叛了正教，所以我们这个宗教才是一个正统的、正确的宗教。现在所说的"东正教"，其中有个"正"字，在俄语原文中也确实有个"право"，即"正确"、"正道"的意思。这个学说提出以后有两个结果：一方面，它使俄国加入了世界基督教大家庭，促进了文化的发展，有利于国家的统一和巩固；另一方面，它又使俄国的宗教，甚至整个俄国的思想意识形态跟西欧对立了起来，在宗教文化上与西欧一直没有真正地融合在一起。长期以来，在基督教世界中，受洗较晚的俄罗斯人却又一直觉得自己是真传，在不无自卑感、失落感的同时又有一种责任感和使命感。所以俄罗斯人不光信教，在宗教信仰里面还抱有某种神圣的、使命的东西，因此在俄国，就连不信教的人也永远可能有一种救世主的感觉。这些东西渗透到俄国文化中间去，就体现出了一种很复杂的面对世界的态度：一方面，他们显得特别虔诚、恭顺；另一方面，又好像非常爱训诫，老是想教导人。还有一个很重要的事件，就是"三位一体"理论的提出。1834年，俄国有一个国民教育大臣叫乌瓦罗夫，他提出了一个类似国家意识形态的东西，叫"三位一体"的政体，也就是"东正教、专制制度和人民性"的共存。我们发现，在这个"三位一体"中间，东正教是放在第一位的。但是回过头来看俄国的宗教史，我们又发现，俄国教会的力量始终没有大过皇权。俄国最早的国王叫"大公"，一直到伊凡雷帝时才改称"沙皇"，这个名称来自古罗马的"恺撒"。"三位一体"的政教合一模式一直持续到十月革命。十月革命之后，在整个苏维埃时期，宗教都被视为麻醉人民的精神鸦片，宗教活动是被取缔的。人们不再去教堂，莫斯科以前有个别称叫"一千六百座教堂的城市"，然而在十月革命后，到苏联解体之前，莫斯科的教堂大部分被毁，只剩下百余座，做礼拜的可能只有几座教堂，宗教活动基本上停止了。也就是说，整个苏联社会是以无神论、以唯物主义的一元论为意识形态基础的。但是在苏联解体后，甚至是在苏联解体前的十几年间，宗教信仰的复归来势特别凶猛，有人说，苏维埃社会将近一个世纪的无神论教育，一夜之间就前功尽弃了。无神论教育的苍白无力，反过来也说明了宗教传统在俄罗斯人的心目中还是根深蒂固的。

　　再回到文学中来。俄国的书面文字是由教会发明出来的，我们现在用的俄语字母又叫"基里尔字母"，它就是由拜占庭的两个传教士发明出来的。俄国文字的出现，就是因为要传教，要翻译经文，这比中国文字的起源，比起甲骨文来，要功利得多，文字和宗教的联系也要密切得多。俄国有个大主教，叫阿瓦库姆，这人写过一本《使徒传》(我觉得应该译成《生活纪》)，他和牧首尼康有矛盾，后被流放，之后就写了这部书。他在书中叙述自己被流放的过程，他在这期间的心路历程，同时发表了许多观点。这部作品实际上是俄国文学史中第一部"独白小说"，其中强烈的教谕色彩和批判精神对俄国文学的影响是不言而喻的。到了 19 世纪，有三个伟大作家和宗教的关系比较近一些。一个就是果戈理，他写的《死魂灵》是一种"含泪的笑"，是对现实中那些不义之人的抨击和讽刺。我们以前过于夸大了果戈理及其《死魂灵》的"笑"，而对其含有的"泪"则关注不够。看到现实中的丑恶而满含泪水，这已经体现出了作家宽容、博大的胸怀。于是，他想接着写《死魂灵》的第二部，想在揭露和讽刺之后，对现实中的好人和好事进行一番肯定和歌颂，写一些与乞乞科夫们的行径完全相反的具有宗教胸怀的、宽容的人物，但是写完之后，他觉得非常苍白，就烧掉了作品。后来，他写了一本《与友人书信选》，在这里他显示了一种宽容、谅解、博爱的态度。别林斯基看过这本书后非常愤怒，就写信把果戈理大骂了一顿。果戈理回了一封信，在信中说：我想人们会宽宏大量地谅解我的，因为这本书种下的是全面和解的胚胎，而不是纷争的种子，未来的世纪将是一个理智的世纪，它会心平气静地权衡一切，宽容一切。后来变成一个虔诚宗教信徒的果戈理，去了一趟耶路撒冷，朝觐回来后，继续写《死魂灵》第二部，一直写到死，在死前还是把作品给烧了。我觉得有一个与此相关的例子，苏联有一个诗人叫马雅可夫斯基，他写有一部非常出名的长篇抒情诗《好》，后来，他还想写一部《坏》，但是却一直没有成功。我觉得这很有意思，果戈理写了否定的东西以后想再写肯定的东西，写不出来，而马雅可夫斯基则正好相反。再说一说陀思妥耶夫斯基的宗教精神，他的创作是所有搞哲学、搞宗教、搞文化的人都愿意研究的重要课题。在所有的俄国作家中，他也许是最有宗教感的，或者说，他的人物是最有宗教感受的。《卡拉马佐夫兄弟》中阿廖沙的那种博爱，《白痴》里梅什金公爵的那种纯净，《罪与罚》中索尼娅的那种自我牺牲，这些都是作者心目中最理想的宗教人物。如果说果戈理没写出那种理想化的、充满宗教虔诚的人物，那么陀思妥耶夫斯基倒是写了出来。但是，陀思妥耶夫斯基的宗教感更体现在其笔下人物激烈的内心斗争中，即所谓善与恶的斗争、灵与肉的斗争。拉斯科尔尼科夫杀了人之后激烈的内心冲突，《卡拉马佐夫兄弟》中"两个伊万的对话"，都是最为经典的段落。可以想象，如果没有一定的宗教情怀，没有一定的忏悔意识，又如何能出现陀思妥耶夫斯基笔下的内心独白和双重人格呢？陀思妥耶夫斯基有一句非常有名的话："美将拯救世界。"我觉得，他所说的这种美，可能就是宗教和艺术的结合。再谈一下托尔斯泰，他是被教会革出教门的，但实际上，他通过文学却创造了一种新的宗教，他自己的宗教。他的作品，说到底就是一种道德说教，一种布道方式。他晚年写了一本书叫《生活之路》，实际上，这个题目也可以用来概括他毕生的创作。

苏维埃时代是一个无神论的时代，但是，在苏联文学中是否有宗教精神的渗透，却仍然是一个可以继续探讨的问题。我们在解读苏维埃时代文学的时候，有时不妨换一个角度去看一看，比如，现在我们就能感觉到，《母亲》中的巴威尔，《钢铁是怎样炼成的》中的保尔·柯察金，他们在某种意义上其实也是一种殉道者的形象。这未必不是俄国文学中传统道德情感的一种体现，从这个角度去理解，会觉得两个"巴威尔"（"保尔"也可以翻译成"巴威尔"）也是为理想而献身的，实际上就是标准的圣徒形象。

看到俄国文学中的这些作家和他们笔下的人物，我们会觉得，两者都是具有宗教性的，都是有信仰的，但有些时候他们似乎也有很多的彷徨；他们是虔诚的，但这种虔诚里往往又有一种很功利的目的。就是因为这样一种很矛盾的宗教情怀的存在，产生了"多余人"的形象，产生了"忏悔的贵族"的形象。这样一些很彷徨、很有丰富内心生活的形象，这样一些精神世界充满缝隙和分裂的文学人物，在俄国文学中为什么这样多见呢？这和他们那种有所分裂的宗教感无疑是有关联的。

谈最后一个问题，就是俄罗斯民族性格中的艺术气质问题，或者说是一种审美的乌托邦精神。我们知道俄罗斯人是非常爱好艺术的，这一点从一个侧面也可以看出来。比如说，中国有很多人去过俄国，我接触到的去过俄国的两类中国人，对俄国有着两种截然不同的态度。如果是商人或者是官员去俄国的话，回来以后一定会不屑一顾，觉得商店里没什么东西，莫斯科的建设不像北京这样快，也没有立交桥；而搞艺术、音乐、绘画、文学的人到了俄国之后，回来后都对俄国赞不绝口。我们国家两类人认同的是那个国家不同的东西，而文化艺术的确是俄国非常强大的方面。我一直觉得俄罗斯民族比较爱幻想，俄国有很多森林，又处在寒带，有漫长的冬季，这一切都使它有更多的时间去思考，或者说，是迫使它去做更多的思考，有很多揣摩自己内心、回味自己的时间和空间，更不用说，森林和冬季还会带来一种很神秘的感受，这些东西交织在一起，也许就是俄罗斯人艺术气质的形成氛围。但是从另一个角度看，俄国的文学和艺术又一直是非常入世的，和西欧的文学相比，尤其如此。古代文学就不用说了，属于教会阶层，是典型的"工具"；到18世纪时，叶卡捷琳娜倡导文学，她自己就创办过文学杂志，但是当时她就说：文学是一种时尚，如果我们俄国人不懂文学，怎么去和欧洲的其他民族平起平坐呢？也就是说，文学是附庸风雅的，是抬高身份的。再往后看，19世纪的革命民主主义批评家的理论更是介入生活的，最出名的就是车尔尼雪夫斯基提出的命题："美就是生活。"艺术就是"面对现实的一种审美关系"。到了白银时代，诗人别雷提出了"创造生活"这样一个概念，认为文学和艺术的终极使命，就是再造一个更合理、更美的生活。到了托尔斯泰，他在生命的最后时刻已经不再写小说，而写了一本《生活之路》，他觉得用虚构的东西去教育人太费劲了，不如直接向人们指明生活的方向。到了高尔基，他提出的"人学"主张影响深远。在苏维埃时期，社会主义现实主义更加强调文学的教育功能和社会功能，流传最广的关于文学的两句话就是："作家是人类灵魂的工程师"，"文学是生活的教科书"。我们常说，俄罗斯人善于把生活艺术化；然而同时，俄国作家和艺术家们又善于把艺术生活化。综观俄国的美学观和艺术观，可以用一个词来概括，这就叫"审美的乌托邦"，对于俄罗斯人来说，现实是一个世界，艺术也是一个世界，甚至是比现实还要合理的一个世界，要通过艺术将两个世界合二为一。我们经常说，俄国文学读起来很沉重，很有道德感，这和它想建一个审美乌托邦的努力是分不开的。由于时间的关系，关于俄罗斯民族性格中的"艺术气质"在文学中的体现就暂时放下不谈了。

最后做一个总结，大家听了这个讲座以后再去读俄国文学的时候，再去理解俄国文学中的人物形象的时候，如果能够感觉到一种带有哀婉之情、悲剧之美的英雄主义精神；或者，如果能够体会到一种既虔诚、又自律、又有使命感的宗教情怀；或者，如果能够感觉到一种既严肃又天真、既世俗又精神的审美乌托邦气质；那么，我想你们就已经很接近于理解俄罗斯民族性格了，你们好像也就拿到了一把钥匙，用它可以去开启探索俄罗斯人艺术心灵的大门。

俄国的文学地图[*]

黑龙江大学俄语学院的老师们要我来给大家讲一讲俄国文学，考虑到你们大家多数并不是俄国文学专业的研究生和博士生，我的讲座因此就不能太专业化，如何在两个多小时的时间里让大家尽可能多地获得关于俄国文学的信息和知识，也就成了我的首要关切。都说如今是一个读图的时代，那么我也就给自己出了一个时髦的题目，叫《俄国的文学地图》。希望在我的讲座之后，大家能对俄国文学的历史发展和风格特征等有一个大致的了解，看到我们北方邻国的那一片文学风景。

首先，我们来看一看俄国文学的"历史地图"。俄国文学是世界文学大家庭中相对后起的一种文学，总共只有近十个世纪的历史。被文学史家公认为俄国文学起源的作品，就是所谓的"史事诗"，以及11—12世纪出现的英雄史诗《伊戈尔远征记》。十个世纪的俄国文学发展史，又大致可以划分为这样三个大的板块，即古代文学、19世纪文学和20世纪文学，当然，如今还可以添加上第四个板块，也就是苏联解体以来的俄国当代文学，或者称作"20、21世纪之交的俄国文学"。当然，关于俄国文学的版图也有其他一些划分方式：第一，以大作家的出现作为划分依据，如普希金之前的文学，从普希金到托尔

---

[*] 2013年11月27日在黑龙江大学的演讲。

斯泰，托尔斯泰之后的文学，等等；第二，以政治家或政治事件作为划分的依据，如彼得之前的文学，从彼得大帝到十月革命，十月革命后的文学，斯大林时期的文学，苏联解体后的文学，等等；第三，以文学自身的发展阶段和文学流派作为划分依据，如古典主义文学，俄国文学的黄金时代，白银时代，苏维埃文学，后现代文学，等等；第四，也曾有过根据列宁的三次革命理论作为划分依据的，把俄国文学史划分为贵族革命时期、资产阶级革命时期和无产阶级革命时期三大阶段。除最后一种过于政治化、意识形态化或者说是非文学化的"划分"之外，其他的文学史分期其实大同小异，就那么些作家，那么些作品，那么些文学事件。但是，从不同的角度去看待俄国文学史，还是可以丰富、甚至深化我们对于这一文学的理解和认识。我在这里给大家介绍的，就是一种最简单的俄国文学史分期，一张最容易识别的俄国文学史地图。

第一个大的板块就是俄国古代文学。在传统的俄国文学史中，会将从"史事歌"开始直到18世纪的古典主义、甚至直到普希金出现的这七八个世纪的文学全都归入"古代文学"的范畴。俄国乃至中国的各种版本的俄国文学史，关于这一时期的篇幅都不是很大，评价也不是很高，都认为这是俄国文学的准备时期。但是，如果我们仔细读一读俄国古代文学史，还是可以从中嗅出一些独具俄国特色的文学味道来，既然是俄国文学的"准备期"，这一漫长的阶段中就一定存在着某些构成俄罗斯民族文学之特质的东西。其中，我认为至少有这么几点值得我们关注：1）世俗文学和宗教文学的并列，其最突出的体裁就是"编年史"；2）文学作品的"史诗性"，《伊戈尔远征记》以及"史事歌"和"编年史"都具有这样的体裁和题材意义；3）彼得改革后俄国文学对西方文学的借鉴，尤其是叶卡捷琳娜对文学的倡导以及她自身的文学活动，使古典主义文学在俄国扎根，使俄国在文学上与欧洲接轨，为俄国文学的腾飞奠定了基础。在后面谈到俄国文学的风格特征时，我们将会看到，这些处在萌芽状态的俄国文学之特质，在后来都得到了相当充分的发展和光大。

第二个板块是19世纪的俄国文学。18世纪的最后一年，也就是1799年，在俄国莫斯科诞生了一个名字叫"亚历山大"的小男孩，十几年之后，在皇村学校学习的这个小男孩就因为在语文课考试中朗诵了《皇村的回忆》一诗而让当时的考官、诗坛的泰斗杰尔查文激动得热泪盈眶，并预言俄国诗歌的新天才已经诞生，这个小男孩就是普希金。1820年，发表了长诗《鲁斯兰与柳德米拉》的普希金，又赢得了另一位诗坛泰斗茹科夫斯基的无私赞叹，后者把自己的照片赠给普希金，并在照片下方题写了这样一行字："战败的老师赠给战胜的学生。"两位大诗人的举动，标志着俄国文学史上出现了一件石破天惊的事情，也就是"俄国文学之父"的出现。普希金只活了短短的37年，但他却构成俄国文学中的一块巍峨的基石，他对于俄国文学的意义主要在于：1）奠定了俄国的民族文学，使得俄国文学得以屹立于世界民族文学之林，在对西欧诸种文学传统的综合性吸收的基础上，他张扬俄国的民族性，描写俄国的现实和俄罗斯人，并在批评文字中不懈地论证俄罗斯民族及其语言和文学的"优越性"；2）为俄国文学的传统开了先河，在几乎所有的文学体裁领域都做出了令后人很难超越的贡献，其"自由诗作"、"小人物"、"多余人"等主题和人物，更是成为俄国文学的特殊标识；3）规范了现代俄语，他的创作就像一个巨大的语言熔炉，使俄语成为世界上最富有文学性的语言之一。

1837年冬天，普希金在决斗中负伤死去，另一位俄国诗人莱蒙托夫悲愤交加地写出了悼念普希金的《诗人之死》一诗，并由此登上诗坛，文学史上于是有了"一个诗人的死亡导致了另一位诗人的诞生"这样的说法。莱蒙托夫是俄国文学中非常值得关注的一个对象，他和普希金、果戈理一起开创了19世纪俄国文学的"黄金时代"。但是，他的气质和风格却与普希大相径庭，他构成了贯穿整个俄国文学史的另一条主线，即所谓的"莱蒙托夫传统"，或者叫"恶魔传统"。在普希金、莱蒙托夫之后，短短的数十年间，俄国文学中涌现出了十几位世界一流的作家和诗人，"天才成群地诞生"，这构成了世界文学史中的一个奇迹。在这个群星灿烂的19世纪俄国文学苍穹中，最值得大家关注的可能就是这样三组作家：三大批评家，也就是所谓的"三个斯基"；四大诗人，除了前面提到的普希金、莱蒙托夫，还有涅克拉索夫和丘特切夫；五大小说家，即果戈理、屠格涅夫、托尔斯泰、陀思妥耶夫斯基和契诃夫。这里的3—4—5，构成一个便于大家记忆的俄国文学史公式。当然，还有很多俄国文学大家，像赫尔岑、冈察洛夫、奥斯特洛夫斯基，等等，只不过相对而言次要一些而已。时间不允许我在这里对这些作家逐一详解，其中的每一位作家，他们的某一部名著，甚至他们作品中的某一个形象和某一个问题，都值得专门做一次讲座，甚至开设一门课程。我在这里给出的，只是一些阅读指南，就像地图上的图标。

"三个斯基"，就是别林斯基、车尔尼雪夫斯基和杜勃罗留波夫，其中最后一位的姓氏并不以"斯基"结尾，但后人，尤其是中国的接受者们，为方便起见就把他们以"三个斯基"合称了。作为革命民主主义美学和现实主义美学的奠基者，他们的文学理论遗产曾因被视为无产阶级文学和社会主义现实主义文学的源头而在苏联时期的文艺学中备受推崇，如今却似乎受到了冷落。其实，从大处讲，"三个斯基"及其批评实践和理论体系，决定了19世纪俄国文学的批评现实主义的基本走向；从小处讲，他们美学建构上的勇气，他们批评的力度，乃至他们思维的敏捷和锐利，他们文字的优美，都依然是文学批评文章的杰出范例，有志于写批评文章或书评的同学，有志于研究文学的同学，不妨先读一读"三个斯基"。

四位诗人，就是普希金、莱蒙托夫、涅克拉索夫和丘特切夫。前面说到，普希金象征着阳光，莱蒙托夫则是凄冷的月亮。另外两位诗人也各具特色，构成某种对照：涅克拉索夫是一位"公民诗人"，他长期担任《现代人》杂志主编，是当时俄国文学生活中举足轻重的角色，他说过一句名言："你可以不做诗人，但必须做一位公民。"丘特切夫则偏重于山水，偏重于个人的沉思，也就是所谓的"静观诗人"，他也有过这样一句名诗："俄罗斯无法用理智去丈量，俄罗斯只能去信仰。"

下面谈一谈五大小说家。以前有过"三大小说家"的说法，指的是屠格涅夫、陀思妥耶夫斯基和托尔斯泰，简称"屠陀托"，我在这上面又加上了两位，也就是果戈理和契诃夫，因为我认为，在19世纪的俄国小说史中，无论就生前的地位和死后的影响，无论就其创作内容上的独特性和风格上的现代感而言，后两位作家并不亚于前面三位。如果说前三位是长篇小说的大家，果戈理和契诃夫还被视为世界范围内最伟大的短篇小说作家。果戈理是俄国批判现实主义发端处的"自然派"的首领，曾被别林斯基誉为"文坛的盟主，诗人的魁首"。从主题上看，果戈理小说最惊人的地方，就像普希金所说的那样，是在"展示庸俗人的庸俗"；从形式上看，他的小说最动人的地方，就像别林斯基所总结的那样，是"含泪的笑"。在19世纪中期的俄国文学史中，屠格涅夫的意义在于：首先，他的小说是其所处时代的艺术编年史，他的六部长篇小说，《罗亭》、《贵族之家》、《前夜》、《父与子》、《烟》和《处女地》，篇幅不算太长，但篇篇精彩，几乎每一部都构成大约十年间俄国社会生活的艺术再现，将它们串联起来，19世纪中后期数十年间的俄国社会生活史便历历在目，构成别林斯基在评价普希金的长篇诗体小说《叶夫盖尼·奥涅金》时所下的定义，也就是"俄国社会生活的百科全书";其次,他所使用的俄罗斯语言优雅规范,细腻抒情,他写有一篇题为《俄罗斯语言》的散文诗,歌颂他和其他俄国作家进行创作时所使用的这门文学语言,而所谓的"屠格涅夫式语言",也被视为俄国标准文学语言的代名词;最后,他长期生活在西欧,与西欧作家往来甚多,他本人也精通西欧多门语言,他的生活与创作由此成了俄国文学和西欧文学之间的一座桥梁。陀思妥耶夫斯基被人称为"残酷的天才",因为他的创作持之以恒,目的就在于揭示人的心理,而且往往是极深邃、极阴暗的心理,他说过这样一句话:"人是一个谜,需要解开这个谜,即使你一辈子都在解这个谜,也不要以为是在浪费时间。"陀思妥耶夫斯基有一篇小说题目叫《双重人格》,人们发现,他小说中的人物、甚至连作家自己,都是程度不等的"双重人格"。然而,在对分裂的人格进行艺术塑造时,陀思妥耶夫斯基却又体现出了强烈、虔诚的宗教意识,他说过:"如果基督和真理发生冲突,我宁愿选择基督而不惜抛弃真理。"他的小说已被视为理解和接近基督教、尤其是东正教的最理想文本。陀思妥耶夫斯基还提出过一个著名的命题:"美将拯救世界。"到了20世纪,在巴赫金的《陀思妥耶夫斯基小说创作问题》面世之后,对于以陀思妥耶夫斯基小说为代表的所谓"复调小说"的研究,更是成了一个世界范围内的文学研究话题。托尔斯泰的创作,不仅是19世纪俄国批判现实主义文学的高峰,甚至也构成了世界文学史中的又一个高峰。他的三部小说,《战争与和平》、《安娜·卡列尼娜》和《复活》,几乎被译成了世界所有主要的语言,是真正家喻户晓的文学名著。与托尔斯泰几乎同时代的契诃夫,却独辟蹊径,在托尔斯泰这棵文学巨树的浓荫下开辟出了一片丰硕的耕地。他被视为世界文学史中最伟大的短篇小说家之一,他的短篇简洁淡雅,既幽默又感伤;他又是其剧作被上演最多的现代剧作家,《海鸥》、《三姐妹》、《万尼亚舅舅》、《樱桃园》等名剧享誉全球。契诃夫小说和戏剧创作所传导出的深重的存在意识，使他成为19世纪俄国经典作家中最具"现代感"、甚至"后现代感"的一位。

俄国文学地图中的第三大板块就是20世纪的俄国文学，这个板块本身又可以划分为两个小板块，这有些类似国家地图中的省市图，省市地图中的区县图，等等。这样的划分其实可以无限地细分下去，而这个细分的过程，也就是对文学地理不断加深认识的过程，是不断潜入学术领域深处的过程。

其一是"白银时代"的文学，在我读研究生的时候，这一时期的文学还有一个冗长的称谓，叫"19世纪末20世纪初的俄国文学"。我们前面提到的19世纪俄国文学"黄金时代"有过的那种"天才成群诞生"的文学奇迹，在这个时期的俄国再次出现。19世纪的俄国古典文学从普希金起到托尔斯泰止，在托尔斯泰之后，人们已经再也无法按老方式写下去了，因为托尔斯泰那一代俄国作家似乎已经穷尽了一切主题和手法。俄国新一代作家们不得不变，怎么变？法国人提供了一种借鉴（法国人似乎始终走在世界文学和文化潮流的前面），也就是象征主义。留学巴黎的一批俄国诗人首先将象征主义的诗歌手法"偷运"回俄国，对俄国诗歌中强大的现实主义传统来了一次冲击，诗歌开始讲究音乐性、朦胧性和彼岸性，甚至游戏性。在整个西方文学界，象征主义都被视为现代派文学的开端，在俄国也不例外。由象征主义开始，俄国诗歌中又陆续出现了未来主义和阿克梅主义等现代诗歌流派。渐渐地，这种现代主义意识从诗歌领域扩展开去，扩散到了整个文学界，甚至是整个文化界，它与当时弥漫在俄国社会中的世纪末情绪、寻神和造神的神秘主义运动、试图改良社会的普世思想等相互呼应，相互结合，终于促成了俄国文化史上一个灿烂的时代。俄国文学艺术的各个领域都取得了开世界之先河的伟大成就，如诗歌中的三大现代流派，绘画中的康定斯基及其抽象派绘画理论和实践，音乐中的斯特拉文斯基及其十二分音法，文论中的什克洛夫斯基及其形式主义理论，哲学中的索洛维约夫及其"万物一统论"，等等。令人惊讶的是，这些在20世纪产生深远的世界性影响的文学艺术流派或理论，都几乎同时产生于"白银时代"的俄国，而且是在短短的十几年间。然而，1917年的十月革命却中断了这一切，更确切地说，是无意间把这些俄国现代文学艺术的种子撒到了境外。

其二是苏联时期的文学。对于中国学者和读者来说，这一时期的文学也许并不陌生，从1917年的十月革命到20世纪90年代的苏联解体，绵延达七十余年的苏联文学创造了自己的辉煌，也留下了许多教训，构成一部发人深省的悲喜剧。常常听到有同学说苏联文学没有意思，或许是这样的，《母亲》读起来枯燥，《钢铁是怎样炼成的》有过多的意识形态色彩，但是，20世纪的苏联文学还是不乏精彩之作的，且不说《静静的顿河》、《大师与玛格丽特》、《日瓦戈医生》这样的杰作，哪怕是像《这里的黎明静悄悄》、《第四十一个》这样的苏联文学中的二三流作品，不是也能让我们念念不忘吗？我今天的任务，不是向大家来推荐哪些作家和作品，我想换一个角度，通过对苏联时期俄语文学几个构成板块的分析和对比，试图使大家对这一时期文学的复杂和精彩产生一个初步的印象。20世纪俄国的历史本身就是波澜壮阔、惊心动魄的，100年间，俄罗斯民族就经历了三次大规模的战争，也就是两次世界大战，外加"冷战"；经历了三次大规模的革命，也就是"二月革命"，"十月革命"，外加"改革"。战争是对外而言的，革命是对内而言的；战争往往是被迫的应对，而革命则往往是主动的选择，虽然这两者之间是相互联系的，就像列宁说过的那样："不是革命制止战争，就是战争导致革命。"背衬着这样的社会背景，20世纪的俄语文学同样是起伏跌宕、精彩纷呈的。下面我要谈到的这些

"对立的统一",就未必会在20世纪其他语种的文学中出现。比如"俄罗斯文学"和"苏联文学"的并列、"本土文学"和"侨民文学"的并行、"官方文学"和"地下文学"的对峙。诸如此类的"有机构成"和"对立统一",在20世纪的俄语文学中还有很多,比如现实主义传统和现代派基因的共生,比如乌托邦文学和反乌托邦文学的相伴,比如"市民文学"和"乡村散文"的毗邻,不一而足。正是这些不同元素、不同风格、不同流派,甚至不同性质的文学,共同合成了20世纪俄语文学的有机整体,它们的对立、统一和转化,使苏联时期的俄语文学显得起伏跌宕、悲喜交加,充满了令人目不暇接的戏剧性突转,使它获得了某种多声部的"复调"结构。面对这样的文学史,我们还能说它不够精彩吗?我们还认为它不具有吸引人们去进行阅读和研究的诱惑力吗?

最后一个大的板块,就是苏联解体以来的俄国文学,或者叫作20世纪末21世纪初的俄国文学。苏联解体后的俄国文学,规模有所缩小,但是其构成却反而显得多元;它的世界影响有所下降,但是其文学性却似乎得到了加强。从不同的视角阅读当今的俄国文学地图,往往会获得迥异的印象;以不同的标准去剖析当今俄国文学的构成,同样会发现诸多的二元对立。

一是传统派和民主派的对立。苏联时期的文学曾被当作一种重要的意识形态工具,而后苏联文学最为突出的特征之一则是它的非意识形态化,广大俄语作家或主动或被动地与政治拉开了距离,作家们的"社会代言人"和"灵魂工程师"的身份不再得到普遍认同,文学和政治、政权间的直接联系被中止,后苏维埃社会厌恶意识形态的集体无意识也深深地渗透进了文学。然而,俄国文学就整体而言毕竟是一种入世的文学,俄语作家毕竟大都是讲政治的作家,因此,即便是在意识形态色彩有所淡化的今天,俄国文学仍然由于社会和思想立场的不同而分化成了两个彼此对立的阵营。一个是所谓的传统派，又称爱国派、保守派等，该派作家以从前的俄罗斯联邦作家协会为核心，代表人物有作家拉斯普京、邦达列夫、普罗哈诺夫和加尼切夫等，《文学俄罗斯》、《莫斯科》等报刊是他们的主要阵地。该派作家主张捍卫俄罗斯传统的道德价值，面对日益西化的俄国社会和俄国文化，他们痛心疾首，义愤填膺，他们大多将苏联的解体视为民族的悲剧，视为西方成功策划并实施的针对俄国的大阴谋。在文学创作方法上，他们更注重俄国古典文学的现实主义传统，更注重文学对普通读者的思想教育作用。与传统派构成对峙的就是所谓的民主派，又称自由派、改革派等，该派作家大多为苏联时期的持不同政见的作家、地下作家、侨民作家和非主流作家，如叶夫图申科、沃兹涅先斯基、阿克肖诺夫、沃伊诺维奇、维克多·叶罗菲耶夫等，苏联解体后保留下来的苏联作家协会（后更名为"作家协会联合体"）成为他们的大本营，《文学报》、《新世界》等一贯比较开放、激进的报刊成了他们的喉舌。这一派作家对苏联时期的社会体制基本上持否定态度，主张接受西方的民主、自由、人权等"普遍的"社会和道德原则，在文学形式上更倡导与国际"接轨"的多样化，并将之视为言论和创作自由、真正的文学性和独立的创作个性等在俄国文学中的实现。需要指出的是，俄国文学中的这两个派别之争并不是苏联解体之后才出现的文学事件，而是一个由来已久的文化现象。从近处说，它似乎就是 20 世纪 50 年代爆发的《新世界》和《十月》两大杂志的大论战在新时期的重演；往远处说，它又是俄国文化史中斯拉夫派和西方派两种思想倾向长期对峙所产生的深远影响：两派作家的根本分歧，其实仍在于对俄罗斯民族的历史命运、对俄罗斯国家的社会取向之认识的不同。

二是现实主义传统和后现代文学的共存。从创作方法上看当下的俄国文学，可以感觉到它似乎分化成了现实主义和后现代两个大的范畴。后现代主义文学和文化思潮的兴起，是苏联解体之后俄国文学中一个最为突出的现象。有人说，苏联解体前后的俄国社会可能是世界上最适宜后现代思潮滋生和发展的土壤。一般认为，俄国后现代主义文学大致经历了三个发展阶段，即20世纪60—70年代的形成时期，代表作家和作品为阿勃拉姆·捷尔茨（西尼亚夫斯基）的《与普希金散步》和《何谓社会主义现实主义》、安德烈·比托夫的《普希金之家》、韦涅季克特·叶罗菲耶夫的《从莫斯科到佩图什基》等；20世纪70—80年代的确立时期，代表人物有《傻瓜学校》的作者萨沙·索科洛夫、《俄罗斯美女》的作者维克多·叶罗菲耶夫和诗人德米特里·普里戈夫等；苏联解体前后的"合法化"时期，经过相当漫长的蛰伏后，俄国后现代文学终于在苏联解体前后获得出头之日，并迅速成为一种文学时尚，填补了苏联文学突然死亡后留下的巨大空白。如今最受关注的后现代作家有佩列文和索罗金。维克多·佩列文写有《"百事"一代》、《黄色箭头》、《夏伯阳与虚空》等多部小说，他的作品语言随意、机智，并带有较强的讽喻和调侃意味，主人公或行动或言语，所传达出的都是一种非常随意和无所谓的后现代态度。弗拉基米尔·索罗金的作品几乎没有连贯的情节，文字无所顾忌，有人认为，他是在将阅读由一种精神活动转变成一个纯粹的生理过程。然而，俄国文学的现实主义传统毕竟是强大的，即便是在现代主义和后现代文学蔚为壮观的当今俄国，渐渐恢复了元气的现实主义文学重又占据了半壁江山。当今现实主义文学最杰出的代表，可能要数索尔仁尼琴、拉斯普京和马卡宁等人。在2008年去世的索尔仁尼琴曾被誉为"俄国文学主教"，他在最后一部重要作品《红轮》中试图史诗般地、真实地再现历史。依然活跃在文坛上的瓦连京·拉斯普京，曾被视为苏联文学中的"战争文学"、"乡村散文"和"道德文学"等多个流派的代表人物，在现实生活的巨变之后，拉斯普京并没有放弃对现实的关注，而且还在《谢尼亚的故事》和《伊万的母亲，伊万的女儿》等新作中加强了对现实的批判。有"当代果戈理"之称的弗拉基米尔·马卡宁，在《地下人》、《审讯桌》等作品中将现实主义的内容和后现代的手法合为一体，形成了所谓的"新现实主义"风格。

三是女性文学的崛起。女性文学的崛起，是当今俄国文学中的一道景观。一贯以男性作家占据主导地位的俄语文学，在近十几年里出现了某种性别变化，一大批女性走上文坛，成为主流作家，而柳德米拉·彼得鲁舍夫斯卡娅、塔吉雅娜·托尔斯泰娅和柳德米拉·乌利茨卡娅则被并称为当代俄国文学中的"女性三杰"。彼得鲁舍夫斯卡娅将戏剧、寓言等体裁因素糅合进小说，扩大了小说的艺术表现力。出身文学名门的托尔斯泰娅（著名苏联作家阿·托尔斯泰的孙女）游走在俄国和美国各大高校的文学系，将文学教师的"职业写作"方式和风格带入了当代俄语文学。学生物出身的乌利茨卡娅，善于细腻地解读俄国女性的历史命运和现实处境，她的三部均被译成了中文的长篇小说《美狄亚和她的儿女》、《库科茨基医生的病案》和《忠实于您的舒里克》，在俄国境内外都引起了热烈的反响，前不久，她获得了我国人民文学出版社颁发的"年度最佳外国小说奖"，还应邀访问了中国。前些年，俄国文学界曾数度爆发关于是否存在"女性文学"的争论，而如今，这样的议论已很少听到，究其原因，或许是因为女性文学作为一个文学整体的身份已经得到普遍的认同，或许是由于众多女性作家步入主流，因而消解了两性文学之间的传统界限。

最后，是宗教因素在文学和文化中的强大渗透。俄罗斯民族是一个具有强烈宗教感的民族，自公元988年"罗斯受洗"之后，俄国一直是世界基督教大家庭中的一员，但较之于信奉天主教和新教的各民族，俄罗斯人似乎具有更为强烈的使命感和终极关怀意识，在所谓的"莫斯科是第三罗马"的理论提出之后，俄国东正教一直将自己视为基督教的正宗传人。在无神论长达近一个世纪的统治之后，俄国的宗教传统迅速恢复，如今几乎已经渗透到了社会和文化生活的各个角落。据最近一次国民调查显示，有超过80%的俄国公民自认为是东正教徒。弥漫于国家社会生活中的宗教氛围当然也会体现在文学中，其表现有以下几点：比如宗教书籍的大量出版，涌现出许多以宗教为主题进行创作的新作家，注重俄国文学中的宗教传统的研究得到鼓励，对作家作品的解读和阐释更多地从宗教层面展开，等等。

以上我展示给大家的是俄国文学的"历史地图"，是平面的，还有一种地图叫地形图，是可以看出立体效果来的，能揭示某个国家或区域的地貌特征，把这个概念套用在文学上，就是所谓的俄国文学"地形图"，也就是对俄国文学风格特征的归纳和描绘。通过我以上关于俄国文学和俄国作家的叙述，细心的听众已经能够或多或少地体会到俄国文学独具的某些特色了。这里再做几点总结，或者说是我的几点思考，提出来供大家参考：

首先，俄国文学是一种道德的文学，良心的文学，人道主义的文学。从创作主题上看，所谓的"问题文学"构成了19世纪俄国文学的主体，赫尔岑提出了《谁之罪》的问题，涅克拉索夫提出了《谁在俄罗斯能过好日子》的问题，车尔尼雪夫斯基进而提出了《怎么办》的问题，杜勃罗留波夫也提出了《真正的白天何时到来》的问题。在20世纪的俄语文学中，虽然用此类咄咄逼人的"问题"作为文学作品题目的现象少见了（其实也还有一些，比如《钢铁是怎样炼成的》、《你到底要什么》等，但是口气似乎缓和了很多），但作家那种追寻的勇气、拷问的精神却依然如故。比如高尔基在《不合时宜的思想》中对革命的人道意义的反思，肖洛霍夫在《静静的顿河》中对镇压富农的过火行为的揭露，阿赫马托娃在《安魂曲》中"替人民说话"的愿望，扎米亚京和普拉东诺夫等对社会主义建设的乌托邦实质的讽喻，索尔仁尼琴在《伊凡·杰尼索维奇的一天》等作品中对人道和专制之对峙的描写，在所谓的地下文学、回归文学和侨民文学中，为人和人的尊严、为人道和良心而呼吁的文学，应该是绝对的主流和主体。从创作主体上看，十月革命前，几乎所有的俄国大作家都出身贵族，但是，他们又几乎全都是"忏悔的贵族"和"本阶级的叛逆"，他们捍卫的是被压迫者的利益，这是保障俄国文学崇高道德感的内在原因。屠格涅夫在小说中写到了作为农奴主的母亲的残暴，托尔斯泰要把自己的财产分给农民，契诃夫终生免费行医，这样的"典故"，这种关于俄国作家之"善良"的故事，在每一位俄国作家的传记中几乎都可以发现。文如其人，人善，其文也善，其文才善。到了20世纪，俄国的贵族阶层被消灭了，俄国作家不可能再具有贵族的身份了，但作为"精神贵族"的他们，也就是作为"知识精英"的他们，对普通民众的人道主义情怀仍然一如既往，换句话说，俄国文学强大的人道主义传统得到了延续和发扬。从创作的客体也就是文学作品中的人物形象来看，也可以在俄国文学中发现一个有趣的现象，即所谓的"小人物"、弱者和"底层人"往往能够得到更多的同情，更多的正面描写。俄国作家很少有嘲笑、讽刺、攻击下层人民的，而贵族和权势者则往往成为被抨击的对象，只有"忏悔的贵族"能够赢得某些"正面的"笔墨。同情弱者，敌视强者，这似乎构成了俄国作家一个不约而同的社会立场，单纯从文学社会学的角度来看，这也是自然而然的，是所谓的"狂欢化"，就是要在文学中实现现实中难以完成的社会角色的转变，营造一种颠覆现存秩序、实现虚妄公正和公平的文学乌托邦。俄国作家是深得此道的，更何况，在一个不合理的时代和体制下，维护社会的基本正义，这也是包括作家在内的知识分子起码的良心和道德底线。

其次，俄国文学大体上是一种以现实主义为主流的文学。这首先是就文学和文学家面对现实的态度而言的。关于美、文学和诗，在世界文学中流传着许多定义，如"理性的感性显现"、"模仿的模仿"、"文字的游戏"、"最佳词语的最佳排列"，等等，而在俄国，这些定义固然流行，但更为流行、或者说更占上风的，却是这样一些定义："美是生活"、"俄国生活的百科全书"、"生活的教科书"、"俄国革命的镜子"、"作家是人类灵魂的工程师"，等等。从这些概念就不难看出，积极地介入生活，促进生活的改善，一直是俄国作家强大的创作动力，与此相关，就导出了俄国文学这样两个主要的美学特征，也就是恩格斯给出的关于"现实主义"的定义的两个主要内涵：对真实的追求和对典型人物的塑造。真实与否，一直是俄国文学中一个根本性的审美判断标准，是"三个斯基"的理论以及之后的社会主义现实主义所信奉的宗旨，虽说其间也不乏曲解甚至歪曲；所谓"典型环境中的典型形象"，在俄国文学中更是可以列出一道长廊：多余人，小人物，理想的女性，忏悔的贵族，圣愚，新人，劳动英雄……不过，我们在谈论俄国文学中的现实主义主流时，也要留有一定的余地，比如：我们可以说，没有现实主义，就没有19、20世纪俄国文学的繁荣，但是我们又必须注意到，除了现实主义之外还有其他流派，如作为19世纪俄国现实主义文学腾飞之跳板的古典主义、感伤主义和浪漫主义，在19世纪俄国现实主义和20世纪苏联社会主义现实主义两大板块之间的白银时代的现代主义诗歌运动，以及在苏联解体前后开始浮出水面的后现代文学，等等。我们还要注意到俄国现实主义文学自身的多样性，它既不是一个铁板一块的文学实体，也不是一个指向和追求完全一致的文学潮流（或许，除了社会主义现实主义之外）。同为批判现实主义，果戈理的幽默和荒诞，陀思妥耶夫斯基的复调和非理性，高尔基的阳光和浪漫，如此等等，其相互之间的差异并不亚于他们与其他非现实主义作家之间的差异。更何况，他们自身的创作也往往是各种风格、多种主义的合成。相对而言，对于俄国文学中的非现实主义文学遗产，对于俄国文学就创作方法而言的多样性和复杂性，对于某位俄国文学大师创作中无法用现实主义去涵盖的东西，我们如今恰恰应该给予更为留心的发觉和更为细心的整理。

第三，俄国文学是一种尚武的文学，战争的文学，充满英雄主义的文学。俄国人有两个大的爱好，一个是打仗，一个是艺术，这两个爱好结合在一起，自然要促成战争文学的发达。俄国战争文学有两个很鲜明的特色，一是基调上的悲剧性，一是体裁上的史诗性。俄国作家在处理战争题材时绝对不回避战争的残酷，绝对不错过对战争所带来的灾难和苦难的品味。从《伊戈尔远征记》中伊戈尔妻子的城头哭诉，到《静静的顿河》中的黑色太阳，从《战争与和平》中安德烈的死去到《这里的黎明静悄悄》中五个花季女兵的凋落，俄国作家们对其笔下主人公崇高的英雄主义的塑造，似乎都是以强烈的悲剧意识作为陪衬的。另一方面，战争总是要与和平结合起来写，需要前方、后方的穿插描写，需要对战争的实质和意义进行思考，这就带来了俄国战争文学在体裁和风格上的另一个特征，也就是史诗性。所谓的史诗性，当然是对《战争与和平》、《静静的顿河》这样的大部头小说而言的，同时，它也可以体现在某些篇幅较小的作品中，比如肖洛霍夫的《人的命运》。

第四，俄国文学是一种具有宗教感的文学，救赎的文学，充满弥赛亚精神的文学。俄罗斯民族信奉东正教，他们将自己的宗教称为"正教"，意思就是基督教的真正传人，正宗继承者；俄罗斯民族认为自己是神选的民族，是具有拯救人类之使命的被选中的民族。在这种语境下，每一位作家的作品或多或少都具有"布道"成分，其笔下的主人公也往往具有深刻的"忏悔"意识。俄国文学中的大多数作家以及他们塑造的人物，两者都是具有宗教性的，都是有信仰的，浓烈的宗教氛围构成了俄国文学作品乃至整个俄国文学的主要色调之一。

第五，俄国文学构成了一个"审美的乌托邦"。俄国文学是宗教的，似乎是注重彼世的，终极关怀的，但另一方面，俄国文学又是十分世俗的，关注现实的，始终十分强调文学的现实改造功能。从叶卡捷琳娜希望用文学来移风易俗、启蒙人心，到车尔尼雪夫斯基断定"美就是生活"，从别雷提出的"创造生活"概念到高尔基提出的文学艺术要描绘更为合理、更为理想的"第二自然"的主张，再到苏联时期脍炙人口的"作家是人类灵魂的工程师"、"文学是生活的教科书"等口号，都可以让我们意识到，俄国作家善于把文学现实化，我用一个词来概括，就叫"审美的乌托邦"，俄国文学因而始终洋溢着浓厚的理想色彩。

以上总结出的俄国文学的这五个特征，其实可能是相互关联的，甚至是互为因果的，因为：具有宗教情怀的文学必然要求道德感，关注现实、弘扬人道的结果就是试图用文学去改造或重构现实，由此又导致了俄国文学的现实主义态度和审美乌托邦理想。这几个特征的结合构成了一种强大的文学，使文学在俄国历史和社会中发挥着十分强大的作用，最终导致了俄国社会和俄国文化中一个独特的现象，即所谓的"文学中心主义"。也就是说，在俄国，文学从来就不仅仅是文学，而往往是一种包括宗教、哲学、思想、艺术等等在内的大文学；文学家从来就不仅仅是文学家，而往往是集作家、诗人、思想家、哲学家和社会活动家于一身的文化大师。我不止一次地说过：俄罗斯民族是一个具有巨大创造精神的民族，而这种创造精神又集中地体现在文学艺术领域。俄国最好的东西不是天然气和石油，也不是伏特加酒和鱼子酱，甚至不是核武器和空间站，而是它的文学和艺术。俄国的文学地图，这是一片亮丽的文学风景，一方壮阔的文学山水。

俄国文学的若干种读法[*]

俄国文学是世界文学中的后起之秀，它最早的书面作品，也就是《伊戈尔远征记》，直到12世纪才出现，与我国的《诗经》相比晚了将近两千年。但是，俄国文学却在19世纪中期声名鹊起，成为世界文学史上继古希腊罗马文学和以莎士比亚为代表的英语文学之后的第三大高峰，它持久的影响力和鲜活的生命力令人惊叹，成为一个世界范围内最主要的文学阅读对象之一。

我们谈对俄国文学的阅读，首先要考虑到两个阅读语境。一个是俄国文学在它本国、本民族的地位；另一个是俄国文学在中国文化语境中的地位和影响。我们知道，在彼得改革和叶卡捷琳娜当政之后，俄国在欧洲就一直是一个强国，尽管苏联解体后，它在跟美国的较量中输了下来，现在大家不再认为它是一个"超级大国"了，但它无疑仍然是世界舞台上一个举足轻重的角色。我们现在说起欧洲，所关注的主要还是英国、法国、德国和俄国这几个国家，甚至要把英、法、德放到一起，算是西欧，然后对抗的是俄国，现在这样的态势更趋白热化。再放眼全世界，除了上述我们提到的四个欧洲大国以外，在国际舞台上能发出声音来的，不外乎再加上中国、美国，或者是一定程度上的日本，或者是印度。世界的舞台其实是一个大国的舞

---

* 2015年3月16日在中国社会科学院研究生院的演讲。

台，实际上我们现在所谓的外国文学、外国文化，我们接收的这些舶来品，某种意义上就是欧美的，其中也包括俄国的。而俄国作为一个国家实际上是相当后起的，我们常说中华文明上下五千年，俄国满打满算才只有一千年历史，俄国文学在世界上这么有影响，其实也只有两三百年的历史。为什么这样一个国家在那么短的时间里，能把自己的文化发展得这么不容忽视呢？前不久，俄国科学院俄国文学研究所所长到中国做讲座，题目是《西方的俄国观》，他谈了很多问题，其中有一个特别重要的论点，就是他试图说明，从哪一年开始，西方突然对俄国刮目相看了。这个话题对我们来说就非常重要了。在当下中国，提出中国梦，大力发展经济，提高国民素质，扩大中国在世界上的影响力，其实我们努力的方向只有一个，就是怎样让全世界都开始尊重中国人。当然，这个问题我们还没有解决，俄国也不能说是彻底解决了，但俄国在某一个节点上，却让世界突然意识到了俄国文学的力量、俄罗斯民族的力量。而意识到俄罗斯民族的力量，就是从意识到俄国文学的强大开始的。其实，现今中国的处境有点像19世纪70—80年代的俄国。当时俄国其实已经非常强大，强大的标志就是它已经打败了拿破仑，在欧洲抢到了最多的国土，工业产值在欧洲也是名列前茅。但是它发现，欧洲人一提起俄罗斯人，还是认为他们是野蛮人，是哥萨克，只会杀人，他们没有文明的教养。欧洲人的理由之一就是：俄国的宗教跟他们的不一样，他们有文艺复兴，而俄国没有；他们有古希腊罗马的文明，这些文明到了俄国都变了样。西欧人的文化优越感在俄罗斯人面前表现得特别强烈。俄国贵族精英的文化水平，其实跟欧洲其他国家同一阶层的水平是相当的，但是即便这样，西欧人还是看不起他们。此时的俄罗斯人十分焦虑，开始思考能用什么方式让这些欧洲的邻居们真正看得起自己，最后他们找到了，认为必须在文学、文化上做出世界一流的成绩。我们回过头来看俄国的文化史，它也就是在19世纪中后期的几十年里，在各行各业涌现出全世界最好的人才，有作家、音乐家、画家、舞蹈家、戏剧家、电影导演，等等。也就是说，在有了伟大的俄国文学和文化之后，俄国才真正地伟大起来，全世界才开始正视、尊重俄罗斯人。俄国最值称颂的不是航天，不是军工，不是汽油，不是天然气，而是她的文学和艺术。这是第一个语境。

第二个语境是俄国文学在中国的影响，这又是跟其他国家不一样的。中国的第一本俄国文学单行本，是1903年出版的普希金的《大尉的女儿》，在这之前有过一些单篇，但作为单行本的俄国文学中译，正好是从20世纪初开始的。第一批俄国文学的译介者不是翻译家，甚至不是文学家，而是中国共产党的第一代领导人，他们都是把俄国文学当作一种政治教科书来看的。鲁迅有一句话说得最明白不过了，他说，俄国文学是"给起义的奴隶偷运军火"，文学不是文学，而变成了一种"武器"。俄国文学一开始进入中国，其身份就不是"纯文学"。现在，我们对五四运动有了很多不同的评价，有人认为是完全正面的，有人认为它割断了当代文化和传统文化的关联。但是关于五四运动的思想来源，大家还是有一个比较一致的看法，认为它有三个主要来源，第一个是德国的马克思主义，第二个是法国的启蒙思想，第三个居然是俄国的文学！启蒙思想不只是对中国人，对近代任何一个国家的影响都很大；马克思主义的用武之地大多是在东方的阵营里；俄国文学的作用范围就更小了，这种功能主要就是在中国和在以前的社会主义国家。然后就到了20世纪50年代的中苏友好时期，中国作家的写作从体裁到风格，完全是拷贝苏联作家的。中国现代大家很少有人没写过关于苏联文学的文章，从茅盾、巴金到老舍，"苏联文学是我们的导师和朋友"，"苏联的今天就是我们的明天"，"苏联文学的今天就是我们文学的明天"，这样的言论在50年代的报纸上随处可见。一个国家的作家群体性地臣服于另一种文学，这恐怕是比较文学历史上一个空前绝后的例子。俄国文学进入中国后的际遇之所以跟其他国家不同，或许还有两个原因：一是中俄两国在民族性上还是有相近的地方，也就是俄国人经常说的聚合性、集体主义，中国人经常说的同化能力、趋同能力。正是基于这种民族性，选择一种相对比较集中、甚至集权的社会体制就成为一种集体无意识；另外一点则有关两国的知识分子，当今主要语种中的"知识分子"一词大多源自俄语里的"интеллигенция"，它指有文化的人，但这些文化人又不属于统治阶级，而是处于平民和统治阶级之间的一种强大的制衡力量，似乎是与"反对派"的概念永远联系在一起的。知识精英阶层漂浮在社会中层的这一现象，也只有在中国和俄国才有。中俄的知识分子阶层还有一个共同点，就是很有使命感。这两个民族特性和社会特殊结构，也在一定程度上决定了很有使命感和责任感的俄国文学在很长一段时间里在中国的大行其道。

现在转入正题，谈一谈我们该如何阅读俄国文学。

第一种方式是不知不觉地进入俄国文学，无意识地接近俄国文学。接触到俄国文学，就像是接触到所有的文学一样，可能是以一种不自觉的方式进行的，就是你不经意间看到了某一部作品，遇到某一位作家。有一位俄国记者在采访我的时候问我："您最早读的俄国文学作品是什么？"我想了想，觉得可能是我五六岁时读到的一本书。我的父母以前是中学老师，家里是有一些书的，但当时正值"文革"，家里人就把所有书的封面都撕掉了。当时我还没上学，一次被一本很薄的小书迷住了，书中讲了这样一个故事：爸爸到西伯利亚出差去了，在森林里砍柴、勘查，妈妈带着两个孩子在莫斯科。有一天爸爸拍了个电报说，你们来西伯利亚过年吧，一家人就很高兴地出发了。但他们错过了爸爸发来的第二份电报，因而没等到爸爸来接他们。妈妈就带着两个孩子在森林里找啊找，终于找到了爸爸。一家人在冰天雪地的森林中的木屋里，过了一个新年。很简单的一个故事。故事的结语是：对于幸福，每个人都有自己的见解，但是正直的生活、辛勤的劳动、热爱而且牢牢地保护这片叫作苏维埃国家的广大而幸福的土地，这就是幸福。我当时不知道这本书的书名叫什么，但记得书中的一幅插图，后来我上大学的时候偶然地再一次看到这本书，是带封面的，这才知道它是苏联儿童文学作家盖达尔的《丘克和盖克》。我又找到它的俄文版，就把俄语原文对照着抄在汉语译文的下面。这么看来，我与俄国文学的相遇是一种无意的进入，我不能说我学习俄语、研究俄国文学是一种非常主动的选择，但五岁时很偶然地读到的一本书，或许多多少少依然作为一种情结流传下来。当然，这样的阅读方式是无法事先设计的，但细想起来，这似乎又是进入文学的必由之路，真正爱好文学的人往往都有这样的经历。这是一种很理想的阅读状态，"随风潜入夜，润物细无声"，这样的阅读就像人的成长、像树的生长一样自然天成，但它是可遇不可求的。

第二种是猎奇式的、饥饿式的阅读。我们很"幸运地"赶上了那样的时代。到我具备阅读能力的时候，已经是"文革"时期，当时，除了《毛选》之外的一切图书基本上都是违禁品，所以我们那一代人当时只要一看见书，哪怕是没有封面的，只要是文字，都会眼睛放光，任何"非法"阅读对我们而言都构成一种偷尝禁果式的诱惑。我们还要提防家长，家长因为担心也不让我们看书。我们经常是拿着手电筒，躲在被子里看书，因为借书的期限只有一天，明天就要还给别人了。这样读的好处，一是你读过的书能给你留下极其深刻的印象，其次就是能培养你的阅读速度。所以我们都是一目十行、百行地读，但我们的阅读不是在完成作业，不是在对付老师。我们那一代人，20世纪50年代末60年代初出生的一代人，在文化大饥荒的年代反而养成了一种酷爱阅读的习惯,这真是一个大悖论。现在你们的"不幸"是书太多、太容易得到了。我曾经引用过俄国作家罗扎洛夫的一句话作为一篇文章的题目,叫《书应该是昂贵的》,越是得不到的,你才越是想要。后来看北岛等"朦胧诗派"诗人的回忆录,发现他们几乎都有过"地下阅读"的经历,"黄皮书"就是一个例子。所谓"黄皮书",就是当年为了"供批判用"而出版的一批"内部读物",其中大多是俄苏文学作品,比如索尔仁尼琴的《伊凡·杰尼索维奇的一天》、爱伦堡的《人·岁月·生活》等。没想到,这批译作却成了整整一代中国读者和未来的作家的救济粮,它们延续了中国的文学薪火,如果连这一批书都没有的话,我们那一代人会缺奶的,会饿死的。有这种阅读体验跟从未有过这种体验的人,在对于文学和阅读的态度上会产生巨大差异,那样一种颤抖着阅读的感觉会导致我们这一代人把读到的书,不管是什么书,都当作暗恋的情人。甚至在70年代末上了大学后,我们依然保持着这种饕餮的阅读习惯,大学图书馆里一切可以借阅的名著几乎都要排队等上很长时间,阅览室是要抢座、占座的。当然,这样的阅读也同样是可遇不可求的,它也可能会导致我们的阅读过于囫囵吞枣,不善于去清醒地分辨和明辨。

第三种方式是被迫的阅读,为了阅读而阅读,比如说完成文学课老师布置的作业,比如说考研,比如说写论文,比如说当了老师后写论文,保住饭碗,提职称,参加学术会议,与外国同行交流,等等。总之是出于某种需要,具有具体而又强烈的功利目的。大家都是被迫读书过来的人,这样的阅读状态也是一种方式,如果一生总是随性而读肯定也是不行的。即使一本书很艰涩,但它非常有内容,那就要去啃,这也是一种被迫。从客观效果看,对俄国文学的"被迫"阅读对于以俄国文学为专业的学生和专家而言,还是卓有成效的,就某种意义而言,这种阅读也就是我们的"工作方式"。谈到被迫阅读,跟风式的阅读其实也应该包括在内。以前在莫斯科地铁上看到很多人都在读书，中国去的作家都很感慨："你看，他们多有修养，这真是一个文学民族。"殊不知，他们中间的许多人其实也在装模作样，并没有真读进去。在加勒比海上的邮轮上，我也看到过许多游客躺在躺椅上看诗集，可一连数天，他们始终在看第一页。莫言获奖后，我在一架从北京飞往哈尔滨的航班上看到，一多半的旅客都手捧莫言的小说。几天之后，莫言获奖的热潮过后，就鲜有人捧读莫言了。跟风式的被迫阅读，其实更悲哀，不是在阅读中发现了自我，而是在阅读中丧失了自我。

与第三种被迫的阅读方式相对的，就是主动的阅读。这种阅读纯粹出于兴趣，为内心的某种驱动力所左右。这样阅读的同学往往自己有写作的经历或冲动，自己就是一位诗人或作家，或潜在的诗人或作家。我的一位研究生在面试时说过一句让我很感动的话，他说他学习俄国文学的目的，就是为了把茨维塔耶娃译成汉语，把海子译成俄语。这是为自己的阅读，为了自己心中的目标而展开俄国文学的阅读。当然，还有更高层次的主动阅读，即丰富自我，把阅读当成一种修身养性的日常行为；或者，通过阅读寻求生活的意义，寻觅真善美，独善其身，兼善天下。

对于俄国文学的第五种阅读方式，就是在俄苏和中国曾经出现的意识形态化阅读，一种政治化的文学接受方式。在某种程度上，俄国文学的中国接受史可以说就是一部文学的意识形态化阐释的历史，无论是"给起义的奴隶偷运军火"还是"我们的导师和朋友"，无论是"生活的教科书"还是"人类灵魂的工程师"，都是在强调俄国文学的意识形态功能。之前在谈起俄国文学时，一定是现实主义比其他的主义都好，一部作品好不好要看它是不是真实地反映了生活，是不是具有人民性和党性。我们的文艺学就像我们的国家一样，进步还是巨大的，至少现在的学者对俄国文学的多样性没有不接受的，文学作品的好与坏应该不止一个标准，这是能够达成共识的。可数十年前还不是这样，在其中作祟的就是意识形态批评，政治标准是首要的，文艺标准是其次。我们现在已经生活在一个文学标准很多元的时代了，但奇怪的是，在很多博士论文中我们依稀能分辨出旧时代文学标准的烙印。

最后一种阅读方式，我把它命名为"看风景"，因为窗外的风景很美。我们阅读和研究俄国文学，其实就是在张望俄国的文化地平线，浏览我们这个北方邻国的异域风光。我不认为俄国文学能教会我们怎样生活，尽管直到现在我们的接受语境还是这样，比如《钢铁是怎样炼成的》依然被收进中学课本，而且课后练习中提的几个问题依然是"保尔给了你什么启示"等，一代代的学生还在读，还在受这方面的教育。虽说换个角度来看，保尔依然是伟大的，比如说他对信念的坚守，他在残疾后坚持写作，这样的人在任何一个国家都是英雄。美国好莱坞影片里对强人的刻画也很多，不断突破自己身体、精神的各种极限去做你认为有价值的事情，这个模式永远是成立的。但我个人依然不喜欢这种模式。文学实际上不是教你怎么生活，而是给你一片窗外的风景，也就是说，我更认同文学的审美意义，而不是它的社会学意义。我不认为文学真正有什么用处，但文学的用处又是无处不在的，看得见的东西也许并非必要，比如我们正在使用的桌椅，没有桌椅我们一样可以上课，而看不见的东西也许却离不开，比如我们正在呼吸的空气。最有用的往往是最没用的，最没用的实际上反而是最有用的。有时候换一个角度来说，文学可能比意识形态更重要一些，因为它就是我们修身养性的空气，它甚至不是一种知识，它可能是培养感情的一种方式，或者是培养我们面对世界的态度的一种方式。我翻译过当代俄国作家佩列文的一部小说，书名叫《"百事"一代》，书中写到这样一幅场景：主人公驾驶汽车行驶在莫斯科街头，他觉得一瞬之间，好像莫斯科的街头风景已经完全变样了，以前没有可口可乐，以前没有奔驰轿车，连人的穿着和神情都完全不一样了，他看到的是另一种风景。在莫斯科举行的一次翻译家大会上，我借用这个题目做了一个发言，题目就叫《从"生活的教科书"到"完全别样的风景"》，向与会者介绍了中国对俄国文学接受态度的一个新的转变。后来，我的一本散文集也取名叫《另一种风景》。

以上提到的这些俄国文学阅读方式，有可能是彼此对立的，比如说被迫的阅读和自愿的阅读，为自己的阅读和为他人的阅读，比如说养家糊口型的阅读和修身养性型的阅读；比如说是一种艺术审美的落实还是一种平天下的志愿，是一种小众的阅读还是大众的阅读，是功利的阅读还是非功利的阅读，等等。但是在绝大多数情况下，阅读的方式实际上又不可能是单一的，各种态度并非泾渭分明，而在大多数场合下都是相互渗透的，你中有我，我中有你，一定会是多种阅读方式交织在一起。比如同样是被迫的阅读，有的只是应付，比如完成文学课的作业；有的却充满追求，比如说考研考博。各种阅读态度也可能相互转化，比如起先被迫，后来爱上；比如中国的俄国文学接受起先的政治化倾向，如今的艺术审美化走向。更为重要的是，这种种态度会随着阅读者年龄、人生阅历、阅读环境、社会地位等的变化而不断发生变化。在更多情况下，人们在面对包括俄国文学在内的文学时，所取的态度往往都是上述诸种态度的综合体现，只不过在不同的场合和时段对某种方式有所侧重而已。细心地发现生活中一些特别美好的瞬间并用文字记录下来，这其实很重要，但是发现自己阅读心态的变化，也不亚于观看窗外四季风景的交替。哪怕是读同一部作品，第一遍读跟第二遍读也会有一些差异，这些差异特别重要。比如同样一部契诃夫的戏剧作品《三姐妹》，剧中的二姐玛莎在该剧结尾时念白说:"大雁在我们头上飞翔,每个春天和秋天,它们都这样飞翔,已经飞翔了千万年。它们不知道为什么要飞翔,可是它们飞啊,飞啊,还要再飞翔几万年,只要上帝不给它们揭开这个秘密……"我很早就读过这段台词,甚至用俄语读过,我不止一次听过中国和俄国的演员朗诵这段台词,但在不同的场合、不同的阶段读到它,听到它,我都会产生新的感动,我的理解都会有一点细微的差异。我不敢保证每一次的理解一定是上了一个台阶,审美没有高低之分,但是我觉得这种新鲜的、微妙的差异很珍贵,实际上就等于你是在把你的感受立体化、多元化、深刻化。对同样的对象会有不同的理解,我想这是文学较之于哲学、宗教不一样的地方,也是文学最珍贵的地方。哲学要求真,数学要求解,最后只有一个标准的东西,一个答案,但文学如果只有一个答案,这种文学一定是很糟糕的文学。

说了很多种阅读俄国文学的方法,也说到这些方法可能是相互交织起作用的,它们在每个人身上也可能会有不同的体现,每一种方法所占的比重可能也会不一样。下面,我想介绍两个比较实际的阅读实例,这两个例子都来自我不久前进行的研究工作。

第一个例子就是对陀思妥耶夫斯基的阅读。我最近完成了米尔斯基英文版《俄国文学史》的翻译工作,米尔斯基在这部书中写到陀思妥耶夫斯基的时候,说关于陀思妥耶夫斯基可以有这么几种阅读方式:第一种是陀思妥耶夫斯基同时代人的阅读方式,也就是将陀思妥耶夫斯基的小说与当时俄国社会生活中的现实问题联系在一起。这是一种非常现实主义的方式,把他的小说等同于当时的生活。第二种方式是将它们视为一种"新基督教"的渐进显现,这是宗教的阅读方式,把他的作品看成一种布道,看成是他要通过这部小说来创建一个新的基督教,也就是说,他的作品不是文学作品,而是像《圣经》一样的经书,你要在中间看到人是怎么一步一步走近上帝的,看见人怎样在痛苦中一点一点地赎清自己的罪孽。苏联解体以后，这种阅读方式在现在的俄国陀思妥耶夫斯基学中占据首要地位，在我们国家也有这样的趋势，现在我们有更多的人试图通过陀思妥耶夫斯基的作品来研究俄国的宗教，来研究整个基督教文化。第三种方式是将陀思妥耶夫斯基的小说和他本人精神体验的悲剧性内核联系起来，把他的文学文本看成是他的精神自传，他痛苦的灵魂不断挣扎的一种记录。这样的分析其实也很多，弗洛伊德的理论被引入文艺学、引入文学批评之后所起到的作用，最主要就体现在这一方面。陀思妥耶夫斯基的作品经常是以第一人称来叙述的，可是文学作品中的"我"至少有三层含义，我们无法断定哪个"我"是作品中的人物，哪个"我"是作品的叙述者，哪个"我"才是陀思妥耶夫斯基自己。但无论如何，把陀思妥耶夫斯基的作品视为他自己精神体验的一种载体，这应该是一个合理的阐释方式。第四种阅读方式，就是不去关注陀思妥耶夫斯基小说的哲学内涵，而视它们为情节离奇的纯小说，也就是把陀思妥耶夫斯基的小说当成侦探小说来读。

在陀思妥耶夫斯基之后又过去了近百年，在米尔斯基之后也过去了数十年，关于陀思妥耶夫斯基新的读法还在不断出现，比如巴赫金在研究陀思妥耶夫斯基的小说时提出的"复调理论"。巴赫金发现，陀思妥耶夫斯基的小说存在着一种音乐作品式的复调结构。在陀思妥耶夫斯基之前的作家就像上帝一样，统领着他们作品中的所有人物，一切都在上帝般作家的掌控之中。而巴赫金发现，在陀思妥耶夫斯基的小说中不是这样的，作家有的时候好像失去了对他笔下人物的控制，他笔下的人物似乎是独立的，是各行其是的，他们相互之间构成一种非常自由的对话关系，连作家和他笔下的人物之间也存在着这种对话关系。巴赫金就借用了一个音乐学的术语，把这种结构称作"复调"。这样一来，小说就不再仅仅是一种线性结构，它也变成了一种空间的艺术，或者更确切地说，是空间和时间交叉构成的一个艺术空间，这就是巴赫金所说的"时空体"。从巴赫金的理论开始，人们开始了对陀思妥耶夫斯基的一种新的阅读方式，即从复调、对话的角度来读，从文艺作品的时空体角度来阅读。现在，无论在俄国还是在其他国家，还有一种很流行的陀思妥耶夫斯基阅读法，就是把陀思妥耶夫斯基的作品当成一种哲学文本，当成一种思想史文本。看一看俄国的哲学史著作，我们往往会感到非常奇怪，它们给予篇幅最大的论述对象，就是托尔斯泰和陀思妥耶夫斯基。这就说明，在俄罗斯人的心目中，这两个作家是俄国有史以来最伟大的哲学家，而那些专业的哲学家反倒还没有那么大的篇幅来评述。人们不是把这两位大作家的作品当成艺术文本，而是当成哲学论文来理解、来分析。当今的另一种陀思妥耶夫斯基新读法，就是把陀思妥耶夫斯基看成现代派文学的始祖，这也是米尔斯基没有来得及做的一种归纳。如果要在世界范围内为 20 世纪兴起的现代派文学寻找一个鼻祖的话，这个人可能就是陀思妥耶夫斯基。当然，陀思妥耶夫斯基并不是一个真正意义上的现代派作家，但是后来的现代派作家常耍的那些花招和文学技巧，陀思妥耶夫斯基也的确早就用过。比如意识流，《地下室手记》从头到尾都是意识流；比如对世界的厌恶，把生存看成一种痛苦，这是存在主义哲学的体现，所以加缪认为陀思妥耶夫斯基是世界上的第一个存在主义者；比如陀思妥耶夫斯基小说文本在体裁等方面的试验色彩；等等。将来，随着文艺学的发展、文学思潮的流变，关于陀思妥耶夫斯基一定还会有其他的阅读方式。我们并不能评判哪一种方式一定是合理的，或者哪一种先进，哪一种落后，但是大家应该有这样一个清醒的意识，也就是说，对一种文本，对一个作家，是可以用多种角度来介入的。

第二个例子是对巴别尔的阅读。我最近正在编《巴别尔全集》，还写了一篇篇幅较大的序言,在阅读和理解巴别尔及其创作的过程中,我感到他显然也是一个经得起多重阅读的作家。我觉得,至少可以从这几个角度来阅读巴别尔:一是把他的作品作为瑰丽奇特的文学文本来阅读。这个作家创作的主题非常奇特,他善于写血腥和暴力,写性和战争。他写到这样一个场景:一个哥萨克骑兵从后面一下勒住一个犹太老头,用匕首割断他的喉咙,之后他轻轻把那个老头平放在地,为了不让鲜血沾到自己身上,他在身旁的草地上仔细地把匕首擦拭干净,然后若无其事地走开了。关键是,巴别尔在描写此类血腥的暴力场景时,他自己也平静得像那位杀死犹太老人的哥萨克骑兵,可这样的平静却会让人发疯。巴别尔善于描写风景,他善于让描写对象、包括抽象的客体全都主体化,在小说中获得了行动的能力,比如:"群山的宁静在我们的头顶上伸出雪青色的旗帜。"比如:"太阳升到中天,像一只被酷暑折磨的软弱无力的苍蝇打起抖来,""白昼驾着华美的单桅帆船向黄昏驶去。""宁静"、"黄昏"、"白昼"等等,在他看来都可以像人一样活动着,甚至感受着,思考着。这是一种很独特、很魔幻的写法,他的小说因而也被视为一种充满现代派实验色彩的文学文本。第二种关于巴别尔的读法就是文化阅读的方式,甚至有的时候就是意识形态的阅读方式。巴别尔在 1940 年被苏联当局镇压,他一直被当成一位集权制度下的牺牲品,但是他跟阿赫马托娃、曼德施塔姆不一样,他生前实际上是一位标准的"苏维埃作家"。他在苏联时期是一个很官方的人物,曾长期在苏联秘密警察部门工作,后来得到高尔基的支持,第一届苏联作家代表大会曾作为作家代表发言,他在发言中说,我们苏联作家要努力工作,写出的语言要像斯大林同志的语言那么优美。苏联解体以后,因为他最后的悲剧性遭际,他就变成了一个文学的受难者。巴别尔在西方非常走红,这在一定程度上是因为他的犹太人身份。西方喜欢对苏联时期被迫害的作家给予深切的同情，对被迫害的犹太作家更是如此。巴别尔是犹太人，在西方关于巴别尔的解读中，他的这一身份都会得到放大，这也是一种意识形态的解读。巴别尔在西方文学界的崇高地位和强大影响，跟他的犹太身份是有关系的，跟他的殉道者、受难者的身份也是有关系的。现在在俄国对于巴别尔又出现了一些新的解读，我暂且把它归纳成一种文学史的阅读方式，也就是更多地从文学史的角度去看待他的创作。有人说过，俄国文学是伟大的，也是丰富的，但是整体看来，俄国文学似乎主要是一种北方的文学，因为俄国的很大一片疆土位于寒带，森林比较多，地广天寒，所以这样的文学相对而言要阴暗一些，寒冷一些，沉思一些，静观一些，忧伤一些。南方呢，因为处于热带地区，阳光多一些，就热情一些，爽朗一些。巴别尔自己在作品中也说过：我们俄国文学缺少阳光，缺少大海，缺少暑热，唯一的例外是高尔基。而俄国当今的文学史家认为，正是以巴别尔为代表的"南俄文学流派"，把敖德萨海岸的阳光带进了俄国文学。从文学史中的一种文学传统、一种文学流派、一种文学氛围来肯定巴别尔的创作意义，我觉得这是非常巧妙的一种阅读方式。最后，还有一种巴别尔的读法，就是从体裁的角度来理解。在一个创作晚会上有人问巴别尔：你怎么只写短篇小说，你不会写长篇吗？巴别尔回答说他尝试过，但是写不好，他没有耐心，他把自己跟托尔斯泰比较，说托尔斯泰是在写一天里的24小时，可他无论如何只能写一天中的5分钟。现在回过头来看，他在俄国短篇小说体裁中的功绩就很突出。他认为在他之前俄国只有一个伟大的短篇小说家，就是契诃夫，同时代的还有左琴科，他也比较欣赏。巴别尔在谈到自己的创作体裁的时候，曾说他写的不是"短篇"，而是"短的短篇"。由于在短篇小说创作上的杰出成就，巴别尔还被称为"俄国的莫泊桑"。从体裁史的角度来看巴别尔在20世纪俄国文学史中的地位，这显然也是一种很独特的阅读方式。

俄国文学的若干种读法

在举出这两个阅读例子之后，我想在这里再给大家一些具体的阅读建议，也就是阅读俄国文学的意义和用处：

首先，为自己现在和将来的家庭生活而阅读。在座的大多是女生，你们是将来的母亲。据我所知，俄国的孩子小的时候，大多是伴着母亲或外婆朗读的普希金童话诗入睡的，与在麻将声中入睡相比，对他一生精神成长的作用显然是不同的。你们如果能多读一些俄国作家的作品，多背几首诗，多背几句戏中的台词，多记住一些小说情节，为你们现在和将来的孩子多做些准备，无疑是一件很有意义的事情。提高民族素质，提高后代的文化素养，要从你们自己做起。

其次，为自己而阅读，为自己的内心和外貌而阅读。有没有接受过高等教育的人，往往还是能一眼看出来的，高校里学文学理的学生往往也能分辨出来，这其中很大一部分原因就在于阅读，在于非功利的阅读，在于文学阅读，其中当然也包括对于俄国文学的阅读。积极的阅读、长期的阅读会成为一种习惯，一种行为举止，对于文化人和知识分子而言，文学是一副面具，一件外衣，一种相貌。从小处讲，这会影响到他的行为举止和谈吐；从大处讲，这能塑造他的价值判断能力、社会公正意识和人的尊严感。就像布罗茨基说过的那样："一个读过狄更斯的人就更难以向自己的同类开枪"，"一个读过诗的人要比没有读过诗的人更难被战胜"。

再次，为专业而读，为俄语而读。在座的有一些研究俄国和俄国文学的研究生，应该清楚文学在这个国家所扮演的角色，所享有的地位。普希金等被封为文化之神、国家之魂。因此，贴近俄国文学，阅读俄国文学，就有可能是了解俄罗斯民族及其文化的一条捷径，甚至是必由之路。阅读俄国文学，可以极大地拉近你们与俄罗斯人之间的距离，对你们将来可能从事的与俄国相关的工作或事业提供更多的便利。

最后，是为祖国的文化事业而阅读俄国文学。作为中国新一代的研究生，未来的知识精英，我们恐怕总要想着如何为我们国家的文化事业做一点什么贡献。阅读俄国文学，说到底还是为了丰富我们自身的文学和文化。

基于以上几点，阅读俄国文学对于诸位而言实在是有百利而无一害的事情，唯一的损失恐怕就是付出一些时间。阅读俄国，也很难说哪一种阅读方式就是完全合理的，哪一种就是完全不合理的，每一种方式和态度都有其存在的合理性，更何况它也是因人而异的。但是，阅读总是必需的。我在耶鲁的时候看过一份报纸，它叫"Yale Daily News"，这是美国最古老的大学生报纸，在新学期的第一期报纸上，编者把第一版全部空出来做了一个约稿的广告，用很小的字体在空白版面的中央打了一行字，一共只有四个单词："read or be read"，也就是"阅读或者被阅读"。这是一句很巧妙的话，当然是指阅读他们的报纸或者为他们的报纸写稿，但这句话其实也暗含着一个意思，阅读和被阅读，阅读和表达，阅读和写作，这或许也就构成了关于我们理想的生活方式和存在状态的一种隐喻。

俄国文学的思想史意义 *

记得大学时看赫尔岑的《论俄国革命思想的发展》一书，就发现其中的大量篇幅其实是谈论俄国文学的，作者从普希金、莱蒙托夫、别林斯基、霍米亚科夫等一路谈来，几乎谈到了当时（此书写于1850—1851年间）的所有俄国大作家，这也就是说，在赫尔岑的心目中，俄国革命思想，或者说是俄国思想的一个重要构成，就是俄国的文学。最近翻译米尔斯基的英文版《俄国文学史》，我又有了一个有趣的发现。该书作者在论及20世纪20年代的一位出色批评家伊万诺夫-拉祖姆尼克的时候这样写道："他的《俄国社会思想史》（改写后以《20世纪俄国文学》为题于近期再版）是对个人主义（他将这一概念等同于社会主义）发展过程的深入研究，他以这一社会思想史取代文学史。"这两个例子似乎在告诉我们，在俄国，革命思想史，社会思想史，乃至一般的思想史，首先是与文学史挂钩的，甚至是可以相互"取代"（substitution；замена）的。换句话说，这两个例子也似乎在给我们以这样的暗示，即俄国文学可能是最富含思想分量的，是最具有思想史意义的。

另一方面，相形之下，"思想"作为一个独立的门类或者说是领域，在俄国长期以来却不太发达。比如，作为思想最集中体现和表达

---

* 2013年4月22日在北京外国语大学的演讲。

的哲学在俄国就兴起较晚,弗拉基米尔·索洛维约夫被称为"俄国哲学之父",而这位哲学之父迟至1853年才出生,直到19世纪末的"白银时代"才产生思想影响,至于他的去世就已经是20世纪元年的事件了;再比如,俄国出版过成百上千部的俄国文学史,却鲜有一般意义上的俄国思想史,社会思想史、政治思想史、革命思想史、美学思想史等倒是有几部,但数量也远不及文学史,这一点与西方国家有很大不同。这些现象也在促使我们认定:俄国的文学在以思想之名大行天下的同时,也在一定程度上剥夺、占据了本应由思想来占据的空间;反过来,俄国思想在赋予俄国文学以强大的精神内涵和社会影响的同时,却也在一定程度上消解了自我。

俄国文学在俄国社会和文化中享有的崇高地位,它对于俄国思想和民族意识的发展所具有的重大意义,主要体现在以下几个方面,换句话说,我们或许可以通过以下几个方面来梳理俄国文学所具有的思想史意义:

首先,就是俄国文学在俄罗斯民族和国家崛起中发挥的重大作用。俄国科学院俄国文学研究所(普希金之家)所长巴格诺院士前不久应邀访问中国社会科学院外国文学研究所,在他所做的题为《西方的俄国观》(中译见《外国文学评论》2012年第1期)的讲座中曾经谈道:西方的俄国观在神圣同盟时期形成,后来一直呈现为"哥萨克威胁"这样一种敌对形象,直到19世纪70—80年代,随着俄国文学的崛起,尤其是托尔斯泰的《战争与和平》和《安娜·卡列尼娜》等长篇小说的面世,俄国和西欧的知识分子才普遍意识到,俄罗斯人不仅富有智慧和文化,甚至肩负某种特殊的全人类使命,换句话说,俄国文学的辉煌成就使西方针对俄国的"轻蔑、责难和声讨"迅速转变为"好奇、同情和赞赏"。在俄国文学走向世界的关键时刻,在俄国国家正面形象的塑造过程中,托尔斯泰的《战争与和平》和《安娜·卡列尼娜》发挥了无可替代的作用。在整个俄国文学的发展历史中，《战争与和平》是第一部具有全欧洲意义的小说。俄国文学史家米尔斯基曾说："这部作品同等程度地既属于俄国也属于欧洲，这在俄国文学中独一无二。欧洲长篇小说史或许会将这部作品归入国际范畴而非俄国范畴，归入自司汤达至亨利·詹姆斯和普鲁斯特的发展过程。"一方面，这是一部由俄罗斯人写作的反映俄罗斯人生活的长篇小说，它刚一面世，便令欧洲和全世界的读者感到新奇，人们既津津有味于小说中的人与事，"战争与和平"，历史和沉思，也为小说所体现出的巨大的艺术表现力所倾倒，这样一部小说竟然出自此前在欧洲似乎并不主流的俄国作家之手，更是让人惊讶。在此之前，欧洲当然已经熟知普希金的诗歌和屠格涅夫的小说，但伟大如《战争与和平》这样的长篇史诗小说的横空出世，还是会给整个欧洲乃至整个世界带来前所未有的震撼。也就是说，《战争与和平》构成了俄国小说乃至整个俄国文学崛起的标杆。1881年，《安娜·卡列尼娜》又成为俄国近现代文化崛起过程中一个具有划时代意义的里程碑。我们过去通常是在文学史的框架中看待《安娜·卡列尼娜》的，而较少把它置于文化史、思想史和一个民族文化崛起的大背景中去评估其意义，其实，正是《安娜·卡列尼娜》等俄国小说让整个西方意识到了俄国文学乃至文化和思想的强大力量。1846年，果戈理曾发出预言："再过十来年，您就会看到，欧洲人来我们这里不是为了购买大麻和油脂，而是为了购买欧洲市场上已不再出售的智慧。"应该注意到，在果戈理说出此话的19世纪中期，彼得大帝试图西化俄国的改革早已完成，叶卡捷琳娜的扩张政策使俄国的版图急剧扩大，亚历山大的军队更是开进了巴黎。然而，俄国在文学和文化上似乎仍然没有完全融入欧洲，俄罗斯民族似乎仍未被纳为欧洲文明大家庭中的平等一员。直到三十余年后的19世纪70—80年代，果戈理的预言方才应验，因为恰在此时，在普希金的诗歌、别林斯基的批评和屠格涅夫的小说之后，托尔斯泰的《战争与和平》和《安娜·卡列尼娜》等小说以及陀思妥耶夫斯基的作品又相继面世，这些伟大而又完美的艺术作品使欧洲知识分子普遍意识到了俄国文学的伟大，并进而意识到了俄国文化和俄罗斯民族的伟大。在果戈理的预言之后第一个敏锐感觉到这一变化的人，正是陀思妥耶夫斯基自己；而促使他做出这一判断的文学事实，正是当时在《欧洲导报》上连载的小说《安娜·卡列尼娜》。1877年春天的一个傍晚，陀思妥耶夫斯基与冈察洛夫在彼得堡街头相遇，两个人迫不及待地就刚刚开始发表的《安娜·卡列尼娜》交换看法。"很少兴奋"的冈察洛夫此次有些反常，他情绪激昂地对陀思妥耶夫斯基说道："这是一部前所未闻的作品，是空前的第一部！我们的作家中有谁能与他媲美呢？而在西欧，有谁能写出哪怕一部与此近似的东西来呢？在他们那里，在他们最近几年所有的文学作品中，甚至追溯到很久以前，哪里有能与此并列的作品呢？"陀思妥耶夫斯基深有同感，他在这次碰面之后迅速写下的《〈安娜·卡列尼娜〉是一个意义特殊的事实》一文中转述了冈察洛夫的意见，并进而写道："在这个我自己也赞同的判断中，使我感到惊讶的主要一点是，针对欧洲的这一见解恰好与当时许多人自然产生的那些问题和疑惑相关。此书在我眼中很快成为一个可以代替我们向欧洲做出回答的事实，一个可以让我们展示给欧洲的梦寐以求的事实。当然，有人会嚷嚷着讥笑，说这只不过是文学，一本小说而已，如此夸大其词，拿着一本小说去欧洲露面，未免可笑。我知道，有人会嚷嚷，有人会讥笑，但是请安静，我没有夸大其词，我目光清醒：我自己也知道，这眼下只不过是一本小说，只不过是所需之整体中的一滴水，但对于我来说重要的是，这一滴水已经有了，如果一位俄国天才能够创造出这一事实，那么很自然，他绝对不会无所作为，时辰一到，他便能创造，能给出自己的东西，能开始道出并道尽自己的话语。"陀思妥耶夫斯基接着说，《安娜·卡列尼娜》就是那种在欧洲世界面前构成"我们之特性"的东西，就是一种新的话语，"这一话语在欧洲无法听到，然而欧洲又迫切需要倾听，尽管它十分高傲"。一部小说能对一个民族的文学和文化乃至整个民族的国际形象和世界地位产生多么重大的意义，《战争与和平》和《安娜·卡列尼娜》提供了最为出色的例证。也就是说，从普希金开始，一直到托尔斯泰，俄国文学终于赢得了整个世界的承认，构成世界文学史上的三大高峰之一，西欧乃至整个世界开始对俄国刮目相看。俄国文学让俄国赢得了全世界的尊重，俄国文学从此成为俄国的国家名片，俄罗斯民族的文化标识，俄罗斯民族跻身世界民族之林的文化资本，蕴含在俄国文学中的俄国意识和俄国思想也借助俄国文学的翅膀翱翔于整个欧洲和世界，获得广泛的承认、理解和接受。

其次，在俄国社会中，作家向来享有崇高的、甚至是至高无上的地位，究其深层原因，就在于他们扮演了社会代言人和民族思想家的角色。俄国的文学发展史，似乎就是一场狂欢化的寻神运动和造神运动，著名的俄国作家在经历这样的运动之后，纷纷成为民族的象征和图腾。我们面临的不仅有"普希金崇拜"、"托尔斯泰崇拜"、"高尔基崇拜"等，甚至连我们在20世纪的"同时代人"也能获此待遇，如"索尔仁尼琴崇拜"、"布罗茨基崇拜"等。与之相应的，有"普希金学"、"布罗茨基学"等概念在学术界的流行。似乎，在每一位俄国大作家的身上都可以加上"崇拜"（cult；культ）这样一个概念或者"学"（-ology；-ведение）这样一个词尾。几乎每一位著名的俄国作家，都可以在其创作中发掘出其思想史意义，陀思妥耶夫斯基、托尔斯泰自不待言，甚至连普希金、丘特切夫这样的诗人，也被当成俄罗斯民族最重要的思想家，比如普希金的人道主义、普世关怀，比如丘特切夫的自然哲学、静观思想。我这里再举20世纪的两个例子。第一个例子是普里什文。在传统的俄苏文学史中,普里什文被视为"大自然的歌手",一位儿童文学作家,一位"小品文作家"、"文学短工",他专写山川、草木和鸟兽,他拿手的体裁就是日记体的随笔,他似乎是以"非思想"的写作赢得"苏联经典作家"地位的。作为一位诞生于1873年的老作家,他能在十月革命后一场又一场的文学和政治"运动"中安然无恙,全身而退,在一定程度上或许就有赖于他的"小体裁"和"小题材"写作,他曾经自嘲他是一个"穴居动物"。然而,在苏联解体之后的普里什文研究中,随着普里什文日记的大量披露,人们发现,这其实是一位对俄国历史和现实怀有深切关注的作家,对他所经历的俄国历史中那些最重大的事件,比如第一次世界大战、十月革命、国内战争、集体化运动、肃反运动和反法西斯的卫国战争,他都做了深入的思考和阐释。关于这个问题,我最近写了一篇文章,题目就叫《普里什文的思想史意义》,刊登在《外国文学评论》2012年第1期上。我分别从普里什文提出的一个命题,如"亲人般的关注"、"艺术是一种行为方式"等入手,分析了他的文学观点、社会立场和生态思想。像普里什文这样的"随笔作家",居然也富有深刻的、新颖的,甚至具有某种体系性的思想内涵,这足以从创作主体的侧面来证实俄国文学强大的思想传统。第二个例子是索尔仁尼琴。在索尔仁尼琴去世的时候,我在2008年9月3日的《中华读书报》上发表了一篇文章,题目是《索尔仁尼琴的遗产及其意义》。在试图对索尔仁尼琴的文学遗产"盖棺定论"时,我发现,其意义和价值更多的还是在思想史层面。从《伊凡·杰尼索维奇的一天》开始到《红轮》结束,可以发现,他的文学作品的思想内涵越来越浓重,所占据的比重越来越大,更不用说他晚年的"政论三部曲"等纯粹的思想性文字,这些构成了他的"新斯拉夫主义"的思想遗产。我在这篇文章的结尾写道:"他的这些思想虽然似乎并不构成一个严密的体系,却使他成了俄国文化史中又一个集文学家和思想家于一身的大家；他的理论最终未能成为当今俄国的一副济世良方，却无疑能使索尔仁尼琴在20世纪的俄国思想史中占据一席之地。"

第三，文学成为思想的一种表达方式，思想借助文学成为一种力量，在俄国社会，思想的力量往往就表现为文学的力量。以赫尔岑的《往事与沉思》为例，它在俄国思想史上的意义或许可以从这样两个方面来理解：一方面，它生动、概括地展示了在19世纪中期的俄国"思想成为力量"（мысль стала мощью）的场景和过程；另一方面，它也是赫尔岑本人"思想的力量"（могущество мысли）之集中、具体的体现。在赫尔岑看来，斯拉夫派和西方派的对峙是俄国社会思想史上一个必然会出现的阶段，因为此前发生在俄国的两个历史事件已为这场思想论争准备了前提，这两大事件就是1812年的卫国战争和1825年的十二月党人起义。赫尔岑敏锐地意识到，正是在这一时期的俄国社会，"思想已成为一种力量，已享有其可敬的地位"。"思想成为一种力量"，于是，在当时的俄国便迅速涌现出了一群为思想而生、为思想而活并试图用思想来影响社会和历史的人。赫尔岑的一生是一位杰出作家的一生，更是一位伟大思想家的一生，在他身上，有一种很早就被别林斯基发现并被推崇的"思想的力量"，这种力量及其表达方式在俄国文学史和思想史中都留下了深刻的痕迹和深远的影响。《往事与沉思》是赫尔岑一生创作的顶峰，因为，无论是作为一位伟大思想家的赫尔岑还是作为一位杰出文学家的赫尔岑，在这本书里都得到了充分的展示。《往事与沉思》是一部不朽的杰出自传，它在俄国文学史中具有深远的意义。然而，《往事与沉思》又不仅仅是一部传记，即便只就体裁意义而言，它的容量也远远超出了一般的回忆录或自传，这里有对历史和现实人物的特写，有日记和书信，有理论文章和政论，它的作者是一个兼小说家、政论作家、哲学家和思想家于一身的大师。《往事与沉思》是一部俄国文学名著，同时也是一部具有厚重思想史意义的文学名著。在一部新近出版的《俄国哲学百科》中的"赫尔岑"词条中，我们读到了这样的说法："任何一位研究19世纪中期俄国哲学思想史的学者都不得不援引赫尔岑的自传史诗《往事与沉思》，甚至连弗洛连斯基这样具有深重宗教感的思想家，在对19世纪哲学生活的各种现象进行评价时也要援引赫尔岑，将赫尔岑当作最高权威。"正是在这部"文学作品"中，赫尔岑不仅再现了"历史在一个人身上的反映"，同时还生动地展示了"思想俄国"的生成和发展，还对自己一生的精神世界和思想体系进行了总结。借助这部巨著，赫尔岑也把自己的伟岸身影投射在了俄国历史的大背景中，别林斯基在赫尔岑刚刚开始发表作品时就做出的那个大胆预言无疑是正确的：赫尔岑不仅将在"俄国文学史"中占据要位，而且还将在"卡拉姆津的历史"中占有一席。

第四，俄国文学向来具有浓重的意识形态色彩，众多文化名人给出的关于俄国文学的定义，再好不过地体现了这一点，比如"俄国生活的百科全书"，"美即生活"，"生活教科书"，"人类灵魂的工程师"，"第二自然"，"创造生活"，"审美乌托邦"，等等。俄国文学的特性，就是意识形态的艺术呈现，就是思想的一种松散表达形式。苏联文学的意识形态性质是毫无疑问的，也是长期以来大家诟病最多的一点。但是，我们回顾一下俄国文学的历史，发现所谓的意识形态性其实并非苏维埃文学的专利，而是像一根红线贯穿于整个俄国文学的历史。比如，《伊戈尔远征记》中的爱国主义主题，所谓"金言"；比如，《往年纪事》中的国家意识，我曾在一篇讨论《往年纪事》的文章中对这部作品的思想史意义做过这样的归纳："民族意识、宗教意识和民间意识这三者的相互交融，共同赋予《往年纪事》以深刻的思想内涵，使其成为一面能够折射出俄国和俄罗斯人民族心理和文化心态的明镜，成为一道能让我们接近俄国精神起源和思想内核的捷径。"

以上，我们分别通过俄国文学的历史意义、创作主体、表达方式和内在特质这四个方面来探讨了俄国文学的思想史意义，通过以上的描述和归纳，我们或许可以提出这样三个命题：1）俄国文学在俄国文化中的"中心主义"位置主要就是仰仗其强大的思想性获得的；2）俄国文学与俄国思想相互叠加，相互渗透，构成了俄罗斯民族文化的独特构成和特殊本质；3）俄国思想的表现形式或曰存在方式，往往就是文学的泛社会化以及对文学的文化学阐释。

接下来，让我们一起来看看，这样一种文学与思想紧密纠缠的文化现象，为什么恰恰出现在俄国呢？或者说，为什么在俄国体现得最为醒目和典型呢？

首先，我们要到俄国的社会体制中去找原因。毫无疑问，俄国是一个相对专制的国家，专制统治和君主意志的传统在这个国家源远流长，似乎很少中断。有一种说法，在俄国文化的两大起源中，象征中央集权的基辅传统在与象征公民社会的诺夫哥罗德传统的历史竞争中逐渐占据了上风。到了伊凡雷帝，尤其是到了彼得大帝和叶卡捷琳娜女皇，再到斯大林，这种专制体制始终十分强盛、强大。在这种情况下，人们要想发出自己心底的声音，这些声音往往就是不满和抱怨，甚至愤怒和抗议，相对而言不那么直接的文学或许就是一个出气孔，一个喷发口。也就是说，言论和出版的不自由，导致社会中的有识之士曲线救国，含沙射影，旁敲侧击，迫不得已地利用文学这一较为隐蔽的形式和话语来替代正常的社会舆论工具。久而久之，作家和诗人假戏真做，或真戏假做，逐渐进入角色，忘我入戏，扮演起社会良心、民族先知、民众导师、真理代言人等角色来，也就是说，成了真正意义上的思想家；反过来，文学作品在俄国读者、俄国人民的心目中，也就逐渐染上了浓重的意识形态色彩，被当成了"社会的百科全书"和"生活的教科书",也就是说,被当成了俄国思想的集大成者以及新思想产生的源泉和温床。对于这一现象,人们早有关注,并用这样一个概念来概括,也就是"伊索式语言"(Aesopic language; Эзопов язык)。这是社会、政治方面的原因。

其次,这也是后起文化的无奈选择。这与我在前面谈到的第一个问题,也就是文学在俄罗斯民族文化崛起过程中所发挥的作用相关。与西欧诸强国相比,俄罗斯文明是一个文化上的后起者,更不用说与中国等文明古国相比了。只有一千年文明史的俄罗斯民族,在文化上的相对落后一直延续到19世纪中期,彼得的改革虽然使俄国在军事上、地理上,甚至政治上谋得了与欧洲列强平起平坐的地位,但文化上的劣势在彼得之后近两百年间依然是俄国的一块短板。与西欧诸国相比,俄国在哲学、神学等领域一直没有赢得主导话语权,想迎头赶上或者超越是很难的,但文学和艺术却提供了一条捷径。综观近代以来的西欧诸强,从文化层面来看,英国向人类贡献了工业革命,法国是民主思想,德国是哲学体系,俄国或许就是文学艺术。如前面所言,俄国文学在一定程度上担负着俄罗斯民族崛起、俄罗斯民族谋得与西欧诸强平起平坐之地位的使命和责任,这么一来,它具有某种严肃的责任感和庄严的使命感便是自然而然的事情了,而这类情感的积累和渗透,也就塑造并进而强化了俄国文学的思想属性。这或许也是一种所谓的后发优势(Privilege of Backwardness, привилегия отсталости)。这是历史、文化方面的原因。

再次,是民族性格使然。总体地看,俄罗斯民族重过程轻结果,重感受轻思辨,重文艺轻哲学,重信仰轻理性。我在北大讲过《俄罗斯民族性格与俄国文学》这样的题目,其中谈到俄罗斯民族的尚武精神、宗教情怀和艺术感受对于俄国文学的影响。俄罗斯民族的这种极端性格,或许不利于社会的稳定和政治的持续性,却无疑是有利于文学和艺术的，所谓能豁得出去。俄罗斯人更善于用文学艺术的形式来表达其所思所想，俄国受众也更乐于接受以文学艺术形式作为表现形式的思想。这是民族心理方面的原因。

最后，是宗教方面的原因。俄国文学中一直存在着一种强大的布道传统，作家们总是试图改变你的生活方式，甚至要重塑你的灵魂。这样的文学不可能不是富有教谕内涵和性质的，因此也不可能不是尤为关注作品的思想性的。

由此可见，俄国文学之所以具有深刻的思想性和深远的思想史意义，其原因是多方面的，既有社会政治方面的原因，也有历史文化方面的原因，还有民族心理和宗教传统方面的原因。原因当然还会有许多，需要指出的是，这些原因都是相互交织的，互为因果的，相互之间存在着热烈、紧张的互动关系。但是也有可能，根本就没有任何原因可言，因为和人的性格一样，一个民族的文化性格和思想方式往往也是天生的，或者说，其来历和表现都是说不清、道不明的东西。我在这里给大家描述的这个场景，罗列的这些现象，所做的这些粗浅分析，只不过是我个人的一些感觉和感受、猜测和猜想，只希望能给你们提供一点参考。

俄国文学在中国[*]

首先感谢斯坦福大学俄国、东欧和欧亚研究中心的邀请，感谢拉扎尔·弗雷施曼教授（Lazar Fleishman）的邀请！很高兴有机会向斯坦福大学的同行们介绍一下中国的俄国文学译介和研究的情况。首先，我来简单地回顾一下俄国文学的中国接受史。

俄国文学在中国的翻译和传播已有超过百年的历史，这部历史又可以划分为以下五个阶段：

一、迟到的相遇（20世纪初）

中国和俄国是相互毗邻的国家，但两国的文化关系却开始得很晚，不似中国和日本、中国和印度等国那样。个中原因尚不能完全廓清，但想必应包括如下一些影响因素：

首先，是文化类型上的差异。这里所言自然并非简单的东、西方文化的对峙，别尔嘉耶夫等俄国哲学家曾指出，俄国既不是东方也不是西方，而是东西方，或者说是欧亚。但无论如何，俄国也不是纯粹的东方国家，如同中国。其次，两个国家的文化中心相距遥远，北京和莫斯科、上海和圣彼得堡之间横亘着文化上相对后起的西伯利亚。最后，两

---

[*] 2010年2月3日在斯坦福大学的演讲，此为英文讲稿之中译。

个国家的文化发展水准也不同步,比如,在基里尔和梅福季发明出最早的斯拉夫字母表时,中国的书面文学语言已经使用了两千年。

但是,不同的文化或迟或早总是要相遇的。于是,在 17 世纪中期,中国的皇帝康熙便给俄国沙皇瓦西里·舒伊斯基寄去一封国书,不幸的是,当时的俄国无人能识中文,这封信便在俄国皇宫里躺了一百年,直到 1761 年才被译成俄文。我经常会用这个历史实例来告诫我的研究生们,说明外语对于文学关系而言是多么重要。

1772 年,在康熙寄出国书一百年之后,圣彼得堡出版了一本题为《中国思想》的书,这是俄国出版的第一部中国图书,这实为一本寓言集。又过了一百年,1872 年,一篇题为《俄人寓言》的译文出现在上海的一份基督教会的报纸上,译者并非中国人,而是一位在上海传教的美国传教士。中国和俄国对对方文学的译介均始于寓言,最早的译文均译自第三种语言——中文的《俄人寓言》译自英文,而俄文的《中国思想》译自法文,这构成了一个饶有兴味的比较文学话题。

如你们所见,中国对俄国文学的译介晚于俄国对中国文学的译介,但是从 20 世纪初开始,中国翻译家却迅速地超越了他们的俄国同行,无论就译作的数量还是就译文的质量而言,都是如此。

第一部汉译俄国文学作品的单行本是普希金的《上尉的女儿》,这部由上海大宣书局于 1903 年出版的译著,有着一个长长的书名:《俄国情史,斯密士玛丽传,又名花心蝶梦录》。中国对俄国文学的正式接受,是从译介"俄国文学之父"普希金开始的,这不仅是一个令人惊喜的巧合,同时也构成了一个意味深长的开端。在此之后十年左右的时间里,普希金、托尔斯泰、屠格涅夫、契诃夫、高尔基等最著名的俄国作家的作品就相继被译成中文,俄国文学的整体风貌已大致呈现在了汉语读者的面前。需要指出的是,这一时期的翻译大多是所谓的"意译",而且大多是从日文和英文转译的,译文也多为文言文。

二、"给起义的奴隶偷运军火"（五四运动之后）

1919 年在中国爆发的五四运动是一场反封建的政治、文化运动，其宗旨是扬弃中国的传统文化，引进西方的民主意识形态，它有三大主要的思想来源，也就是法国启蒙思想、德国马克思主义，以及俄国文学。

这清楚地表明了俄国文学在当时中国的重要作用。对于中国的知识分子和文化人士来说，俄国文学并不仅仅是文学，而且也是斗争的武器，用中国当时最著名的作家鲁迅的话来说，翻译俄国文学就是在"给起义的奴隶偷运军火"。在文学和文化领域，俄国文学的传播在一定程度上促成了所谓中国"新文学"和"新文化"的诞生。这样一个事实可以用来解释上述进程的实质，即中国的第一代俄国文学译介者并非专业学者，或是著名作家，如鲁迅、茅盾、巴金等中国"新文学"的奠基人，或是著名政治家，如瞿秋白、李大钊、李立三、蒋光慈等中国共产党的奠基人。我想这样的情况或许十分罕见，在世界文学传播史中恐怕也鲜有他例。

三、"我们的朋友和导师"（中华人民共和国成立之后）

俄国文学在中国的译介和传播在 20 世纪中期达到前所未有的高度，这是中苏两国"兄弟友谊"的结果。数百万中国人开始学习俄语，他们满怀热情和尊重，与苏联读者同步阅读俄国文学作品的原作。在很短的时间里，大约十年，俄国文学中几乎所有的经典名作以及当时苏联作家的大多数名作均被译成了中文。换句话说，整整一代中国的文学读者是在俄国文学（其中包括苏联文学）的强大影响下成长起来的，俄国文学成了他们文学体验和文化记忆中最重要的构成。

对于那一时代的中国人而言，再次引用鲁迅的话（其他中国文化活动家也多次重复过），俄国文学就是"我们的朋友和导师"。

当时，数以万计的中国学生被派往苏联的高校留学，他们中的许多人选择俄罗斯语言和文学作为专业，他们学成回国之后，对于俄国文学的系统译介和研究便正式展开，并得到顺利的发展。我在研究生院学习时，我的导师们几乎全都毕业于俄国的高校。

20世纪50年代苏联文学在中国的影响还不仅仅表现为对俄苏文学作品的广泛阅读，它巨大的辐射力至少还体现在以下几个方面：一是在文学体制和创作方法等一系列问题上为中国提供了借鉴，如建立具有官方色彩的作家协会，将文学纳入国家意识形态领域进行管理和监督，为作家的创作制定一个总的创作方法，让作家在社会上既享有崇高的地位、同时又受到严格的监督，等等。可以说，中国文学界的组织管理模式基本上是苏联式的；二是在整整一代中国人世界观形成过程中发挥了巨大的作用，50年代的中国青年很少有人没有读过《钢铁是怎样炼成的》、《卓娅和舒拉的故事》、《青年近卫军》等"苏维埃经典"。视文学为"生活教科书"、视作家为"灵魂工程师"的苏联文学，与当时弘扬共产主义理想的中国社会大背景相呼应，极大地影响了中国青年的个性塑造和精神成长，那一代人身上后来所谓的"苏联情结"在很大程度上就来自于俄苏文学的长期熏陶；三是在创作上对中国作家的直接影响，当时的中苏作家往来频繁，相互之间非常熟悉，在苏联发表的每一部稍稍有些名气的文学新作几乎都会被迅速地翻译成中文，这使得两国的作家和读者似乎在过着同步的文学生活。再加上，苏联文学所再现的现实又是中国人心目中的理想国，苏联作家的创作方法又被视为毋庸置疑的典范，因而，中国作家在自觉和不自觉之间所受到的苏联同时代作家之影响的程度，也就不难揣摩了。当然，俄苏文学在50年代对中国的影响呈现出一种积极因素和消极因素相互混杂的复杂态势。中国在接受俄国文学时所表现出的政治化和社会化这两大特征，在20世纪50年代得到了最为典型的体现。其结果：一方面，文学作为意识形态，作为教育人民的思想武器，被赋予了崇高的社会地位；另一方面，文学的审美特性和作家的创作自由相对而言却遭到了削弱；一方面，文学因为官方的倡导而获得了空前的受众以及他们空前的阅读激情，文学得到了真正意义上的普及；另一方面，过于沉重的社会负担也往往会成为文学前行的包袱。

四、"黄皮书"（"文化大革命"时期）

所谓的"文化大革命"实际上就是"大革文化命"，在1966—1976年的十年间，包括俄国文学在内的所有外国文学作品均被列为"革命"的对象，都成了被打入冷宫的"禁书"，任何翻译和研究外国文学的行为均被视为非法。许多中国的俄国文学翻译者和研究者因为他们的工作，或仅仅因为他们的职业而被投入监狱。这是一个中国文化的萧条期，也是中国俄国文学译介和研究的停滞期。

但是也有例外，而且是一个非常悖论的例外。在"文化大革命"的后半期，一批俄苏文学作品的译作突然面世，而且完全是合法出版的。出版这套译作的目的，是为了向"革命群众"提供材料，以使他们可以对"危险的"、"修正主义的"苏联文化展开批判。在这一时期被作为"反面教材"先后出版的俄苏文学作品有：肖洛霍夫的《一个人的遭遇》，特瓦尔多夫斯基的《山外青山天外天》和《焦尔金游地府》，爱伦堡的《解冻》和《人·岁月·生活》，索尔仁尼琴的《伊凡·杰尼索维奇的一天》和《索尔仁尼琴短篇小说集》，阿尔布佐夫的《伊尔库茨克故事》，阿克肖诺夫的《带星星的火车票》，艾特玛托夫的《小说集》，等等。这些"内部出版物"装帧简陋，只用稍厚的黄纸做封面，因而被称为"黄皮书"。

让决定出版这套书的官方人士料想不到的是，这套"黄皮书"在出版之后却成了非常抢手的畅销读物。在那个精神食粮空前匮乏的年代，这些苏联小说被悄悄传阅，人们或在灯下偷读，或逐字抄写。如今有许多中国作家和学者在自己的回忆录中写到，当年若没有机会读到这些俄国文学作品，他们如今就未必能成为作家和学者。就这样，俄国文学以一种非常奇特的方式保持了它在中国的传播。

五、"我们几乎已经译完了整个俄国文学"（改革开放之后）

由邓小平决定在1978年开始的改革开放政策改变了整个中国的面貌，其中包括经济和文化，也包括人民的生活方式和国家的实际面貌。

改革开放后的中国受到各种外来文化的影响，外国作家的作品一部接一部被译成中文，俄国文学的翻译和研究也迎来新的高潮，老一代翻译家和学者重操旧业，众多新一代翻译家和学者也开始了他们以俄国文学为业的工作。旧的译作纷纷再版，新的译作则如雨后春笋般地涌现。

我在阅读约瑟夫·布罗茨基的时候读到，他当年在三四年的时间里"读完了整个俄国文学"，我当时感到很惊奇：他如何能读完"整个"文学？不过我此刻倒是可以不无骄傲地告诉大家：在过去一百年的时间里，中国几乎已经译完了"整个"俄国文学。在俄国的时候，常有人问我：有多少俄国作家已经被译成中文？我总是胸有成竹地回答：所有的俄国作家！我们可以拿起一本俄国作家辞典，从头读到尾，从安娜·阿赫马托娃读到亚历山大·亚申，从克雷洛夫到维克多·佩列文，我们可以发现，绝大多数俄国作家的作品都已经有了中文译本，其中一些名作，比如托尔斯泰的《安娜·卡列尼娜》、普希金的《大尉的女儿》和《叶夫盖尼·奥涅金》、莱蒙托夫的《当代英雄》、陀思妥耶夫斯基的《罪与罚》等，更是有多达20—30种的译本。据不完全统计，中国出版的单行本俄国文学译作达5000余种，总印数逾10亿。这使得译自俄文的图书在中国的翻译文学中占据相当大的比重，约占三分之一，译自英文的同样占据三分之一，而译自英、俄文之外所有语种的作品占据最后一个三分之一。

下面给大家介绍一下当下中国的俄国文学研究情况。

一、中国哪些人在研究俄国文学？

如今在中国约有三千人在从事与俄语和俄国文学相关的工作，他们的构成大致如下：1）专业研究机构的研究人员，比如，在我工作的中国社会科学院外国文学研究所就有一个专业的俄罗斯文学研究室，该室共有八名研究人员，其中有三位教授。我们的研究室是研究所中唯一以单一国家的文学为研究对象的研究室。2）大学俄语系的教师，如今在中国有近百所大学设有俄语系，每个俄语系都有十名左右的俄语教师，每年有数百名新生开始学习俄语，同样有数百名研究生和博士生开始攻读学位。在这些研究生和博士生中，大约有四分之一的学生会选择俄国文学作为他们的专业。3）其他独立的译者和学者，他们或在出版部门工作，或为自由作家，或从事其他职业。

我还要向你们介绍一下我们的学术组织，即中国俄罗斯文学研究会（The Chinese Association for Russian Literature Studies，CARLS），这是在中国俄国文学研究领域最大、最权威的学术组织。我有幸担任这个组织的秘书长。我们研究会有数百名成员，每年都要举办学术研讨会和其他形式的学术活动。

二、出版物和杂志

每年在中国约有 100 种俄国文学作品出版,约有以俄国文学为研究对象的 30 部专著和 200 篇论文发表。全国约有 20 余家出版社出版与俄国文学相关的图书。俄国文学作品的印数平均约在 5000 册,但像《安娜·卡列尼娜》、《普希金诗选》这样的译作,印数往往上万,甚至更多。

中国第一份专门介绍俄苏文学的杂志是创刊于 1942 年的《苏联文艺》。1980 年,四家专门译介俄苏文学的杂志在中国几乎同时创刊,它们是《苏联文学》(北京师范大学)、《当代苏联文学》(北京外国语学院)、《俄苏文学》(武汉大学)和《俄苏文学》(山东大学)。这些杂志均有其特色和风格、其读者圈和影响面。后来,由于资金方面的困难以及国家出版政策的变化,这些杂志合为一家,即《俄罗斯文艺》,其编辑部设在北京师范大学。该刊每年出版四期,发行量约 3000。当然,发表俄国文学研究论文和翻译作品的杂志还有很多家,如《外国文学评论》(中国社会科学院)、《世界文学》(中国社会科学院)、《国外文学》(北京大学)、《外国文学》(北京外国语大学)、《外国文学研究》(华中师范大学)、《俄罗斯文化评论》(首都师范大学)、《俄罗斯东欧中亚研究》(中国社会科学院)、《俄罗斯研究》(华东师范大学)等。

三、中国的俄国文学研究特征

首先,是政治化的倾向。在中国,文学向来不仅仅是文学,而且也是上层建筑的一个组成部分,是教育军火库中的一件"武器"。中国的党和政府要求文学必须为它们的政治目的服务。而以"生活教科书"见长的俄国文学，似乎更适宜用来完成这样的任务。因此，中国对俄国文学的翻译和研究很久以来便一直具有十分浓厚的意识形态色彩，这一影响甚至持续至今。

其次，是社会化的倾向。在中国，对文学的研究也像任何一项文学活动一样，被认为是肩负着重要的社会责任的。一方面，俄国文学研究及其从业者在中国似乎享有某种"特权"，他们曾获得了更多的出版机会，所赢得的社会反响相对而言也更大一些。另一方面，他们的研究方法和路径也往往受到更多的制约，久而久之，他们研究中的自主性和独立性便有所降低。换句话说，这种社会化的倾向既有助于中国的俄国文学研究，同时也对它造成了某种限制。

最后，是中国的俄国文学研究与中国本国文学之间的密切关系。俄国文学始终在中国的文学生活中扮演着重要角色。在20世纪中期，几乎每一位中国的著名作家都曾尝试翻译俄语文学作品，俄苏文学作品成了他们的创作模板；中国文学读者在阅读俄苏文学时，也往往将其当作"自己的文学"，而非"外国文学"。这一接受传统使得中国的俄国文学研究界能与中国本国的文学创作界、阅读圈保持着良好的互动关系。

四、俄国文学在今日中国

我不久前写过一篇文章，题目就叫《俄国文学离中国人远了吗》，文章发表在中国一份发行量很大的报纸《环球时报》上。事实上，如今的确有很多人认为，俄国文学如今与中国读者渐行渐远，俄国文学对于中国社会的影响也在急剧下降。这自然是实情，俄国文学在中国文化，乃至中国社会曾经扮演过的那种核心角色已成为过去，其原因在于：1）苏联的解体在客观上降低了俄国文学的影响力；2）英语文化,尤其是美国文化的话语霸权影响到中国,使得除英语之外的所有外国语都成了"小语种",除美国大众文化之外的所有文化都成了"亚文化";3)俄国当代文学自身也处于低潮期,没有产生出具有强大辐射力的作家和作品。然而,在这个背景下我们仍然有必要指出:

一方面,尽管俄国文学在中国已经不再是最有影响的、最畅销的外国文学,但它仍然是我们翻译、出版和阅读的重要对象之一。请允许我在这里以自己为例来说明这一情况。在近十年里,我出版了十余本专著和文集,比如《另一种风景》(2008)、《俄国文学大花园》(2007)、《伊阿诺斯或双头鹰——俄国文学和文化中斯拉夫派和西方派的思想对峙》(2006)、《布罗茨基传》(2003)、《阅读普希金》(2002)、《墙里墙外》(1997)、《诗歌漂流瓶——布罗茨基与俄国诗歌传统》(1997);我翻译的作品有沃尔科夫的《布罗茨基访谈录》(2008)、布罗茨基的《文明的孩子》(2007)、阿格诺索夫的《俄罗斯侨民文学史》(2004)、曼德施塔姆的《时代的喧嚣》(1998)、《普希金诗选》(1997)等。如今在中国国家图书馆已经由我撰写、翻译或主编的图书60余种,而我只是中国众多的俄国文学翻译者和研究者中的一员,这或许可以从一个侧面让你们感受到俄国文学在当代中国被译介、被研究的现状。

另一方面,如我在前面所说,中国的俄国文学研究过去曾有过政治化和社会化等特征,但是如今,随着中国社会的不断开放以及新一代学者的不断成长,上述两种倾向在我们的研究中已逐渐式微,我们的研究越来越学术,越来越专业,越来越关注俄国文学的美学层面。我们或许可以说,俄国文学在中国终于开始回归文学自身了,如果说它在中国社会的影响因此而有所缩小,地位因此而有所下降,我个人也认为这并非灾难,而是幸事!

中俄文学外交的可能性*

2009年，中俄两国都曾举行了众多的纪念活动，隆重纪念中俄建交60周年，这自然是指苏联在1949年率先承认新成立的中华人民共和国并与新中国建立了外交关系。我对这个纪念日的确立颇感诧异，因为中俄两国的外交关系当然不止60年，而至少有三百多年的历史，有确凿史料记载的中俄两国外交关系最早可以追溯至17世纪中叶，稍后于1689年签订的《中俄尼布楚条约》就构成了两国关系史上的第一座里程碑。在此后三百多年的时间里，中俄两国有和平共处，也有兵戎相见；有友好交流，也有老死不相往来，两个相邻的大国之间出现风风雨雨，起伏跌宕，这丝毫不令人感到奇怪。而20世纪50年代的中苏蜜月时期，则创造了世界国家关系史中的一个奇迹。奇怪的是，中俄两国领导人近些年在他们的讲话中却反复强调，如今的中俄关系正处于历史上的最好时期。说"最好"，自然是认为当下的关系比20世纪50年代还要好。在20世纪70—80年代，在谈到中俄两个国家的关系时还有一个使用频率极高的词，即"关系正常化"，也就是说，之前一段时间的关系是"不正常的"。而眼下的中俄关系之所以"最好"，恰在于其"正常"，也就是说，既不是"敌人"也不是"情人"。

在我看来，两个国家"正常的"的外交关系还体现在这种关系的

---

* 2014年11月20日在上海外国语大学的演讲。

中俄文学外交的可能性

多面和多元,也就是说要涉及政治、经济和文化的各个领域;还体现在这种关系的深度和广度上,也就是说既要有领导层之间的共识,也要有底层百姓之间的相互理解;既要有两国人员的相互往来,更要有两国精英阶层的心有灵犀。而这样的关系之形成,就不能仅仅依靠政治外交、经济外交、军事外交和能源外交,还应该依赖人文外交、文化外交。而在中俄两国的人文外交和文化外交中,我认为,文学应该占据一个重要的位置,应该发挥一个重要的作用。我大胆地在这里提出一个中俄"文学外交"的概念,并试图粗浅地论证一下中俄"文学外交"的可能性及其某些潜在的途径。

中俄两国在最近一段时间相互接近的速度和程度,我们大家都不难真切地感觉到,从高层的密集互访到能源大单的签署,从联合军演到青年互访,在航空航天、本币结算、签证便利化、技术转让、合资项目等方面的合作也如火如荼。俄国驻华大使杰尼索夫先生在三天前于北京举行的"俄苏高校国际毕业生日"（Единый день выпускника российских (советских) вузов）纪念活动上发言,他统计了一下,说习近平主席和普京总统今年已经六次见面。可以说,中俄关系中"政热经冷"的局面已大为改观。这自然得益于国际地缘政治版图上发生的微妙变化,美国和北约对中俄两国战略空间的同时挤迫,使得中俄两国自然而然地相互走近了,尤其是在钓鱼岛、南海、乌克兰东部等区域热点被炒热之后。然而,在这样的国家关系语境下,中俄两国关系中另一个由来已久的不均衡现象,即"上热下冷",则显得更为突兀了。这里所言的"上",不仅指国家领导层,也指两国的知识精英阶层;而这里的"下",则自然是指两国的普通百姓。这些年我在两国之间走动得比较频繁,我能感觉到,两国国民对对方国家和文化的理解和好感还不够深厚,两个国家在对方国民心目中的地位仍然比不上一些欧美发达国家。这其中的原因有很多,也很难一一道明,但

77

其中最重要的一点就是，两国文学和文化在对方国家的影响还有待提高。在俄国的诸多外来文化中，中国文学和文化的影响是相形见绌的，俄国当代文学和文化在中国的处境和命运也大致相同。

其实，从发展文学关系入手，进一步增进中俄两国人民之间的理解，进而促进两国的国家关系，我们是具有相当厚实的基础或曰前提的：

首先，是文学在中国的历史地位和现实影响。中国的历朝历代都是很注重文学的，我们国家作为一个文明悠久的国家，对"文"的重视由来已久，литература，literature，我们都译成"文学"，而"文"在中文中的内涵之丰富、之重要是不需要做过多解释的，只要点出这样一些说法即可，如"文以载道"、"文人"、"文理"、"文武之道"等。私塾课堂上要读诗歌，科举考试中要写美文，都是明证。中国历史上的所有盛世，除了国泰民安、生活富足等，辉煌的文学成就往往也构成一种佐证，如唐代的诗歌、宋代的词、明代的曲、清代的演义和小说，等等。我们所处的时代，应该成为中国历史上的又一个盛世，但文学在社会生活中所扮演的角色还不够充分，与改革开放以来的政治和经济乃至军事和科技的成就相比，文学和文化的发展是相对滞后的，是拖后腿的。这样的现实语境应该使我们感觉到：一方面，我们要下大力气加强文化建设，繁荣我们的文学，让我们的文学和文化尽早发挥与中国大国地位相称的国际影响；另一方面，我们在文学、文化领域也要像在经济、贸易领域一样，继续保持高度的开放态度，张开双臂拥抱包括俄国文学在内的一切优良的、有益的外国文化。

其次，俄国文学可能是俄国最好的东西，他们最好的东西不是石油、天然气和军火，而是文学。看一看索契冬奥会的开幕式，看一看俄国的文化史，都不难感受到俄国人所谓的俄国文化的"文学中心主义"现象。索契冬奥会开幕式给世人留下的最深刻印象，或许就是文学艺术元素在其中所占的巨大比例,在小姑娘柳波芙那个由33个俄语字母构成的"俄国之梦"中,与俄国历史和科技成就相关的伟人或事件有十余项,而文学艺术方面的成就则近二十项,仅作家就列出五位,即陀思妥耶夫斯基、纳博科夫、托尔斯泰、契诃夫和普希金。在关于俄国历史的表演中,处于中心位置的又是根据托尔斯泰的《战争与和平》改编的芭蕾舞。俄国作为欧洲文明中的后起国家,在很长一段时间里一直在经济、军事和文化等各方面奋起直追西欧列强,为俄国赢得强国地位的或许是彼得的改革、叶卡捷琳娜的扩张和两次"卫国战争"的胜利,但最终为俄国赢得尊重和敬佩的却是俄国文学。俄国科学院俄国文学研究所所长巴格诺院士(Всеволод Багно)在中国社科院所做的一次讲座中就曾说过:西方一直视俄国为"哥萨克威胁",直到19世纪80年代,随着俄国文学的崛起,西方乃至整个世界针对俄国的轻蔑、责难和声讨方才迅速转变为好奇、同情和赞赏。他甚至把这个"转折点"精确地定位在1881年前后,也就是《安娜·卡列尼娜》的面世、普希金纪念碑在莫斯科的落成和陀思妥耶夫斯基的去世等事件的集中发生。自普希金开始,19世纪的俄国跻身世界文学大国,其现实主义文学构成世界文学史中继古希腊罗马文学和莎士比亚之后的第三高峰,推出了陀思妥耶夫斯基、托尔斯泰和契诃夫等世界文学中的顶级大师。到了20世纪,俄国文学的白银时代开世界现代派文学之先河,俄国侨民文学的三次浪潮将俄国文学推向世界各地,造就出纳博科夫、布罗茨基等跨语种的文学大师,而苏联时期的俄国文学也墙里墙外同时开花,高尔基和肖洛霍夫,扎米亚金和布尔加科夫,帕斯捷尔纳克和索尔仁尼琴,不同身份的作家以不同的方式影响着不同地区的不同文学。在近两个世纪的时间里,文学始终是俄国最拿得出手的国家名片。俄国文化中向来存在着某种"文学中心主义"现象,也就是说,文学不仅在各文化艺术门类中独占鳌头,而且在国家生活的方方面面均发挥着举足轻重的作用。俄国文学始终是一种思想性、意识形态性十分浓重的文学。在俄国，对一部文学作品的最好赞誉是"俄国生活的百科全书"（别林斯基），关于"美"的最著名定义之一是"美即生活"（车尔尼雪夫斯基），文学被奉为"生活教科书"，作家被誉为"人类灵魂的工程师"（斯大林），文学艺术的根本目的在于创造"第二自然"（高尔基），在于"创造生活"（别雷）。换句话说，在俄罗斯人的心目中文学从来就不是无关紧要的高雅文字游戏，而是介入生活、改变生活乃至创造生活的最佳手段。所谓"审美的乌托邦"，就是俄罗斯民族意识和思想构成中一种特殊的集体无意识。俄国作家在社会和历史中享有的崇高的、甚至至高无上的地位，是其他民族的作家难以望其项背的。关于每位大作家的研究都可以成为一门学问，如"普希金学"、"陀思妥耶夫斯基学"，等等；俄国文学界的"寻神"和"造神"运动从未停止，从"普希金崇拜"、"托尔斯泰崇拜"一直到20世纪的"高尔基崇拜"、"索尔仁尼琴崇拜"，乃至"布罗茨基崇拜"。可以说，俄国作家始终在扮演社会代言人和民族思想家的角色，始终被视为真理的化身和良心的声音。

我最近在《中国社会科学报》组织了一个书面圆桌会议，邀请中俄几位著名学者就"文学与民族和国家"的话题展开笔谈，我邀请的几位俄方学者和作家分别是弗谢沃洛德·巴格诺、奥尔迦·斯拉夫尼科娃、伊戈尔·沃尔金和马克西姆·阿梅林。我在这里引用他们中间两个人的两句话，用来说明俄国文学之于俄国的意义。巴格诺说，在俄国文学繁荣之后，"俄国被视为世界上为数不多的此类国家之一，这些国家不仅向其他民族索取，同时也能给予"；"如果说在当下，出于种种原因，外国大众传媒所塑造的俄国形象大多是负面的，那么在一代又一代新读者的心目中，普希金、托尔斯泰、陀思妥耶夫斯基、契诃夫的作品基本上都在继续塑造正面的俄国形象。"沃尔金写道："对于俄国的历史和俄罗斯民族的历史而言,文学的意义十分重大。如果从俄国'大历史'的构成中抽去我们那些优秀作家的传记以及他们的作品,这部历史便不再是一部俄国的历史,而成为另一个国家的历史。此外,在俄国'文学中心主义'的作用下,某些艺术事件(如娜塔莎·罗斯托娃的第一场舞会、奥涅金和连斯基的决斗、拉斯科尔尼科夫的罪行等),在社会意识中均被视为实在的民族生活史实。""由于缺乏西欧的社会生活标准(国会、政党、不受书刊审查制监管的独立媒体、言论自由等),文学几乎成了精神生活的唯一领域和民族自我意识的重要因素。这使俄国文学的存在本身获得了某种前所未有的智性张力,俄国文学实际上负担起了'表述'各种重大民族问题的重任。"沃尔金还引用了著名诗人叶夫盖尼·叶夫图申科的一句名言:"诗人在俄国大于诗人。"并断言"这行诗绝对吻合19—20世纪我们的文化现实。"

最后,俄国文学在中国有着悠久而又深厚的传播基础。在言及中俄两国的交往历史和关系现状时,所谓"俄罗斯情结"是一个常被提起的字眼。不清楚"俄罗斯情结"这一说法究竟源于何时何处,但想必是在弗洛伊德的"情结说"广泛流行于汉语之后。"俄罗斯情结"的最初版本是"苏联情结"或者"俄苏情结",这能使我们意识到,心怀这一"情结"的大多为20世纪中后期在中苏两国"兄弟般友谊"的社会氛围中成长起来的部分国人以及他们的后代。可以说,"俄罗斯情结"是一个特殊年代的特殊产物。所谓"俄罗斯情结",大约是指部分国人对于俄国的眷念和偏爱,具有此"情结"的国人往往会津津乐道与俄国相关的历史和文化,向往莫斯科的红场和克里姆林宫、圣彼得堡的冬宫和涅瓦大街,他们能背普希金的诗歌,爱听柴可夫斯基的音乐,喜欢列宾和列维坦的绘画,聚会时往往要唱《喀秋莎》和《莫斯科郊外的晚上》……这种种表象又似乎在告诉我们:国人的"俄罗斯情结"实际上就是某种"俄罗斯文化情结",而"俄罗斯文化情结"的核心就是"俄国文学情结",也就是说,实质上就是国人对于俄国文学的尊重和热爱。这种"文学情结"的形成自有其历史渊源,在我国的五四新文化运动兴起前后,俄国的文化与德国的马克思主义和法国的启蒙思想一同进入我国,成为五四运动的三大思想来源之一,译介俄苏文学被鲁迅称为"给起义的奴隶偷运军火",俄苏文学在某种程度上被当成中国"新文学"的样板。新中国成立之后,尤其是在20世纪50年代的中苏友好时期,大量中国留学生留学苏联,大量苏联专家来中国工作,他们中间大量的文化人在中苏文化间牵线搭桥,使得苏联文学在中国产生了十分深远的影响。我国所谓的"西方"艺术形式,如话剧、歌剧、交响乐、油画、芭蕾,等等,起初往往都是借道苏联进入中国的,它们就其实质而言,也都是文学内涵借助其他艺术语言的表述。这也就不难理解,"俄罗斯情结"会更多地为我国的文化人和知识分子所持有,尤其是那些曾经留学苏联或者曾经与苏联专家一同工作的人士所持有。将国人的"俄罗斯情结"与俄人的"中国情结"做一个比较是有趣的。俄语中尚未见"中国情结"或"中华情结"这样一个概念的流行,但俄国从古至今都有一批向往中国和中国文化的人士,从那些附庸西欧"东方"风雅的俄国17、18世纪的王公贵族,到始终是世界汉学中坚力量之一的俄国汉学家群体;从"二战"时期曾在中国东北作战的老兵和中苏友好时期曾在中国工作的专家,到如今为中国的经济崛起所吸引而投入"汉语潮"的众多学子。但是,如果说中国人的"俄罗斯情结"主要是文化层面上的眷念和感佩,俄人的"中国情结",除少数汉学家外,则大多表现为物质层面上的偏好和喜爱。开句玩笑,如果说中国人的"俄罗斯情结"主要是"文学情结",那么俄罗斯人的"中国情结"就往往是"美食情结"。就这一意义而言,国人心目中"俄罗斯情结"之存在也在从另一个侧面告诫我们,中国的文化"软力量"的培育和输出还任重而又道远。毋庸讳言,国人的"俄罗斯情结"似有逐渐淡化之势。在英语文化假"全球化"之名开始谋得话语霸权的当下,国人心目中的"英美文化情结"或许已经超越了"俄罗斯情结"。没有必要去论争某一"文化情结"的是非和优劣,也没有必要去论证某一"文化情结"的出现是否理性和合理,因为这说到底还是一种个性化的选择,一种美学趣味和文化立场的体现。但是,国人的"俄罗斯情结"还是应该得到某种呵护、甚至鼓励的。因为,一方面,这毕竟是中俄两国关系史中的一块路标,两国互信和战略合作的一块基石;另一方面,"俄国文学情结"的存在客观上有助于提升中国受众的文化素质,同时也能为"中国文学情结"将来在俄国和世界其他国家的兴起提供某种借鉴和参照。

有以上这三个前提做基础,换句话说,当俄国的"文学中心主义"遇上中国的"俄国文学情结",我们在中俄两国之间展开"文学外交"的可能性就顺理成章了。当年,在我国驻莫斯科使馆召开的一次高访学者座谈会上,大家讨论如何为祖国做贡献,我在会上一时无语,觉得似乎报国无门,报国无方。但是如今我已经意识到,研究俄国文学,同样有可能为祖国做出贡献,研究俄国文学的人其实是大有可为的,至少我们可以做到以下几点:1)译介以俄语出现的各种文学名著,为汉语读者提供更多样的文学食粮;2)研究俄国文学,使中国的俄国文学研究达到世界水准,产生世界性的影响,赢得国际学术同行的敬重,这样做的结果其实并不亚于体育选手在国际上获得一块金牌;3)为中国文学界,包括研究界和创作界,提供有益的借鉴;4)为中俄两国的文化交往提供帮助,为两国的人文外交多出力。

最近一两年,我本人也利用各种机会,争取为中俄两国的"文学外交"做一点工作。比如,除了前面提到的《中国社会科学报》的书面笔谈外,我还与刘利民教授、李英男教授一同应俄国"下一代基金会"约请担任"俄罗斯新世纪奖"评委,为俄国文学作品的优秀中译者颁奖;在人民文学出版社每年评选的"年度最佳外国小说奖"中,我们也每年选择一部俄国当代小说;不久前,我们与莫斯科联合人文出版社合作,推出了我国彝族著名诗人吉狄马加先生的俄文版诗集《黑色奏鸣曲》;由我牵头,中俄两份均以《十月》为名的大型文学刊物携起手来,先后在北京和莫斯科举办了"十月文学论坛"和"中俄文学论坛";莫言获诺贝尔文学奖后,我应约在俄国《文学报》上发表了一篇题为《在中心和边缘之间》的评介文章;中国社会科学院学者张江研究员的《强制阐释论》一文发表后在国际学界产生较大影响,我将该文译成俄语,在俄国《十月》杂志发表,后又与该刊合作在莫斯科举办了以此文为讨论对象的国际学术研讨会;前不久,在莫斯科举办的国际翻译家大会上,我又荣幸地获得了"阅读俄罗斯"文学翻译奖。从我个人参与的这些活动也可以看出,中俄两国的文学交往其实一直在"正常地"进行,中俄两国的文学关系相对而言还是十分紧密的。在这种情况下,我还要在这里提出这个多少有些耸人听闻、或者说有些生拉硬拽的"文学外交"的概念。目的无非是两个:一是试图引起决策层,尤其是中俄关系决策层的重视,让他们更多地意识到文学因素在中俄两国外交关系中可能发挥的、甚至无可替代的作用,因为它可以极大地改善和提升两国关系中的民意基础;二是想对在座的俄语师生们发出一声微弱的呼吁,大家都是中国俄语教学界的精英,是我们国家最好的俄语老师和俄语学生,卖什么吆喝什么,我是挂羊头卖羊肉,甚至是挂羊头卖羊头,我希望大家能够意识到文学对于语言学习的重要性,俄语文学对于俄语学习的重要性,不要再一味地削减、甚至取缔俄语系的文学课。因为,一个熟读普希金的中国学生稍做准备,一定能翻译出一份像样的商业合同,而一位只学过商贸俄语的中国学生却未必能读懂陀思妥耶夫斯基;因为,姑且不论文学对于一个人,尤其是一个青年学生所具有的潜移默化的熏陶和提升作用,姑且不论文学在改良社会和人性方面所能起到的重大伦理作用,仅就与俄国人的交往而言,一个懂得俄国文学的中国人一定更容易赢得俄国人的尊重,一个同时也懂得一点中国文学的中国人一定更容易受到俄国人的欢迎!就这一意义而言,回到我的题目,"中俄文学外交"就不再是一个"可能还是不可能"的问题,而是一个"如何作为以及如何大有作为"的问题了。

20世纪80年代中国对俄苏文学的接受和扬弃[*]

20世纪的80年代,是中国当代史中一个特殊时期,它是一个文化转型期,甚至可以说是中国现当代的一场文艺复兴,是一个文化觉醒的黄金时期。在那场汹涌壮阔的思想解放运动中,在整个改革开放后中国当代文化的建构过程中,对外国文学和外国文化的翻译和介绍起到了无可替代的重要作用,中国当代的现代化,从某种意义上说就是一种"被翻译过来的现代化"。在中国改革开放后出现的外国文学翻译热潮中,俄苏文学也是重要的译介对象,但随着当时中国社会自身的民主化进程的演进,俄苏文学在中国社会的地位和作用在很短的时间里出现了巨大的波动和起伏。

俄国文学自19世纪中期开始传入中国,1903年有了第一部译自俄国文学的单行本,也就是普希金的《大尉的女儿》。说起俄国文学在中国的影响和地位,我只想举出这样几个现象:1)五四运动的三大来源,除德国的马克思主义、法国的启蒙主义思想外,另一个就是俄国的文学;2)中国所谓"新文学"的奠基者,如鲁迅、巴金、茅盾等人,都是俄国文学的积极推广者,实际上,中国所谓"新文学"是与俄国文学的汉译一同诞生并成长起来的;3)中国共产党的第一代领导人中,有许多人都是俄国文学的爱好者和宣传者,如李大钊、瞿秋

---

[*] 2013年9月27日在维也纳大学的演讲。

白、蒋光慈等。新中国成立之后，俄苏文学更是成了几代中国读者的"生活教科书"和"灵魂工程师"，是几代中国人所谓"俄苏情结"构成中的主要内核。20世纪60年代中苏交恶之后，俄苏文学也像其他所有外国文学一样成为"禁书"，这一现象一直持续到20世纪70年代末80年代初。

自20世纪80年代初起，俄苏文学在中国的译介出现一个"井喷"现象。用"井喷"来形容这一时期俄苏文学在中国的接受和传播似乎并不过分，十余年间，全国近百家出版社先后出版的俄苏文学作品多达近万种！在译作的种类和印数上，可能要高出此前所有同类出版物的总和。仅仅是专门译介俄苏文学的杂志就相继创办四种，即北京师范大学的《苏联文学》、武汉大学等校的《俄苏文学》、北京外国语学院的《当代苏联文学》和山东大学等校的《俄苏文学》。这一时期中国的俄苏文学译介工作有一个突出的现象，即较多地集中于苏联当代文学作品，在近万种译作中，当代苏联作家的作品就占六七成。究其原因，大约有以下几点：1）从翻译对象的角度来看，由于俄国文学此前在中国已经走红甚久，经典作品几乎已悉数引进，因此只有当代俄苏文学可供选择；2）从读者的角度来看，在长达十几年的隔绝之后，本来就具有某种"俄苏文学情结"的中国读者，无论是对于他们颇感好奇的当代苏联人的实际生活，还是对于他们久违了的苏联作家们的崭新文字，他们无不望眼欲穿，如饥似渴；3）从翻译者的角度看，20世纪50年代的中苏蜜月时期培养了大批俄语人才，在十几年的"闲置"之后，他们纷纷摩拳擦掌，要在文学翻译方面一试身手，那些曾经编辑惯了俄苏文学的编辑和出版家们大都怀有同样的心态和激情；4）从官方意识形态的角度来看，在中苏的意识形态大论战烟消云散之后，我们的领导人突然发现，俄苏文学的形式和内容还是更"政治正确"一些，更规范一些，更保险一些，更有利于"在精神上教育广大群众"的目的，因而也乐见其成。这几个方面的合力，共同造就了俄苏文学的译介在20世纪80年代的中国形成了一个颇为壮观的"井喷"现象。

在这样一种铺天盖地的文学影响下，受益的不仅仅是中国的读者，自然也有中国的作家。提到20世纪80年代深受俄苏文学影响的中国作家，我们可以列出一个长长的名单，如王蒙、张洁、蒋子龙、冯骥才、张承志、张贤亮、白桦、刘湛秋、朱春雨、路遥，等等。我这里有两段颇能说明问题的引文：

第一段引自陈建华先生主编的《中国俄苏文学研究史论》（重庆出版社2007年版，第1卷）："也许我们还可以对更多的中国新时期文学作品和苏联当代文学作品之间存在的这样或那样的联系进行考察，如张贤亮的《肖尔布拉克》和艾特马托夫的《我的包红头巾的小白杨》；古华的《爬满青藤的木屋》和艾特马托夫的《查密莉雅》；蒋子龙的《乔厂长上任记》和利帕托夫的《普隆恰托夫经理的故事》，以及德沃列茨基的《外来人》；赵梓雄的《未来在召唤》和赫拉波罗维茨基的《驯火记》；乔良的《远天的风》和艾特马托夫的《一日长于百年》；徐怀中的《西线轶事》和瓦西里耶夫的《这里的黎明静悄悄》，等等，从中大概也不难发现它们或在主人公生活轨迹的描写，或在人物性格的塑造，或在揭示主题的视角，或在艺术表现的手法等方面的接近和有选择的借鉴。"（第130页）

第二段话是王蒙先生在他的《青春祭》（作家出版社2006年版）一书中所写的："我们这一代中国作家中的许多人，特别是我自己，从不讳言苏联文学的影响。是爱伦堡的《谈谈作家的工作》在20世纪50年代初期诱引我走上写作之途；是安东诺夫的《第一个职务》与纳吉宾的《冬天的橡树》照耀着我的短篇小说创作；是法捷耶夫的《青年近卫军》帮助我去挖掘新生活带来的新的精神世界之美。在张洁、蒋子龙、李国文、丛维熙、茹志鹃、张贤亮、杜鹏程、王汶石直到铁凝和张承志的作品中，都不难看到苏联文学的影响。张贤亮的《肖尔布拉克》、张承志的《黑骏马》以及蒋子龙的某些小说都曾被人具体地指认出苏联的某部对应的文学作品；这里，与其说是作者一定受到了某部作品的直接启发，不如说是整个苏联文学的思路与情调、氛围的强大影响力在我们的身上屡屡开花结果。"（第178页）

然而很少有人想到，俄苏文学在20世纪80年代的巨大影响竟然是昙花一现的。短短几年间，它在文学影响上的头把交椅的位置，就迅速地腾让给了以魔幻现实主义为代表的拉美"文学爆炸"和以欧美现代派文学为主体的西方文学"入侵"。"井喷"终究是难以持久的，俄苏文学在中国影响力的迅速下降，其中的原因错综复杂，不是我今天这个发言的主要对象。但其中重要的原因之一，或许就在于这一影响的客体自身发生的迅速变化。

20世纪80年代中国文学艺术界乃至整个中国文化出现的某种"变迁"，其实质毋庸置疑，仍在于意识形态方面的变化，所谓的"思想解放"是与"改革开放"密切相关的。具体到文学创作领域，中国作家理所当然地会很快对仍以传统的官方意识形态为主旋律的苏联当代文学感到不满，甚至失望。换句话说，在中国全面铺开"改革开放"的时候，包括中国作家在内的中国人，其思想开放的程度或许是超过其苏联同行的。在这样的时代和社会大背景下，中国作家开始对俄苏文学表现出某种程度的质疑，甚至扬弃，也就是一个自然而然的现象了。

这里仅以王蒙为例。在上引的那段话中，他就说他"从不讳言苏联文学的影响"，作为一位曾经的"少共"作家，他曾将苏联当作自己的精神故乡，将苏联文学视为自己的创作模板。但时过境迁，作为一位充满自我意识、具有思想能力的中国作家，他从20世纪80年代中后期便开始了对苏联以及苏联文学的"反思"。他在2006年将他所写的与苏联相关的文字结集出版，这本书题为《苏联祭》，从这本书中所收入的写于不同时期的文章里我们不难感觉到，王蒙对苏联文学的态度在十余年间产生了不小的变化。

1984年，王蒙的小说《青春万岁》被改编成电影，这部电影参加了塔什干国际电影节，王蒙作为中国电影代表团团长首次访问苏联，回国后发表了《访苏心潮》一文。这是一次圆梦之旅。他在文中这样写道："50年代，我不知道有多少次梦想着苏联。听到谁谁到苏联留学或者访问了，我心跳，我眼亮，我羡慕得流泪。""那时候我想，人活一辈子，能去一趟苏联就是最大的幸福。去一趟苏联，死了也值。"（第86页）然而，王蒙的访苏梦想实现之时，也仿佛就是他的苏联梦开始破碎之时。目睹苏联并不处处顺遂的现实，他开始表现出怀疑甚至不满。正像他在结尾的几句打油诗中所说的那样："相见时难，新潮难平；握手有温，碰杯有声，似喜似悲，似嘲似颂。"（第92页）1993年，在苏联解体后不久，王蒙在北京的《读书》杂志发表了《苏联文学的光明梦》一文，进一步梳理、归纳了他关于苏联和苏联文学的思考和观点。一方面，他重申了自己年轻时做过的"苏联文学梦"，并认为这样的理想之梦是具有其历史价值和意义的："在我年轻的时候，一面热情而轻信地陶醉在苏联文学的崇高与自信的激情里，一面常常认真地思索。我认为，任何不带偏见的人，读了苏联的文学作品都会立即爱上这个国家、这种社会制度、这种意识形态。它们宣扬的是大写的人，崇高的人，健康的人；宣扬的是社会主义的人道主义与历史进取的乐观精神；宣扬的是对人生的价值，此岸的价值，社会组织与运动的价值即群体的价值的坚持与肯定。一句话——而且是一句极为'苏式'的话：苏联文学的魅力在于它自始至终地热爱着拥抱着生活。"（第184页）另一方面，他认为苏联文学毕竟是一场梦，即便光明也依然有其不足取的地方。在这里，王蒙不仅体现出了清醒、理智的判断，甚至还带有某种居高临下的指点甚或指责："用文学来表达人们的梦想，这本来是天经地义的。做梦是可以的，作做梦状却是令人作呕的。只准做美梦不准做噩梦则只是专横与无知。守住梦幻的模式去压制乃至屠戮异梦非梦，这就成了十足的病态。梦与伪梦的经验，我们不能忽略。"（第190页）2004年，时隔20年，王蒙再度访问俄国，并写下《2004·俄罗斯八日》一文，其中的语气依然热情，文笔依然油滑，但态度却已相当冷静客观，颇有些旁观者的姿态。2006年，在编辑《苏联祭》一书时，王蒙在《告读者》中对他的"苏联情结"和他的"苏联文学梦"做了这样的总结："如果说我的青年时代有四个关键词，它们是：革命，爱情，文学与苏联。""对于中国革命认识得、设想得太苏式了，尤其是太受苏联文学——主要是法捷耶夫、爱伦堡、西蒙诺夫他们——影响了，这是我的一个原罪，是我的不足，是我的各种坎坷、遭受指责也遭受误解的一个根源。""其实我早已克服了这种幼稚病。""我早就跨过了苏联梦幻的年代。就像我早就不年轻了。青春难以万岁。"（《青春祭》扉页）从梦幻般的理想到近乎原罪的幼稚，王蒙"跨越了"他本以为能持续一万年的青春。王蒙的经历和体验，他的观点和立场，都是颇具代表性的。

正是在20世纪80年代，中国作家普遍出现了一种怀疑和质疑、思考和反思、接受和扬弃的批评心态，中国文学在十多年的时间里迅速走向理性，走向成熟。如果把新中国成立后中国文艺的50—60年代看成是少不更事的童年，把60—70年代看成是充满叛逆的少年，那么，80年代似乎就是它转瞬即逝的青春期。因而，俄苏文学和中国文学间的"蜜月期"也是十分短暂的。90年代之后，中国的文艺仿佛步入了成年期，它再无激情，熟视无睹，圆滑世故，表现为丧失一切理想主义的功利，见识过大风雨之后的过分冷静乃至冷漠。

20世纪80年代的中国文学发生了迅即的变化，我们不能说它是从幼稚走向了成熟,但可以说是从梦境步入了现实,从理想步入了功利,从青春步入了青春后。孰是孰非,孰优孰劣,自是各有洞见,无法一概而论。但可以肯定的是,俄苏文学在当时的译介和传播在其中也发挥了一定的作用,中国文学在那个时代对俄苏文学的热情接受和迅速扬弃,构成了世界文学接受史上一个十分独特且饶有兴味的现象和话题。

俄国文学中的"伊索式语言"*

所谓"伊索式语言",就是俄国书刊审查制作用于俄国文学而产生出的一种结果。而俄国书刊审查制度和俄国源远流长的独裁统治传统、俄国持续甚久的农奴制度一样,都是声名狼藉、遭人诟病的俄国弊端。

人类历史上或许从未有过绝对意义上的思想表达自由,禁止言论和禁毁文字的行为古今中外均不鲜见。此类行为的出发点大致有四,即维护政权的稳定、宗教的纯正、伦理的纯洁以及保密方面的需要。与此相应,其打击对象亦不外四种,即挑战政治权威的煽动言论、质疑正统神学的异端邪说、有伤社会风化的暴力和情色图文,以及各种泄密行为。换句话说,一类是对意识形态的控制,一类是对现实利益的维护。

纳博科夫的小说《天赋》中有这样一句话:"在俄国,书刊审查制的历史要早于文学。"口出此言的小说主人公是位诗人,可他的话却不无历史根据。俄国文学的历史通常自公元12世纪末的《伊戈尔远征记》算起,可在此前100年俄国便出现了第一份禁书目录,1073年的手抄书《斯维亚托斯拉夫抄本》便已列出"有益的"好书40本,而"荒谬的"坏书24本,并称阅读后一类书为"大罪"。当然,俄国真

---

* 2014年11月26日在四川大学的演讲。

正的书刊审查制还是出现在出版业大规模兴起之后。可以说，自从俄国书面文学成熟之后，俄国书刊审查制始终像个幽灵一样徘徊在俄国文学的左右，成为俄国作家挥之不去的梦魇。我们甚至可以说，俄国文学史中的每一位著名作家都曾程度不等地遭遇过书刊审查制的迫害，俄国文学史中的每一部著名作品都曾或多或少地遭遇过书刊审查官的刁难。一部俄国文学史，竟然成为一部俄国文学与书刊审查制、俄国作家与书刊审查官不断冲突和斗争的历史。在叶卡捷琳娜时期的1783年，颁布了一项《自由印刷所法令》（这里的"自由"一词在当时的意思就是"私有"），规定所有书稿必须提前送交相关机构审批，在俄国延续达200年之久的书刊审查制度从此确立。这项制度建立后的首次"祭旗"之举，就是1790年对拉季舍夫的《彼得堡至莫斯科旅行记》的查禁。1825年的十二月党人起义后，登上王位的尼古拉一世是俄国历史上最为多疑、最为专横的君主之一，他在位的30年（1825—1855）是俄国历史上思想控制最为严格的时期，他授意教育大臣乌瓦罗夫修订的《书刊审查法案》因其严酷后来被史家称为"铸铁法案"，其奇特之处在于，它不仅严格限制即将或业已面世的出版物，而且还试图介入并控制作者的写作意图和文学进程自身。负责审查文稿的甚至是沙皇的秘密警察机构，也就是卞肯多夫的"第三厅"，甚至是沙皇本人。尼古拉曾经直接对普希金说："我要做你的审查官！"19世纪30年代，恰达耶夫的《哲学书简》引起轩然大波，作者被沙皇宣布为"疯子"，发表《哲学书简》的《望远镜》杂志被查封。1848年欧洲大革命之后，尼古拉对外充当欧洲宪兵，对内实行变本加厉的舆论高压政策，由此开始了史称的"阴暗的七年"（1848—1854），一切政治言论，甚至一切言论都受到严密的监视和审查。早在1694年，严格意义上的书刊审查制就在英国率先废止，近一百年后的1789年，法国也废止书刊审查制，在1848年的欧洲大革命之后，大部分欧洲国家都废除了这项制度，而此时的俄国却反其道而行之，加强审查，除公开的审查机构外还设立很多相互监视的秘密机构。熟悉19世纪俄国文学历史的人都知道，从普希金、莱蒙托夫到车尔尼雪夫斯基和赫尔岑，几乎每一位俄国大作家都曾与俄国的书刊审查制度发生过冲突，或受到它的迫害。1917年的二月革命后，俄国临时政府曾经实施空前宽松的出版政策，各种形式的书刊审查完全中止。但在十月革命后的整个苏联时期，却一直存在着或明或暗、时松时紧的书刊审查制度。十月革命后的第三天，布尔什维克政权就颁布《出版法令》，宣布"各种倾向的反革命出版物"全都非法，实际上查禁了一切报刊和出版社。整个20世纪30年代，伴随着政治和社会上的个人崇拜和大清洗运动，苏联的书刊审查制度空前严厉和残酷，成千上万的创作知识分子因其作品获罪，焚书坑儒的中国历史景象在20世纪的苏联重现。20世纪50年代初期短暂的"解冻时期"之后，在勃列日涅夫的"停滞"时期，在东西方"冷战"愈演愈烈的大背景下，苏联又相继发生"帕斯捷尔纳克获诺奖事件"（1958）、"布罗茨基案件"（1964）、"西尼亚夫斯基-达尼埃尔案件"（1966）、"索尔仁尼琴获诺奖事件"（1970）、"《大都会》辑刊事件"（1979）和"萨哈罗夫事件"（1980）等，均是苏联政府文化高压，甚至镇压行为的集中体现，极大地毁损了苏维埃国家的文化形象，这反过来也为20世纪80年代中期开始兴起的捍卫人权、争取言论自由的运动埋下了伏笔。到了苏联解体前夕的1990年6月，苏联最高苏维埃通过《出版和其他信息媒介法》，正式宣布禁止任何形式的书刊审查，允许私人开办出版社、印刷厂、报刊和各种信息媒体，在俄国延续达200年之久的书刊审查制度才终于寿终正寝。

俄语中的"Эзопов язык"（"伊索式语言"）这一概念最早由谢德林在19世纪60—70年代提出，它得名自古希腊寓言家伊索，意指一种为了骗过书刊审查官而采用的"寓言体"文字，一种通常具有嘲讽和批判意味的、委婉的、伪装的思想表达方式，一种含沙射影、指桑骂槐的修辞手段。在谢德林1875年的《未尽的交谈》中有这样一段话："我把曲折隐晦的写作习惯归功于农奴制改革前的书刊审查机构。这一机构极其粗暴地折磨俄国出版物，似乎想把俄国出版物从地球上抹去。可是，俄国出版物顽强地想活下去，因此便采取某些欺骗手法。这些出版物自身充满奴性，它们也把这种奴性传染给了读者。一方面，出现了一些寓言式的隐喻；另一方面，形成了一种善于理解这些寓喻的本领，一种善于读出字里行间意义的本领。出现一种特殊的、奴隶式的写作方式，这一手法可称为伊索式手法，这一手法能借助偶尔失言、含糊其辞、含沙射影等欺骗方式表现出绝妙的机智。"谢德林称这一手法为"奴隶式的"，大约既是指伊索的奴隶身份，也是指这一手法在用表面的卑躬来掩饰内心的真实意图。数年之后，谢德林又结合自己的讽刺小说创作体验更详尽地论及"伊索式语言"："如果我的作品中有什么难懂之处，那么这无论如何都不是思想，而仅仅是手法。但我可以这样来为自己辩护：我的写作手法就是奴隶式的手法。这一手法的特征就在于，作家在提起笔来写作的时候所考虑的，与其说是这部作品的描写对象，不如说是这部作品走向读者的途径。古代的伊索就做过这一方面的考虑，之后又有许多人步他后尘。这种方式当然并不十分动人，可它却构成了很大一部分俄国艺术的独创特征，我个人在这里无足轻重。不过，这一手法有时也不无裨益，因为在必要的时候采用这一手法，作家可以找到一些阐释性特征和色彩，而在关于对象的直接描述中不需要此类特征和色彩，可这些特征和色彩却能有效地嵌入读者的记忆……我再说一遍：这一手法无疑是奴隶式的，可在特定的社会条件下它却是十分自然的，这也并非我的发明。我还要重申：这一手法丝毫不会遮蔽我的意图，相反，它只会让我的意图广为人知。"

在谢德林的此类表述之后,"伊索式语言"的说法便在俄国文学界广泛流传。在相当长一段时间里,这一概念主要用来指称以谢德林、车尔尼雪夫斯基、涅克拉索夫等为代表的"六十年代作家"创作中的讽喻手法,以及一九〇五年革命后在俄国兴起的讽刺文学所体现出的体裁特征。米尔斯基在他那部写于1927年的英文版《俄国文学史》中便提及谢德林的"伊索式语言",但评价不高:"此外,它们系用萨尔蒂科夫自称为'伊索式'的语言写成。这在书刊检查机构看来是一种常见的迂回说法,始终离不开各种注解。而且,这一风格深深根植于这一时期糟糕的报刊文字,此类文字源于森科夫斯基,如今仍让人感觉出一种痛苦、庸俗的匠气。"可以看出,米尔斯基仅仅把"伊索式语言"视为谢德林一种独特的修辞方式或文字风格。1952年,科尔涅依·楚科夫斯基在其专著《涅克拉索夫的艺术》中对"伊索式语言"展开专门论述,不仅将其视为涅克拉索夫创作艺术最突出的构成之一,而且还将其当作一个独特的文学范畴。在该书结尾,楚科夫斯基对"伊索式语言"做出这样三点归纳:1)"伊索式语言"有两种不同类型,即文学文本和政治密码。2)"伊索式语言"存在于特定的社会语境,并以作者和读者间的"意会"为前提。3)"伊索式语言"的表达方式具有一定的规律性。由于楚科夫斯基这部学术著作在当时影响很大,多次再版,发行量达数十万,此书中的"伊索式语言"的说法于是不胫而走。

在关于"伊索式语言"的解读中,另两位著名学者的意见也很有影响。一位是语言学家维诺格拉多夫,在《论文学散文》一书中,他开始将"伊索式语言"视为一种特殊的语言表达范畴,他指出:"以社会和政治'禁忌'为前提的伊索式语言的各种形式,均为修辞表达方式的一个特殊范畴。"另一位是文学理论家雅各布森,他在《普希金抒情诗旁注》一文中写道:"在这里不能不注意到,纠缠不休、毫不松懈的书刊审查制始终是俄国文学史中一个相当重要的因素(在普希金的时代尤其如此),读出字里行间含义的能力在读者那里获得非同寻常的发展,借助这一方式,诗人很乐意诉诸暗示和含糊其辞,亦即'伊索式语言'。"也就是说,雅各布森强调的是读者"读出字里行间含义的能力"与诗人"乐意诉诸暗示和含糊其辞"这两者间的互动关系。

与维诺格拉多夫和雅各布森不同,苏维埃时代的相关研究更重视对"伊索式语言"中"政治密码"的解读。比如,一部题为《言此及彼的艺术:文学和政论中的伊索式词语》的专著就辟出专章,对列宁著作中某些"伊索式词语"的政治含义进行解释。与之构成对比的是洛谢夫1984年在慕尼黑出版的英文著作《书刊审查制度的益处:现当代俄国文学中的伊索式语言》,作者在书中不仅考察了"伊索式语言"与俄国书刊审查制之间的关系,同时也首次将"伊索式语言"视为一个独特的文学和美学范畴:"本书作者试图将根深蒂固的'伊索式语言'概念引入一般的学术和批评范畴,通过分析'伊索式语言'的各构成因素及其在文本中的结构作用来阐释这种语言的诗学特征,对'伊索式语言'进行分类,并提供出一套方法,可用来分析包含各种'伊索式语言'成分的文本。"这部著作构成"伊索式语言"研究中的一个路标,标志着此一领域的研究从批评范畴步入学术范畴,从政治范畴步入美学范畴。

从规模上来看,"伊索式语言"可大可小,大可至整部长篇小说,如车尔尼雪夫斯基的《怎么办》和扎米亚京的《我们》,作品的整体结构就是一个巨大的隐喻系统。"伊索式语言"也可能小至一个语言单位,一个句子,一个单词,甚至一个小小的标注。涅克拉索夫曾写下这样一首无题诗:"这一年,精力在衰退。/思想更懒,血液更凉。/祖国母亲啊!我到死,/也等不到你的自由!//但我在死去的时候想知道，/ 你站在正确的道路上，/ 你的耕者在播种土地，/ 提前看到晴朗的日光；// 我想听风从故乡吹来，/ 一致的声音传到耳旁，/ 其中再也听不见 / 人类的血和泪在流淌。"此诗的结尾标明的写作时间为"1861年"，正是这个年代赋予全诗以"伊索式"性质，因为这一年正是俄国农奴制的废除年，俄国各派政治力量围绕农奴制的存废、围绕废除农奴制的真正意义等展开激烈争论。涅克拉索夫并不认为自上而下的农奴制改革能给整个俄国带来普遍的、真正的自由，于是，这首表面上的自传体抒情诗便成了一首政治讽刺诗，一个年代标注便成为理解全诗意义的一把钥匙。

从语言学的分类上看，"伊索式语言"既是语义层面的，也是语用层面的。语义层面的"伊索式语言"主要借助双关语、同音词、同义词、潜台词等手段实现语义的微妙转换；而语用层面的"伊索式语言"，则离不开由具体的时代和社会、文化和典故、风尚和禁忌等构成的特殊语境。"伊索式语言"的这两种类型或曰两种作用方式，都表现为一个"编码 / 解码"（encode/decode）或"屏蔽 / 接通"（screen/make）的过程。写作者利用语义和语用等意义上的模棱两可编织出一套特殊的谜语系统，凭借作者和读者间的彼此意会和心照不宣，绕过书刊审查制和书刊审查官，实现语言信息的发送和接受。在这一作用过程中，不仅要有"伊索式语言"的作者，即编码者或出谜人，而且还要求相应的解码者或猜谜人，甚至连具有相应解码和猜谜能力的书刊审查官也是必不可少的，三者构成一个复杂的互动系统。"伊索式语言"的作者在使用这种语言时，其内心其实在同时面对两类接受者，他向一些人（比如审查官）屏蔽某些内容，同时又希望把这些被屏蔽的内容尽量充分地传达给另一些人（比如他心目中的知音读者）；两种信息相互交织，同时被传送，而读者的大脑则成为信息重新筛选和组合的场所，读者的意识就是实现信息转换的空间。就这样，这种

"猜谜"游戏不断升级,不断变化,不断复杂化,形成一场饶有兴味的文学智力游戏和文化信息暗战。

"伊索式语言"在题材和体裁上的体现方式也十分多样。从题材和情节上看,"伊索式语言"最常用的方式大致有这么几类:

一、以历史为借鉴,让不同时间单元中相近的人和事形成对比,从而构成某种暗示。在俄国文学作品中,"伊凡雷帝"、"恺撒"等概念似乎总让读者感觉是"暴君"和"独裁"的代名词,而"法国革命"、"自由"等一度是书刊审查官眼中的危险字眼和"禁忌"。在普希金的作品中,除了那些给他带来流放之灾的"自由诗作"和几首被认为是亵渎神灵或有伤风化的诗作外,受到书刊审查官(其中包括沙皇本人)怀疑最甚的就是历史题材作品。在普希金生前,他描写俄国农民起义领袖斯捷潘·拉辛的诗,他关于拉季舍夫的文章,他反映彼得大帝时代的长诗《青铜骑士》等均被禁止发表,他以普加乔夫起义为背景写作的小说《大尉的女儿》在发表时被删去整整一章,他的历史剧作《鲍里斯·戈都诺夫》也是在沙皇宪兵头子卞肯多夫乃至沙皇本人亲自建议作者做出一系列"净化"处理后,才以沙皇恩赐给普希金的"结婚礼物"的名义得以面世。苏联时期,所谓"一切历史都是当代史"的说法在俄苏文学中得到印证,这一时期的历史题材作品,无论是"红色公爵"阿·托尔斯泰的《彼得大帝》,还是流亡作家阿尔达诺夫的历史小说"思想者系列"(四卷)、《源头》和《自杀》,其中的"历史人物"均具有鲜明的现实指向性或隐喻性,或用古代帝王的壮举来比拟当下领袖的崇高,或以历史人物的悲剧来预示现实统治的命运,莫不是借古喻今,这些历史人物的姓氏乃至整部作品因而也就具有了某种"伊索式语言"性质。

二、以异域他国为假托,利用偷换地理空间来混淆视听,即所谓以彼处喻此地。俄国文学中最早描写书刊审查官形象的作品之一、伊万·普宁的诗剧《写作者和审查官》，居然被加上了这样一个副标题：《译自满语》，作者将故事情节放到中国，塑造了一个愚蠢昏聩、蛮不讲理的书刊审查官形象，他居然要查禁孔子的书，因为其中涉及"真理"。显然是为了掩人耳目，作者在作品前还附上这样一封"致出版者的信"："仁慈的先生！近日本人偶然得到一份古旧的满文手稿。在其中诸多零散文稿间，本人发现一部题为《写作者和审查官》的有趣作品……我立即翻译出来，现呈上，我仁慈的先生，望您能将此译稿刊于您的杂志。"在普希金、莱蒙托夫、涅克拉索夫等人的诗作中，也常常可以看到一些"译自某某语"或"仿某某人"等字样，其中有些的确是译作，而有些让后代比较文学研究者们费尽九牛二虎之力依然找不到"出处"的"译作"，则显然是作者为了转移审查官视线而耍的小伎俩。在苏联时期的诗人沃兹涅先斯基写于1967年的一首诗中有这样几行："可耻，/当希腊引入书刊审查，/所有报纸全都一个模子。/可耻，/当越南被当作棋子，/撒谎可耻，可耻。"诗中假托古希腊，自然是借古讽今，而另一个地理名词越南却把时间拉回今天，读者自然就明白了那个"所有报纸全都一个模子"的地方究竟为何国。

　　三、以幻想情节为遮掩，其中包括科学幻想小说和其他类型的幻想小说，情节常常被设置在未来。扎米亚京的小说《我们》就可被视为此类"伊索式体裁"的代表作。苏联时期还曾有过这样一个让书刊审查机构吃了哑巴亏的"文化偷渡"事件：1984年，也就是被奥威尔用作他那部名作之标题的年代，苏联的《青年技术》杂志刊登了英国科幻作家亚瑟·克拉克的《2010：太空漫游》，这篇小说题词献给苏联宇航员列昂诺夫和苏联科学家萨哈罗夫，书刊审查官把"萨哈罗夫"的名字勾掉之后便心安理得地刊出作品，却不知作者在作品中设下一个不大不小的陷阱：小说中的苏联宇航员小组成员分别被命名为奥尔洛夫、科瓦廖夫、杰尔诺夫斯基、鲁坚科、马尔琴科和亚库宁，而这几个姓氏在当时的西方很出名,因为这几位苏联公民因"捍卫人权"而被关进苏联集中营,西方知识界正在呼吁苏联当局释放他们。"密码"终于被破译,作者和西方知识界的"阴谋"终于被揭穿,结果,原计划连载的小说被禁止发表,刊发小说的杂志被收缴和销毁,杂志主编被撤职,许多无辜的人因此受牵连,主管杂志的苏联共青团中央还专门做出一项决议,要求各方面"引以为戒","提高警惕"。

四、以动物或植物为描写对象的自然题材小说,奥威尔的《动物庄园》被视为这一体裁的代表作,但在俄国文学中,始自克雷洛夫的强大的寓言写作传统就某种意义而言均可归入此类。当然,"伊索式语言"和寓言这两者间是有区别的,其关键就在于其中是否有旨在蒙蔽书刊审查的初衷和表达。就这一意义而言,索尔仁尼琴在自传《牛犊顶橡树》中将与体制对峙的自我喻为"牛犊",或许就是一种"伊索式隐喻"。

五、假托儿童题材,即所谓"准儿童文学"。无论沙皇时期还是苏联时期,对儿童文学的"政治审查"均弱于对成年读物的思想监控,其原因不言而喻。有人在20世纪俄语文学中甚至发现这样一个奇怪现象,即自20世纪20年代起,大多数杰出作家和诗人均曾涉略儿童文学,如叶赛宁、左琴科、曼德施塔姆、马雅可夫斯基、帕斯捷尔纳克、普拉东诺夫、普里什文等,可他们之所以诉诸儿童文学,有意无意之间却是旨在"挽留住他们的成年读者","这一愿望使得作家们转而采用一种模棱两可的语言"。20世纪20年代末30世纪初在列宁格勒出现的荒诞派文学团体"真实艺术协会"(ОБЭРИУ),由于其成员作品鲜明的现实讽喻特征而遭摧毁,其主要成员维坚斯基和哈尔姆斯等稍后不约而同地转向儿童文学创作,这一文学史实似乎为"准儿童文学"的"伊索式文学"添加了一个注脚,使这个注脚再次得到佐证的是,躲进儿童文学天地的"伊索式语言"作家哈尔姆斯和维坚斯基等最终仍然未能逃脱死于集中营的厄运。

"伊索式语言"本身自然就可以被视为一种体裁,但它常用的一些话语方式或曰修辞手段,也往往表现为一些微体裁或准体裁,比如:1)寓喻法。寓喻是一种修辞手段,也是一种表达方式,它在俄语中的解释多为"иносказание",即"换一种说法",通常是用一个具体的形象来表达一个抽象的概念,或借助间接的描述来表达隐在的思想。在俄国古典主义时期的文学中,这一手法是讽刺诗和寓言等体裁的基本手法之一。在20世纪,这一手法仍在俄苏文学中得到广泛运用,诸如高尔基的《母亲》和《海燕》,阿·托尔斯泰的《俄罗斯性格》,波列沃依的《真正的人》,普拉东诺夫的《基坑》,肖洛霍夫的《人的命运》,爱伦堡的《解冻》,直至索尔仁尼琴的《红轮》,一大批名作的题目本身就被视为一种"伊索式寓喻"。作家伊斯坎德尔在其中篇小说《诗人》中写了这样一个故事,一位平庸的诗人向编辑部投去这样一首诗:"向日葵盯着太阳。/野菊花盯着向日葵。/我盯着野菊花。/书刊审查制盯着我。"编辑们生怕此诗藏有深意,特请一位著名批评家写评论,批评家苦思冥想数日,最后因神经错乱被送进精神病院。诗人的作品最终未能发表,但他得意地对朋友们吹牛:"我让十个女人和一个批评家发了疯!"这个情节在一定程度上体现出了"伊索式寓喻"在20世纪俄语文学中的俯拾皆是,至少,当时的人们普遍认为这样的寓喻俯拾皆是。2)戏仿法。戏仿一词在后现代理论兴起之后已家喻户晓,意即对已有作品的讽刺性模仿,其目的是营造一种调侃或讽刺,甚至颠覆或解构的效果。需要指出的是,"伊索式戏仿"有别于一般戏仿的独特之处,仍在于其中存在鲜明的政治意图和现实指向。纵观俄国文学中的"伊索式戏仿",我们发现其对象有过显著的变换:在普希金时代,戏仿对象主要是英、法、德等国的思想和文学大家,甚至古希腊、罗马的经典作家;而到了20世纪,普希金一代作家自身却成了俄国文学后代们的模仿对象,老一辈作家抱怨或抨击沙皇制度的文本,又被后人悄悄地植入了新的现实内涵。3)迂说法,与寓喻法一样,这亦为"换一种说法",但不同的是,这不是具体形象和抽象概念间的替换,而是形象与形象、概念与概念间的替换,如用"夜间的太阳"替代"月亮",用"百兽之王"指称"狮子"等。伏尔泰用"穿裙子的伪君子"指叶卡捷琳娜,索尔仁尼琴用"古拉格群岛"指遍布苏联各地的集中营,就是"伊索式迂说法"的经典体现。在书刊审查制甚为严厉的19世纪中期,车尔尼雪夫斯基曾在自己的文字中大量使用这一手法,比如他用"无名骑士"指别林斯基,用"黑格尔的最佳学生"指费尔巴哈,用"历史事件"指"革命",用"环境势力"指"专制制度",此类说法后来在俄国知识界尽人皆知。4)省略法。"伊索式语言"意义上的省略法,主要体现为作者在意识到读者自然会心知肚明的地方停笔断句,或在情节交代上做出跳跃,但省略号、缩略语等的使用,甚至"开天窗"(作者和审查者都可能做出此类举动),也是一种具有特殊意义指向的省略。5)用典法,即作者借助文学作品中的名句名言或文化史中的典故来表达自己的真实意图。6)笑话法,即作者或在文章中嬉笑怒骂,借机宣泄自己的不满、怨恨等情感,或通过对其他趣闻故事的转述来传递某种自己不便直接表露的思想。

须要指出的是,"伊索式体裁"自然远远不止上述六种,其他诸如双关语、藏头诗、同义同音词等,也常常出现在"伊索式语言"的军火库中。在更多情况下,这些修辞方式或曰微型体裁往往是相互交织、共同作用的,我们甚至可以说,任何一种语言修辞方式和文学表达手段均可以被有心的作家用作他别有深意的"伊索式语言"。

俄国书刊审查制作为一种限制言论和出版自由、阻碍文学健康发展的机制,自然会受到俄国作家的愤怒抨击。普希金曾在1836年

8月的一封信中抱怨与他同时代的书刊审查官"把整个文学变成了手稿"。赫尔岑和奥加廖夫在《警钟》发刊词中将"让言论摆脱书刊审查制"与"让农民摆脱地主"、"让被压迫阶层摆脱挨打"并列,作为当时俄国社会必须完成的头等大事。谢德林在前引那段关于"伊索式语言"的话中说:"这一机构极其粗暴地折磨俄国出版物,似乎想把俄国出版物从地球上抹去。"他还不无嘲讽地将俄国书刊审查制称为除英、普、法、俄、奥匈"五大强国"和"第六强国"、即新闻之外的"第七强国"。在20世纪30年代的"大恐怖"年代,阿赫马托娃认为书刊审查制使俄国文学又回到了"前古腾堡时代",也就是印刷术发明之前的时代。然而,让人感觉悖论的是,世界上最强大的俄国书刊审查制却又是与世界上最强大的俄国文学始终并存的。我们当然有理由假设,如果没有书刊审查制,俄国文学会涌现出更多的大家名作,而这一假设至少在20世纪是完全成立的。因为,如果那数百位文人作家没有在20年代初被押上"哲学之舟"强行驱逐出境,他们自然还会对祖国的文学和文化做出奉献;如果像曼德施塔姆这样数以十计的世界级天才诗人和作家没有在集中营里英年早逝,他们自然还会继续写作;如果巴别尔的数十扎小说稿以及诸如此类的无数手稿没有湮灭在克格勃的档案里,它们必将使20世纪的俄语文学呈现出更加丰富充实的面貌。而业已存在的俄国文学便足以证明,持久而严酷的俄国书刊审查制实际上未能扼杀俄国文学,正像曼德施塔姆夫人所言:"备受诅咒的书刊检查制度其实是相对自由的出版环境之表征,它仅禁止出版反对国家的作品。它即便能如愿以偿,却仍然无法毁灭文学。"于是,布罗茨基曾不无调侃地说道:"遮掩就是文学之母,而书刊审查制甚至可以说是文学之父。"于是,洛谢夫便也自学术层面严肃地探讨起俄国书刊审查制的"益处"来。从洛谢夫的专著《书刊审查制的益处:现当代俄国文学中的伊索式语言》(*On the Beneficence of Censorship:*

Aesopian Language in Modern Russian Literature）的题目本身便不难看出，他所言的俄国书刊审查制的"益处"，主要就体现为"伊索式语言"的生成和广泛运用。他在书中写道："意识形态审查的存在是文学中伊索式语言兴起的显在前提。"书刊审查制将文学文本视为非文学文本，书刊审查官们的这一"功利主义美学"迫使俄国作家转而采用一种更巧妙、更隐晦，或许也更深刻的文字表达方式，将更多的注意力放在语言本身，久而久之，便使他们的"伊索式语言"获得了某种清晰的文学风格乃至独特的美学价值。

俄国书刊审查制、俄国文学和俄国文学中的"伊索式语言"，这三者间构成了某种复杂的互动关系。书刊审查制迫使俄国文学选择"伊索式语言"作为一种突破方式，而"伊索式语言"又因此逐渐成为俄国文学的一种识别符号；俄国文学在书刊审查制的桎梏下饱受折磨，却也收之桑榆式地获得了包括"伊索式语言"在内的某些"益处"；"伊索式语言"是俄国文学作用于俄国现实的强大武器之一，但在俄国书刊审查制消失之后它却也在一定程度上开始丧失其作用和影响。俄国书刊审查制和俄国文学像两条不时相交的平行线，"伊索式语言"在其中穿针引线，三者共同织就俄国文学两个多世纪的发展历史；它们又构成一个文化三角形，象征着体制、文学和语言这三者间的对峙和妥协，角力和转换，这一过程同时也折射出了谢德林所谓的"俄国艺术的独创特征"。

从俄国的文化图腾"双头鹰"谈起*

首先,我们来谈一谈什么叫"图腾"。图腾英文是"totem",俄文也一样,叫тотем。这个词据说来自印第安语,原来有"亲属"、"标识"等意义。作为一个现代学术概念的"图腾"一词,最早出现在1791年在伦敦出版的英国人类学家荣格所著的《一个印第安译员兼商人的航海探险》一书。将"图腾"一词引进汉语的是严复先生,他在1903年翻译英国学者甄克思的《社会通诠》一书时首次把"totem"译成"图腾",并在他所写的按语中指出,图腾是群体的标志,旨在区分群体。这个译名很好,因为严复在其中加入了"图"字,使这个汉译名词具有了生动的形象感。如今关于"图腾"的正式释义,就是"一个族群的精神存在、圣化客体或象征符号"。

世界各民族均有其图腾,其中以动物为主,如中国的龙、法国的公鸡、草原部落的狼、森林民族的熊,但世界各国用得最多的动物图腾恐怕还是作为兽中之王的狮子和作为禽中之王的鹰,狮子和鹰的图腾后来有许多都演化成了国徽、国旗中的重要构成。俄国国徽中的"双头鹰"就是这样一个具有文化图腾意义的民族符号。

双头鹰的图案由来已久,并非俄国所独有。考古发现,距今五千年的苏美尔文明遗迹中就有双头鹰的图案;公元前2千纪,赫梯人已

---

* 2015年4月17日在北京外国语大学的演讲。

经正式使用这个图案作为其王国的标志符号。在近现代的欧洲,许多国家的国徽都以鹰为标志,用双头鹰图案的也不止俄国一国,还有阿尔巴尼亚、塞尔维亚等国。提起俄国的象征符号,尤其是在贬损地提起俄国时,人们往往首先联想到熊,尤其是北极熊。熊的确是俄罗斯人偏爱的动物,熊在俄语中称为"Медведь",俄国人名"米哈伊尔"的昵称"Миша"往往也就成了"小熊"的别称。1998年莫斯科奥运会闭幕式上的小熊米沙以及它在闭幕式上流下的泪水,曾经感动过无数世人,米沙熊也的确是俄国的象征之一。此外,伏尔加母亲河、白桦树、鱼子酱、伏特加酒、泰加森林、圣像画,等等,也时常被人们当成俄国的识别符号,但真正上升到文化图腾地位的俄罗斯民族标识,可能还是双头鹰。

双头鹰图案首次出现在俄国的官方文件中是在1497年,也就是伊凡三世国玺上的图案。关于这只双头鹰的来历,有这样一个流传很广、几乎已成定论的说法:莫斯科大公伊凡三世迎娶拜占庭最后一位皇帝康斯坦丁十一世的侄女索菲娅·巴列奥略为妻,同时从拜占庭"引进"沙皇的称呼(恺撒)、基督教(即东正教)以及双头鹰的图案,以此象征俄国对拜占庭王朝的继承权。但如今,这个"定论"却遭到越来越多的质疑,俄国拜占庭学者尼古拉·利哈乔夫发现,拜占庭并无一个贯穿始终的作为国家象征的徽章,各个皇帝所采用的徽章均不尽相同,而且其中也都没有出现过双头鹰图案。还有一种意见为,伊凡三世是在1472年迎娶索菲娅的,而在1497年伊凡三世颁布的一份文件的印章上才首次出现双头鹰图案,这中间长达25年的间隔是难以解释的。但无论如何,伊凡三世国玺上这个徽章还是被俄国历史学家卡拉姆津认定为俄国国徽的正宗源头。

如果说双头鹰并非一件来自拜占庭的礼物,那么它究竟是从何处"飞落"俄国的呢?一种较具历史逻辑性的解释是这样的:前面说了,

从俄国的文化图腾"双头鹰"谈起

考古发现最早的双头鹰图案约在公元前3千纪至公元前2千纪出现在小亚细亚苏美尔人和赫梯人的文明中,后被塞尔柱人所继承,中世纪成为伊斯兰文化中一个很常见的图案。十字军东征后,欧洲人把这个图案带回西方,并渐渐将这个同时具有图腾意义和世俗装饰性质的符号转化成权力的象征。自13世纪起,双头鹰的图案开始出现在西欧许多国家的钱币和印章上,与古罗马时期就已存在的单头鹰图案并存。14世纪,俄国南部的保加利亚和塞尔维亚皇帝都曾采用这一图案,考虑到当时莫斯科公国与南部斯拉夫国家紧密的政治和文化联系,人们倾向于认为,俄国是从南方引进这一符号的。

我们猜想,伊凡三世在当时决定国玺图案时可能也曾面临"单头鹰"还是"双头鹰"的选择,他没有采用单头鹰而选择了双头鹰,其实有着其内在的心理动机:罗马皇帝用双头鹰,罗马帝国的诸王国则用单头鹰,踌躇满志的莫斯科大公自然要采用最高等级的符号,就像他根据"恺撒"(кесарь)一词而将自己命名为"沙皇"(царь)一样,就像称莫斯科是继罗马和君士坦丁堡之后的"第三罗马"的理论总能赢得俄国帝王的欢心一样,就像俄国东正教名称中那个标榜自己宗教来源之正宗的那个"正"字一样,其中都包含着俄国君主欲独霸欧洲东部、与整个拉丁化的西方相对峙的雄心或者说是野心。换句话说,伊凡三世的双头鹰图案应该是从罗马帝国那里"模仿"来的,伊凡三世试图用这个符号来向整个欧洲宣称,自己才是罗马皇帝奥古斯都的正宗传人。

在谈到俄国国徽为双头鹰时,很多人都忽略了这只双头鹰胸部的另一个盾形图案:一个骑在马上、手持长矛刺向毒龙的武士。据说这个图案倒是来自拜占庭,后被用作莫斯科公国的象征,图案上的骑士是圣·乔治。如今,这个图案依然是莫斯科的市徽,只不过其中的骑士被解释为莫斯科城的奠基者尤里·多尔戈鲁基。这两个形象之间还是有着某种联系的,因为圣·乔治曾是多尔戈鲁基的保护神。曾为莫斯科大公的伊凡三世在为"全罗斯"制定国家符号时加入这一具有"地域特征"的图案,也是在彰显莫斯科公国的地位和实力。

在伊凡三世之后,历代俄国君主大多继承了双头鹰加骑士的国徽图案,不过也不时有所"添加":从17世纪开始,双头鹰左右两个鹰爪上分别加上了象征君主权力的权杖和象征国家统一的金球;1625年,在米哈伊尔·费奥多罗维奇当政期间,戴有皇冠的两个鹰首上方又被加上一顶皇冠;1667年,在阿列克谢·米哈伊洛维奇当政期间,又专门颁文解释国徽,称三个皇冠分别代表喀山、阿斯特拉罕和西伯利亚三个王国;彼得一世当政时,将国徽的颜色正式定为金色背景下的黑色双头鹰;亚历山大二世和三世当政时,都曾进行过"徽章改革",提出了大、中、小等不同的国徽图案,图案设计也更加复杂和规范。二月革命后的俄国临时政府在废止绝大部分皇家符号的同时,却保留了双头鹰国徽,只去掉了其中的骑士图案;整个苏维埃时期,双头鹰国徽被彻底废止;苏联解体之后,俄联邦总统于1993年11月30日发布总统令,宣布恢复使用帝国时期的双头鹰国徽,但关于国徽的争论却一直在持续。俄共就一直不同意这个国徽,认为它具有过于浓重的宗教色彩和皇权特征;许多俄国知识分子也认为目前这个国徽的"帝国色彩"过于强烈。直到2000年12月25日,才由俄国国家杜马通过《俄罗斯联邦国徽法》,正式确立了如今的国徽图案。

关于如今的这个国徽,俄国的官方解释是这样的:"双头金鹰雄视东西两边,代表俄国是一个地跨亚欧两大洲的国家;三顶王冠象征着国家是统一的俄罗斯联邦;金球和权杖象征国家的统一是神圣不可侵犯的权力;在中心的小盾牌上,勇士圣·乔治(俄国的主护佑者)跨在白马上,用长矛杀死恶龙,象征俄罗斯民族不忘历史、继往开来、勇于同一切困难和敌人做斗争的精神。"不难看出,官方的解释是在

从俄国的文化图腾"双头鹰"谈起

有意无意地淡化这个图案历史上所具有的宗教色彩、皇权色彩和殖民色彩。其实,双头鹰的"双头",不仅指东西方,不仅指欧洲和亚洲,它在很长一段时间里都被解释为皇权和神权、宗教和世俗的并立;至于双头鹰头顶上的三顶皇冠,起初是象征被俄国先后吞并的三个鞑靼汗国,即喀山、阿斯特拉罕和西伯利亚,现在的官方解释语焉不详,只说是象征着国家的统一,而在民间有多种解释,有说是东正教的圣三位一体的象征,甚至有人说代表东斯拉夫三兄弟俄罗斯、乌克兰和白俄罗斯,还有人调侃说是为了给那两个鹰脑袋遮风挡雨。

这个"双头鹰"图腾含有深刻的文化内涵,它是俄罗斯民族文化结构的整体象征,是俄罗斯民族集体无意识的具象模型,是俄罗斯民族属性的形象概括。这只双头鹰左顾右盼,东张西望,具有国家地理位置上的象征意义;与此同时,它一身两首,顾此失彼,也是一种双重人格、分裂人格的具象化,是俄国社会构成的一种形象体现。双头鹰的图案,如今常常被解释为俄国欧亚两部分合而为一的象征,其实伊凡三世在采用这一图案时未必有这样一种清醒、自觉的意识,但随着俄国的不断扩张,随着俄国文化中不同因素的不断冲突,随着人们对俄罗斯民族特性之认识的不断深化,双头鹰的确渐渐地成了俄罗斯国家的复杂构成或曰俄罗斯民族的分裂性格的绝佳象征物。

俄国的东、西差异大于南、北差异,这大约与俄国大多数江河的流向有关。我曾经在一篇题为《大河与文化》的短文中写到,大江大河既是文化的阻隔,也是文化的纽带,因此在古代,相距遥远的河流两端的文化往往会逐渐走近,而近在咫尺的河流两岸的文化却往往差异甚大。比较一下中国和俄国的地图,不难看出两者间的很大不同,中国的长江、黄河等大河都是从西向东流的,而俄国的河流大多是南北流向,伏尔加河、涅瓦河等由北向南流,鄂毕河、勒拿河等由南向北流。因此,中国的文化分南北,而俄国的文化分东西。关于俄国文

化板块的构成,有过这样三种比较有代表性的说法:

一是别尔嘉耶夫的"东西方"(Восток-Запад)说。他在《俄罗斯命运》一书中写道:"俄国置身于东方和西方之间的中心地带,它是东西方。""只有在东方和西方这个问题的范畴内,俄国才有可能意识到自我,意识到自己的使命。它置身于东方世界和西方世界的中心,可以被定义为东西方。"而在他的另一本书《俄罗斯思想》的开头,作者几乎原样地重申了这一概念:"俄罗斯民族不是纯粹的欧洲民族,也不是纯粹的亚洲民族。俄国是世界的一个完整部分,是巨大的东西方,它将两个世界结合在一起。在俄罗斯的灵魂中,永远有东方的和西方的这两种因素在相互搏斗。"在这个概念之前,还有这样一段话:"俄罗斯民族是最高程度上的两极化民族,它是若干对立面的并存。它可以使人迷恋,也可能使人失望,它那里永远有可能发生意外的事情,它最能激起对它的强烈的爱和强烈的恨。这是一个正在引起西方各民族不安的民族。每个民族的个性就像每个人的个性一样,都是一个微观世界,因此其中必定包含有各种矛盾,但是程度却有所不同。俄罗斯民族就其极端性和矛盾性而言,也许只有犹太民族可以与之相提并论。正是这两个民族具有强烈的弥赛亚意识,这并非偶然。俄罗斯灵魂的矛盾性和复杂性也许与这样的背景有关,即东方和西方这世界历史中的两大潮流在俄国发生着碰撞,产生着相互作用。"也就是说,在别尔嘉耶夫看来,地处东方和西方之间的地理位置既给俄国的命运带来某种不幸,导致俄罗斯民族性格和民族文化上的矛盾和分裂,但与此同时,它却在新的历史背景下凸显了俄罗斯民族独特的历史使命,将极大地提升俄罗斯民族在世界舞台上的地位和影响。

二是利哈乔夫的"南北结构"说。当很多人在就俄国文化究竟具有东方属性还是西方属性的问题争执不休的时候,俄国著名学者利哈乔夫院士却对俄国文化的南北属性给予关注,并进而对俄国文化的总体特征进行了一番独到的思考。集中表述其观点的著作，就是他的《思考俄国》一书。像任何一个谈论俄国文化属性的人一样，利哈乔夫也无法回避俄国文化中的东西方矛盾问题。像俄国思想史上大多数西方派一样，利哈乔夫也给出了一个坚决的论断："俄国从来不是东方。"不过，他创造性地提出了"斯堪的纳斯拉夫"（Скандославия）这一概念，这个单词由"斯堪的纳维亚"和"斯拉夫"两个俄语单词的词根拼合而成，意指俄国文化主要是北欧和南欧文化相互交融的结果。所谓来自南方的影响，主要指拜占庭和保加利亚对俄国在宗教信仰和文字起源等方面的影响，最为突出的例证就是东正教信仰和基里尔字母的传入；而所谓来自北方的影响，则主要体现在社会结构和军事体制等方面，最为突出的例证就是瓦兰人的应召入俄以及留里克王朝的建立。利哈乔夫写道："人们通常将俄国文化定性为一种介乎于欧洲和亚洲之间、西方和东方之间的过渡文化，但是，只有从西方看罗斯，才能看出这一毗邻状态。事实上，亚洲游牧民族对定居的罗斯之影响是微不足道的。拜占庭文化赋予罗斯以基督教的精神特性，而整个斯堪的纳维亚则赋予罗斯以武士侍卫体制。"这一文一武两种极不相同的文化潮流纵贯辽阔的东欧平原，共同融合成俄国独特的文化传统，因此，利哈乔夫坚定地重申，在俄国文化起源中"发挥决定性作用的"，"是南方和北方，而不是东方和西方；是拜占庭和斯堪的纳维亚，而不是亚洲和欧洲"。

三是列夫·古米廖夫的"欧亚论"。列夫·古米廖夫是俄国白银时代著名诗人古米廖夫和阿赫马托娃的儿子，他是从研究东方历史起步的，但他后来的研究重心却主要放在民族学和人类学上。在他看来，国家的历史并不仅仅是经济、政治和文化的发展史，同时更是种族自身的演变进程。在《种族起源和地球生物圈》一书中，他提出了研究历史过程的三个基本参数，即"空间"、"时间"和"种族自身":"空间"就是某一民族生存的自然环境,列夫·古米廖夫又称之为"养育的风景",它决定这一种族的行为方式,并赋予这一种族区别于其他种族的特征,比如,山民的生活习性就不同于沿海居民,森林民族的文化传统就有异于草原部族。"时间"就是一个民族的存在时限,一个民族像一个人一样,有其童年和老年,有其祖先和后代,有其过去和未来。列夫·古米廖夫认为,种族和单个的人一样也有生老病死,迦勒底人和伊特鲁里亚人如今已不存在,就像从前并不存在法国人和英国人一样。他甚至还认为,每个种族的"寿命"大约就是1500年。"种族"也就是一个共同创造出文化和历史的集体,"生活在特定空间和特定时间中的种族,就是历史剧中的主角"。从生物学的角度看待种族起源,用"科学"的方法研究民族的历史,列夫·古米廖夫学术的最后落脚点仍在于他关于俄罗斯民族和俄国文化的"欧亚一体论"。其实,早在列夫·古米廖夫之前,俄国就一直有"欧亚论"和"第三条道路"等说法,认为俄国既不是西方也不是东方,既不属于欧洲也不属于亚洲,俄国就是俄国,其文化是独特的,是欧亚两种文明的有机合成。列夫·古米廖夫继承这一学说,并在其中注入某些新的内涵。俄语中先前的"欧亚"(Евразия)一词就是由"欧洲"和"亚洲"两个俄语单词拼合而成的,列夫·古米廖夫则喜欢使用"欧亚主义"(Евразийство)这一更为抽象的概念。在最后一部著作《从罗斯到俄国》中,他将集合了多种种族基因和民族文化的俄国称为"超种族",欧亚大陆能联合为一体,往往就依靠此类"超种族"的形成和活动,在俄罗斯民族之前,突厥民族和蒙古民族曾两次扮演这样的角色。而作为一个"超种族"的俄国是在13—14世纪形成的,列夫·古米廖夫甚至还给出了一个精确的"生日":1380年9月8日,也就是库里科沃战役爆发的那一天,当时,莫斯科公国军队击败蒙古大军,动摇了蒙古人对俄国的统治。列夫·古米廖夫认定,正是在那一天. 具有清醒的民族自我意识、感悟到"欧亚"大陆之主宰的使命感的俄罗斯民族正式诞生了。既然俄罗斯民族注定要在欧亚大陆上发挥核心作用,那么,再朝拜西欧无疑就是一个错误的选择,这就是列夫·古米廖夫给出的结论。

俄国的文化图腾双头鹰既是俄国地理位置的象征,也一定程度上是俄罗斯民族性格的折射。俄罗斯人性格不稳定,爱走极端,体现出强烈的矛盾性,也就是所谓"双重人格"。别尔嘉耶夫在前面提到的《俄罗斯命运》和《俄罗斯思想》等著作中,试图去打开俄罗斯灵魂的秘密,他发现了俄罗斯民族诸多的矛盾性。对于这样一种所谓的"矛盾性",别尔嘉耶夫在文中还先后使用过许多不同的概念,如"二律背反"、"悖论"、"极端性"、"两极性"、"对立性"、"两重性"、"双重信仰"、"二元结构"、"矛盾组合"、"双重性格",等等。在别尔嘉耶夫看来:首先,一方面,俄国是一个最无政府主义的国家,俄罗斯人是最无政府主义的人民,俄罗斯人向来不善治理国家,几乎所有的俄国思想家、作家和政论家,无论其倾向如何,都具有天生的无政府主义精神;另一方面,俄国又是一个最官僚的国家,俄国创建了世界上最为庞大的帝国,在俄国,一切都会转化为政治的工具,为了国家、政治的利益可以牺牲其他一切利益,数百年来,俄罗斯人的血和汗几乎全都用于巩固和捍卫国家,而无暇顾及个性的发展和自由的创造性生活。结果,最缺乏国家意识的人民却建立了最庞大的帝国,最具无政府主义倾向的人民却成了官僚政体最恭顺的臣民,一个天性自由的民族却仿佛不去追求自由的生活。其次,一方面,俄国是一个最少沙文主义的国家,俄罗斯民族从未像德国人、英国人和法国人那样充满自信和傲慢,俄罗斯人向来缺乏足够的民族自豪感,甚至羞于承认自己是俄罗斯人。另一方面,俄国又是世界上沙文主义色彩最为浓重的国家。俄国一直是一个民族冲突最多、民族压迫最甚的国家之一，大俄罗斯沙文主义的影响不仅遍及俄国，而且超越了国境。俄国在世界大战中的表现使它时常保持有"欧洲救星"、"各民族的解放者"的良好感觉；俄国强烈的民族主义情绪，在俄国东正教会的意识形态中有集中、充分的体现，"莫斯科是第三罗马"的学说在俄国思想史中也一直很有市场。最后，别尔嘉耶夫在俄罗斯民族性格中也发现了这类二律背反。在《俄罗斯思想》的最后，别尔嘉耶夫写道："应当记住，俄罗斯人的天性是完全极端化的。一方面，是恭顺，是对权利的放弃；另一方面，是由怜悯之心激起的、追求正义的暴动。一方面，是同情，是怜悯；另一方面，是潜在的残忍。一方面，是对自由的爱；另一方面，是对奴役的接受。"自由和奴性，浪游和停滞，这两者之间巨大的差异，也许是由于俄罗斯灵魂中阴阳成分的尚未糅合。

别尔嘉耶夫罗列的这些矛盾在每一民族中都程度不等地存在，只不过在俄国，其对立的色彩尤为鲜明罢了。之所以如此的原因，恐怕既有地理上、文化上的无归属感，也有社会结构上上下层之间的脱节，甚至鸿沟；既有在基督教世界之内的东正教独立意识，也有在整个欧洲文化范畴内独树一帜的冲动。诸如此类的深层原因还可以找出一些：比如俄国皇室的血统问题，由于公元9世纪起北欧的瓦兰人应邀入主罗斯，之后俄国和西欧皇族间的不断通婚，俄国的统治者常常具有西方血统，如北欧或日耳曼血统，也就是"西方人"，以恭顺、忠君为美德的俄国人所臣服的却往往是这些"外国人"，其间的隔阂乃至冲突自然难免，俄国历史上的多次农民起义都打着驱逐"异族"的口号，这也就不奇怪了。再比如战争的因素，俄国与东、西两个边境上的邻国一直战事不断，战争作为一种独特的"文化交流"方式，会以一种强加的方式提供对比。每一次战争，俄国无论是战胜还是战败，都会在国内引起激烈的思想反省和社会动荡。在俄国的历史上，战争往往不仅仅是"政治的延续"，而且还是政治的深化，是社会改革的起因。左冲右突的俄国，在与东、西方持续不断的碰撞中不仅没有缩小两者之间的距离，反而因为每每的顾此失彼而加大了选定朝向的难度。上述这些原因，自身也许就是互为因果的，它们相互之间存在着复杂的互动关系。正是这些直接的导火索和间接的因素、表层的原因和深层的原因的共同作用，导致了俄国人在东西方两种价值取向上长期的无所适从。

提起双头鹰，人们往往会自然而然地联想到赫尔岑在《往事与沉思》中谈到斯拉夫派和西方派的关系时说过的这样一段名言："是的，我们是对立的，但这种对立与众不同。我们有着同样的爱，只是方式不一……我们就像伊阿诺斯或双头鹰，看着不同的方向，但跳动的心脏却是同一个。"伊阿诺斯是古罗马神话中的门神，两副面孔一个望向过去，一个朝着未来。而双头鹰却左顾右盼，一个脑袋看着东方，另一个脑袋看着西方。赫尔岑这段话不仅形象地概括了两个派别当时的对峙态势，同时也给出了关于俄国文化结构的一个整体模型。作为一个文化史、思想史流派的斯拉夫派和西方派是在19世纪30—40年代之交正式形成的，然而作为俄国整个历史中源远流长的两种思潮、两种文化倾向，斯拉夫派和西方派在此前和此后相当长的历史时间里都一直存在着程度不等的对峙。不能把斯拉夫派和西方派的论争看成是俄国历史中一个独立的、短暂的文化现象，这两种思潮的对立和转换、渗透和交融，实际上贯穿了整个俄国历史。从16世纪中期爆发的伊凡四世和库尔勃斯基公爵的书信之争，到大司祭阿瓦库姆与尼康主教的宗教意识形态之争，从19世纪30年代恰达耶夫的《哲学书简》点燃斯拉夫派和西方派思想论争的导火索，引发俄国思想的分野，到斯拉夫派和西方派的激烈争论，到60—70年代以陀思妥耶夫斯基等为代表的"土壤派"理论的逐渐成熟，从两个世纪之交的白银时代以别尔嘉耶夫、布尔加科夫、格尔申宗、司徒卢威、弗兰克等为代表的

"路标派"及其提出的"第三条道路"思想,到苏联时期形成以俄国为主体的巨大的、红色的东西方合成体,从戈尔巴乔夫和叶利钦的亲西方改革,再到索尔仁尼琴的"新斯拉夫主义"和普京的被迫朝向东方。种种迹象表明,面对不同的国家发展道路和文化类型,俄国这只双头鹰始终、并依然面临着艰难的抉择,不同文化取向的对峙依然存在于当下的俄国,并且可能还将长期地存在下去。

最近读到俄国学者安德烈·佐林(Андрей Зорин)的一本书,题目叫《喂养双头鹰……文学与18世纪后30年至19世纪前30年的俄罗斯国家意识形态》,这个题目使我意识到,双头鹰与俄国文学之间或许也存在着某种关系。在俄国古典主义文学时期,双头鹰作为至高权力和官方意识形态的象征,自然会在众多颂歌体诗作中得到庄严的赞美和歌颂;在浪漫主义文学时期,作为自由之象征的鹰频繁出现在普希金、莱蒙托夫等诗人的诗作中,比如普希金就在《囚徒》一诗对那只被喂养的"年轻的鹰"说道:"是时候了,朋友,/我们都是自由的鸟儿,/让我们一同飞走吧,/飞往白雪皑皑的山冈,/飞往蔚蓝闪烁的海洋,/飞往只有风儿与我们散步的地方!"而在批评现实主义时期,双头鹰甚至成了俄国批判现实主义作家面前的一面活靶子,以双头鹰为代表的官方意识形态和社会现实遭到了大多数俄国现实主义作家的抨击和批评,至少在当时的俄国文学名著中,我们很少能看到对双头鹰的正面歌颂和描写。看来,鹰是双头还是单头,还是很不一样的,两者分别作为权力与个人、专制与自由、官方和在野等概念的象征,自然会在俄国文学中获得有区别的对待。如此一来,鹰和双头鹰的并列、对峙和相互转换,倒也成了俄国文学中一个贯穿的主题。

最后做一个简短的总结。双头鹰这一文化图腾,既是俄国历代君主自视为拜占庭,也就是东罗马帝国正宗继承人之心态的真实体现,也是俄国横亘欧亚大陆的地理位置的真实写照;既是俄国文化结构中固有的东西方二元模式的具象概括,又是其民族矛盾性的形象展示。作为俄罗斯国家、民族和文化的一个意味深长的最佳识别符号,这一俄罗斯民族的文化图腾既是俄罗斯民族心理和国家类型的一种拟人化的象征物,同时,在数百年的历史进程中,它似乎也在不断地凝聚、加深并强化俄罗斯人的这样一种文化身份认同。

反法西斯战争与俄语文学*

俄罗斯民族是一个英勇善战的民族，俄国文学也是一种擅长描写和再现战争的文学，在世界文学的历史中，俄国文学大约是在战争题材方面最有建树的民族文学之一。从古代的英雄史诗《伊戈尔远征记》到托尔斯泰的鸿篇巨制《战争与和平》，从肖洛霍夫的史诗长篇《静静的顿河》到瓦西里耶夫的悲情中篇《这里的黎明静悄悄》，无数以战争和战争中的人与事为表现对象的文学名著脍炙人口，彪炳史册。而在俄罗斯的战争文学中，以20世纪中叶那场伟大的反法西斯战争为对象的文学更是建树颇丰，蔚为大观。

在卫国战争爆发的次日，苏联诗人列别杰夫·库马奇就在《真理报》上发表了《神圣的战争》一诗，号召苏联人民同仇敌忾，投入"决死的战争"。直到今天，这首歌曲仍然脍炙人口，是多次访华的俄军红旗歌舞团的必演曲目。在整个苏德战争期间，苏联作家奋不顾身地投入战争，以不同身份走上前线的作家就多达千人，其中有四百多名战死疆场，立功受奖者无数，仅获苏联战时最高荣誉"苏联英雄"称号的作家就有21位！更为重要的是，苏联作家们一手拿枪，一手持笔，在很短的时间里便创作出了大量流传后世的文学作品，如西蒙诺夫的抒情诗《等着我吧》、阿·托尔斯泰的短篇小说《俄罗斯性格》、

---

* 2015年7月25日在人民文学出版社的演讲。

特瓦尔多夫斯基的长诗《瓦西里·焦尔金》;以及众多长篇名作,如西蒙诺夫的《日日夜夜》、格罗斯曼的《人民是不朽的》、戈尔巴托夫的《不屈的人们》和法捷耶夫的《青年近卫军》,等等。

阿·托尔斯泰的短篇小说《俄罗斯性格》发表于1944年,作者在小说的开头即写道:"俄罗斯性格!对一个篇幅不长的故事来说,这个题目未免太大了。可又有什么办法呢?我正是想要和你们谈谈俄罗斯性格啊!"作者选取了这样一个故事:英俊的坦克兵中尉德略莫夫在战场上严重烧伤,变成一个面目全非的丑八怪,他假托战友之名回家看望亲人,发现连自己的亲人都认不出他来,他决定不给家人带来痛苦,便独自返回部队,但母亲其实认出了儿子,父母带着德略莫夫的未婚妻一起来到部队,未婚妻也决定嫁给这位最可爱的人。通过这几个普通俄罗斯人的所作所为和所思所想,作者旨在揭示俄罗斯人能够在决定民族存亡的战争中赢得最终胜利的内在原因。在小说的结尾,作者感叹道:"是的,你们看看这几个人,他们所代表的就是俄罗斯性格!一个人看样子似乎普普通通,平平凡凡,但是一旦严重的灾难临头,在他身上就会产生出一种伟大的力量,这种伟大的力量就是人性的美。"

西蒙诺夫在战争期间创作的《等着我吧》(1941),是一首流传很广的战时浪漫曲,诗人试图表明,前线战士的无限思念和爱人充满信心的等待,既是战士们生命的寄托,也是未来胜利的保证:"等着我吧,我会回来的。/ 只是你要苦苦地等候。/ 等待着,当秋天的雨 / 勾起你的忧愁,/ 等待着,当雪花飞舞,/ 等待着,当暑热临头,/ 等待着,当人们忘记昨天,/ 已不再等待的时候。/⋯⋯/ 没有等待过的他们不明白,/ 是你用你的等候,/ 在炮火中 / 将我拯救。/ 我是怎样生还的,/ 只有你我知道——/ 就是因为你 / 比任何人都更能等候。""等候"一词在这首短诗里反复出现,多达近20次,吟出了感情的急切,也道出了信心的坚定，是前线将士心声的最好表达。因此，这首诗受到了他们超乎寻常的喜爱，有人将它抄录在致远方爱人的信中，有人将它从报上剪下来揣在贴心的口袋里，还有人将它的诗行醒目地刷在开往前线的军车上。

代表着苏联卫国战争期间诗歌创作最高成就的特瓦尔多夫斯基的长篇叙事诗《瓦西里·焦尔金》，是对一位普通苏联士兵战斗生活的现实描写，这部长诗在1941—1945年间陆续写作和发表，其创作史与卫国战争的历史基本吻合。"这些诗行，这些书页，/是岁月和进程的特殊记载：/从西部的国界/到自己的首都，/从自己的首都，/打回西部的国界，/又从西部的国界/打到敌国的首都。"战争的每一进程都在诗中得到了相应的反映，使这部长诗具有编年史的性质，更有人将它称为"卫国战争的百科全书"。

在中国广为人知的法捷耶夫的小说《青年近卫军》（1946），其创作也开始于卫国战争期间，这部以真人真事为基础的小说反映了克拉斯诺顿地区地下抵抗组织"青年近卫军"的英勇事迹，刻画了科舍沃伊、捷姆奴霍夫、格洛莫娃、邱列宁和谢夫卓娃五位青年天真纯朴、勇敢智慧的可爱形象，是为战时奋不顾身捍卫祖国的一代青年竖立的一座文学纪念碑。关于这部在中国曾经影响极大的作品还可以说一点题外话，也就是它的"改写"。这部小说从1943年写起，1945年在报刊发表，1946年出单行本，受到广泛欢迎，但1947年的《真理报》上突然刊出批评文章，认为这部小说有重大缺陷，即没有突出党的领导。法捷耶夫明白这个指责来自最高层，于是被迫修改。小说当初写了一年多，这一次却改了三年多，据说改了160多处，不能说小说被改得面目全非，但作者无疑改得心力交瘁。后来法捷耶夫又多次修改小说，法捷耶夫研究者称这样的修改过程是"作者对自己的强暴"，甚至有人说，法捷耶夫在1956年的自杀与此也不无关系。

西蒙诺夫的《日日夜夜》也是在战争期间写作并出版的一部名著，它以斯大林格勒会战期间萨布罗夫营在三幢破楼中与德军进行拉锯战的60个"日日夜夜"为描写对象。小说继承了托尔斯泰的《塞瓦斯托波尔故事》等战争小说的写作传统，在弘扬反法西斯战争的爱国主义、英雄主义基调的同时，也写到了普通士兵的心理，写到了战争的残酷一面，为之后的"战壕真实派"开了先河。

1945年，苏联人民终于取得反法西斯战争的胜利，伟大的卫国战争宣告结束，但是，关于这场战争的文学记忆却长久地留存于俄语文学之中。在战后的数十年间，俄语战争文学中先后出现过"三次浪潮"。

"第一浪潮"在第二次世界大战结束后不久便迅速涌起，一批自战场归来的苏联作家将他们关于战争的新鲜记忆和深刻思考熔铸成文字，他们的作品就整体而言具有内容上的写实性和风格上的英雄主义豪情，其代表作有波列沃依的《真正的人》、涅克拉索夫的《在斯大林格勒的战壕里》、爱伦堡的《暴风雨》等。

波列沃依的《真正的人》（1946）与《青年近卫军》一样，也是一部纪实性的小说作品。小说的主人公阿列克谢·密烈西叶夫是苏军飞行员，他在一次战斗中负伤，拖着受伤的腿在冰天雪地中爬行18个昼夜，获救后被截去双腿。失去双腿对于一位飞行员来说就意味着飞行生命的终结，但密烈西叶夫并未失去信心，他在医院和疗养院里努力恢复，适应假肢，重新练习飞行，终于在短短的半年后重上蓝天，加入打击纳粹的战斗行列。主人公顽强的意志和不屈的信念在小说中得到了提炼和升华，小说也因此成为对战争时期苏联军民精神世界的艺术概括。《真正的人》由此也与《恰巴耶夫》、《钢铁是怎样炼成的》、《青年近卫军》等写实小说一样，成为苏联文学的重要收获和标识。

1956年年底，肖洛霍夫的短篇小说《一个人的命运》，又译《一个人的遭遇》或《人的命运》，在《真理报》刊出。小说的主人公索科洛夫是一位普通的汽车司机，他经历了妻离子散、家破人亡、受伤被俘、战后又遭怀疑等遭遇，受到巨大的肉体和精神折磨，但他始终顽强不屈地生活，默默奉献着自己的诚实劳动，还收养了一个在战争中失去亲人的孤儿。这篇小说通过一个普通人在战时和战后的遭遇，揭示了战争的残酷和恐怖，同时也表现出了俄罗斯人丰富的感情和坚定的道德。作品既有着浓烈的悲剧氛围，也洋溢着人道主义的激情。在小说的结尾，与作者交谈完毕的主人公索科洛夫牵着养子的手离去，作者深情地目送着他俩："两个失去亲人的人，两颗被空前强烈的战争风暴抛到异乡的沙粒……是什么在前方等待着他们呢？"让人们没有料到的是，《一个人的命运》这样一篇译成中文仅两三万字的短篇小说，却就此引发了俄语战争文学的一个转向，即更注重发掘战争文学中的人性和人道，更注重描写战争给人带来的不幸和痛苦，由此开始的"第二浪潮"因而也被称为"战壕真实派"。"战壕"，说明描写面之小；"真实"，则是这些作家的最高美学追求。该派的代表作有邦达列夫的《最后的炮轰》、贝科夫的《第三颗信号弹》和巴克兰诺夫的《一寸土》。《最后的炮轰》（1959）写的是苏军一炮兵连在波、捷边境布防以阻截敌军突围的故事，炮兵连长诺维科夫在组织、指挥战斗的同时，也在思考战争中善与恶的问题；他在炮火中与卫生员列娜相爱，后在护送走负伤的列娜、返回阵地的途中，在己方给予敌人歼灭性打击的"最后的炮轰"中，被自己部队的喀秋莎火炮击中。《一寸土》（1959）描写的是离国境不远的德涅斯特河岸一小块土地上的守卫战。炮兵连长莫托维洛夫作战勇敢，但对战争却充满厌恶和恐惧，他唯一的愿望就是保住性命。在一天的战斗中，他没有死，可他身边的战友却一个又一个地牺牲了，"牺牲了36个人，换到的却是德军丢下的一个小笔记本"。这部小说宣扬的"战争恐怖"、甚至"牺牲无谓"的观点，在当时曾引起激烈争论，但作者只想通过小说告诉读者："我们决不放弃我们的每一寸土地——战争之前这句话说起来多么轻松，可是，要保卫这一寸土地，得付出多么大的代价啊！"

20世纪60—70年代，在苏联倾力与美国争霸、苏联社会弘扬爱国主义精神的时代语境下，以"全景文学"和"司令部真实"为表征的"第三浪潮"俄语战争文学开始兴起，涌现出了邦达列夫的《热的雪》、西蒙诺夫的"战争三部曲"（《生者与死者》、《军人不是天生的》和《最后的夏天》）、恰科夫斯基的《围困》、斯塔德纽克的《战争》和卡尔波夫的《统帅》等重要作品。

恰科夫斯基生于彼得堡，卫国战争时期曾是列宁格勒前线的战地记者，他在20世纪40年代发表的第一部小说《这一切发生在列宁格勒》就是描写列宁格勒保卫战的。二十余年之后，作家又返回这一主题，在长篇小说《围困》（1968—1975）中以宏大的篇幅、广阔的画面再现了列宁格勒保卫战这一可歌可泣的战争壮举。小说从1941年6月22日战争爆发前夕写起，一直写到苏军突破列宁格勒围困时为止，真实地描绘了英雄的列宁格勒军民长达900天的反围困斗争。对列宁格勒围困战中的主要事件，如卢加防线之战、沃尔霍夫争夺战、基洛夫工厂保卫战、拉多加湖"生命线"的建立、涅瓦河口激战，等等，作者都做了细致的描写；与此同时，作者又以很多篇幅写到双方统帅部在围困战期间的军事运筹，写到与列宁格勒围困战相关的莫斯科保卫战、斯大林格勒反击战等相关战役，从而构成一部全景式的反映列宁格勒围困战的史诗小说。

1971年，西蒙诺夫完成了他的战争题材三部曲的最后一部《最后一个夏天》，三部曲的前两部是《生者与死者》和《军人不是天生的》，分别发表于1959年和1964年。饶有趣味的是，无论是从发表的时间、还是从作品的内容及其写法来看,西蒙诺夫的这一战争三部曲都是与苏联战争题材小说创作的三个阶段大体吻合的。在战时,以《日日夜夜》为代表的作品歌颂了苏军将士的英勇精神,其手法是新闻体的;20世纪50—60年代的战壕真实风格在西蒙诺夫"战争三部曲"的前两部中有较为明显的体现,《生者与死者》真实、无情地表现了苏军在战争初期的节节失利,并通过随军记者辛佐夫的所见所闻反映了苏联军民因思想和物质准备不足而普遍带有的"惊慌失措";《军人不是天生的》虽然仍以卫国战争为描写对象,却腾出了较大篇幅写辛佐夫归队后遭到怀疑的事件,从而体现出了提倡"尊重人、相信人"的人道主义主题,这与作品写作、发表年代的社会思潮是合拍的。而在《最后一个夏天》中,作者又采用全景文学的写法,描写了解放白俄罗斯战役的全过程和大场面,还直接描写了斯大林作为最高统帅的指挥艺术。西蒙诺夫这部带有不同时代特色的三部曲,与他在战时写作的《等着我吧》和《日日夜夜》等作品一起,构成了20世纪俄语战争题材文学发展过程的一个缩影。

时至今日,以反法西斯战争为题材的俄语文学已经历了70年的发展历史。在先后涌起的"三个浪潮"之后,俄语作家关注和思考这场战争的热情始终未有消退,在30余年的时间里,无论是在苏联解体之前还是之后,俄语文学中的战争题材常写常新,又陆续涌现出了一批杰作,就其所体现的新内容和新风格而言,它们大致可归纳为这样几类:

一是在题材上让战争文学的主题与其他主题,尤其是道德主题相互结合。拉斯普京的中篇小说《活着,并要记住》(1974),写农民出身的士兵安德烈从前线开小差回到故乡西伯利亚,他藏在河对岸的森林中偷偷与妻子纳斯焦娜相会,后来妻子怀孕,遭到婆婆和乡亲们的指责,她在最后一次渡河去看丈夫时发现被人跟踪,最后投河自尽。

在这部中篇小说中，20世纪70年代俄语文学中最重要的三大文学主题，即乡村主题、战争主题和道德主题全都融为一体。康德拉季耶夫的中篇小说《萨什卡》（1979）中的主人公萨什卡是苏军中的普通一兵，他勇敢也善良，默默无闻却又具有担当精神。作者将这一普通人置于战争的大背景中，让他在战斗、友谊、爱情等的考验中表现出他性格的内涵，让主人公的性格美德在战争的特殊环境中释放出来：为了战友，他冒死去抓俘虏，搞弹药和服装；但当失去理智的营长命令他枪毙俘虏时，他却冒着生命危险拒不执行；他在战斗中也感到恐惧，但努力把恐惧埋在心底；他负伤后遇到心爱的姑娘，但一想到战友们还在前线，他又毅然返回。他似乎没有建立什么特殊功勋，但他却是一个真正的英雄。俄国人民的胜利基础，就是无数的萨什卡以及他们在战斗中体现出的献身精神。与传统的战争题材不同，在康德拉季耶夫的小说中没有重大的战役、特殊的功勋，而只有对战时日常生活的描写，通过普通人的普通战斗经历，来表现主人公的道德情操，康德拉季耶夫的这种写法又被人称为"战争生活流"。

二是在风格上将对战争残酷性的渲染和对英雄主义的歌颂相结合，将战争的悲剧感与战争主题再现形式的抒情性相结合，这一手法的最佳范例就是瓦西里耶夫的中篇小说《这里的黎明静悄悄》（1969）。小说描写驻守某车站的女高射机枪班的5位女战士在军运指挥员瓦斯科夫准尉的带领下在密林中与空降的德军小分队周旋、搏斗的故事。5位经历不同、性格各异的女兵，在祖国召唤的时刻拿起武器。战争将女性也引入了残酷的环境。随着情节的展开，5位青春美丽的姑娘一个个地牺牲在战斗中。班长丽达在战争一开始时就失去丈夫，她坚决要求上前线，在丈夫战斗过的地方复仇，战斗中，她在负重伤后为了不拖累转移的战友而向自己开了一枪；将军的小女儿冉妮娅热情活泼，为了引走敌人保护战友，她死在敌人的枪口下；游击队员的女儿丽莎纯朴可爱，对准尉一见钟情，但她未及品尝爱情的滋味，就在回去送信的途中陷进沼泽而牺牲；出身医生家庭的索尼娅是一位大学生，她沉默寡言，对世界充满热情的幻想，在她返身为准尉寻找遗忘的烟袋时被德寇的刺刀刺中；从小是孤儿的嘉丽娅在战斗中因为惊慌和恐惧而暴露了自己，被敌人打中。这一个接一个的死亡，一朵接一朵突然凋谢的鲜花，使读者感受到强烈的震撼。作者是在把最美的、最有价值的东西毁灭给人们看，但作者的笔触却又是充满诗意的，将战争的悲剧熔铸成一曲壮丽的英雄主义抒情曲。

三是在反法西斯文学体裁形式方面的开拓，其中最令人关注的就是口述实录体战争文学于20世纪80年代的出现。在这一方面，当时还很年轻的白俄罗斯女作家阿列克谢耶维奇表现出众，她先后推出《战争中没有女性》（1984）和《最后一批见证人，一百个不是孩子的故事》（1985）两部作品。为了写作这两部作品，她花费大量时间查阅文献，走访亲历者，到过200多处城镇乡村，采访500多人。《战争中没有女性》的采访对象是战争中的女性，在反法西斯战争中共有800万苏联妇女投入战斗，阿列克谢耶维奇以口述实录的形式再现她们的战争经历，她们有的人提着装满巧克力的箱子走上前线，有的人用一杆步枪击毙了75名德军士兵，有的人一天之内就从战场上背下57名伤员。战争结束后，她们返回和平生活，还得重新学习穿女装，做女人，谈情说爱，可她们的丈夫和未婚夫却永远留在了战场上。《最后一批见证人》则是对战时儿童的采访，从孩童的视角看战争，自然更能凸显战争的残酷和荒谬。完成这两部作品的创作后，女作家感慨道："写完这本书后，我才感觉到我在生活中是个有所见闻的人了。"这部作品当时受到批评界和读者的一致肯定，人们因为这部作品新颖的文学形式而眼前一亮，更因为其作者的年轻而感觉兴奋，因为，在战后出身的一代作家又开始了以卫国战争为主题的文学创作，这就意味着,反法西斯战争的题材还将更长久地存在于俄语文学之中。

四是反法西斯文学作品在调性上的变化,试以老作家格拉宁的创作为例。格拉宁生于1919年,自20世纪40年代开始写作,作为一位上过前线的老兵,他曾与人合写过再现列宁格勒围困战的《围困之书》。2014年,95岁高龄的格拉宁又以一部新的战争题材小说《我的中尉》获得俄罗斯"大书奖"。在这部新作中,作家以一种滞缓安详的追忆口吻,以一种惋惜负疚的怀旧情调,对数十年前的那场战争进行回顾和反思。小说题为《我的中尉》,作家在接受中译者的采访时说:"'我'和'我的中尉'不是两个人,又不是一个人。要知道,'我的中尉'不是别的什么人,而是从'我'当中分离出去的另外一个个体。"这名"中尉"既是他本人,也是另一个概括的形象,他俩构成一个陀思妥耶夫斯基式的"两面人",一个在展现战时的经历,一个在远离战争的时空里进行思考。小说的情节是片段式的,小说的语言也断断续续,似乎是一位老人在对往事做不连贯的追忆,这赋予作品一种沧桑感和厚重感。在谈到这部小说的写作动机时,格拉宁说:他本不想再写那场战争了,因为关于那场战争已经写得太多了,写得很好了,但有个声音一直在催促他写:"因为这是您的战争,是别人所不了解的战争。每个人的战争都是不同的。更重要的是,您那些牺牲了的战友,他们不知道你们最后有没有获胜,有没有守住列宁格勒,而您知道,所以您必须写,给他们一个答案。"格拉宁说:"正是这种想法促使我开始写作。"我们也有理由相信,正是这个"想法"促使许许多多的俄语作家仍将不懈地写作,写"他们自己的战争"。

将反法西斯的俄语文学做一个归纳,可以得出以下几个总结:首先,反法西斯战争期间的俄语文学是20世纪世界反法西斯文学的重要组成,这一时期的俄语文学能文能武,为那场伟大的战争留下了伟大的文学记录,无论就作家、作品的数量,还是就这一主题创作的实际成就和广泛影响而言，它在世界同类体裁的文学创作中都独树一帜，甚至独占鳌头；其次，反法西斯战争时期的俄语文学并不是俄国文学史中一个独立、孤立的文学单元，它是与俄国文学中源远流长的战争文学传统一脉相承的，从《伊戈尔远征记》和苏沃洛夫的征战笔记，到托尔斯泰的《战争与和平》和肖洛霍夫的《静静的顿河》，此前的俄国文学已经为反法西斯战争文学在战时的兴起奠定了坚实的基础；最后，俄语文学中反法西斯主题文学的发展是与俄苏社会语境的变化密切相关的，其"三次浪潮"分别与斯大林、赫鲁晓夫和勃列日涅夫三人的当政时期大致吻合，社会的意识形态氛围对战争文学的题材、体裁和调性的左右是相当明显的。

　　反法西斯卫国战争已经过去 70 年，在战争结束那一天出生的人如今也已年过 70，那场战争似乎离我们越来越远了。但是，关于那场战争的文学记忆却不会离我们远去，俄语文学中自 20 世纪 40 年代至今涌现出的战争文学名著，已永久地留存于文学史。俄语文学中长盛不衰的战争文学题材，是俄罗斯民族关于一场伟大战争的文学记忆，也是关于一段痛苦历史的哲理思索和审美把握。俄语文学能具有如今的世界性影响，其独具特色、硕果累累的反法西斯卫国战争文学无疑也功不可没。

"后苏联文学"的几个悖论走向*

1991年12月25日，苏联国旗在克里姆林宫降下，时至今天已经25年。苏联解体对俄语文学造成的冲击，或许并不亚于它对俄国政治、经济和社会生活的冲击。文学赖以生存的社会基础在顷刻之间土崩瓦解，文学受众的审美趣味和价值取向突然发生空前转变，传统的文学生活被彻底搅乱，所有的作家及其作品都被重新洗牌，两个世纪之交的俄语文学遭遇了一场前所未有的碰撞和整合。用一句民间俗话来形容这一段时间里的俄国文学，或许就是："怎一个'乱'字了得！"用一个当下时尚的学术词汇来概括，或许就是"多元化"。"忽如一夜春风来，千树万树梨花开。"苏联解体以来的俄国文坛，正统和在野，官方和地下，主流和潜流，中心和边缘，境内和境外，现实和虚构，现代和后现代，传统和新潮，严肃和通俗，大众和精英，歌颂和暴露，甚至连所谓的进步和落后，正面和反面，合法和非法……诸如此类的对立面之间的界限和分野都变得相当模糊。这样一种纷繁复杂、斑斓绚丽的文学往往会使人生出眼花缭乱、无所适从之感。然而，将苏联解体以来的俄国文学当成一个整体来看，当作一个完整的过程来看，我们还是依稀可以捕捉到几个总的走向。

苏联解体后英文媒体中泛滥一时的"前苏联"（former Soviet

---

* 2016年3月28日在台湾政治大学的演讲。

Union）的说法最近有些少见了，可它作为一个舶来词在汉语中似乎还很流行，在山东友谊出版社出版的笔者的《思想俄国》一书中，"苏联"一词就悉数被责编擅自改成了"前苏联"。其实，人类历史中只有过一个"苏联"，又哪里来的"前苏联"呢？如果说"前苏联"的说法似是而非，那么，在苏联解体已经过去25年后的今天，我们仿照"后现代"和"奥斯维辛之后"等提出的"后苏联"概念，因其特定的时空指向或许是可以成立的，而所谓的"后苏联文学"（Post-Soviet Literature），就是我对苏联解体以来俄语文学的总称。在这25年间的俄语文学中，我试图归纳出这样几个不无悖论的走向来：

一是文学的非意识形态化趋势和新的文学意识形态的构建尝试。苏联时期的文学曾经被当作一种重要的意识形态工具，而"后苏联文学"最为突出的特征之一，就是它迅速的非意识形态化。这一特征又具体表现在如下一些方面：首先，广大俄语作家或主动或被动地与政治拉开距离，原有的苏联作家协会出现分裂，并且不再具有官方色彩，作家们的"社会代言人"和"灵魂工程师"身份不再得到普遍认同，文学和政治、政权间的直接联系被中止。其次，后苏联社会厌恶意识形态的集体无意识也深深地渗透进了文学。如果说，在解体前后的回归文学大潮中，那种揭露苏联社会种种弊端、鼓吹民主和改革的文学曾经得到追捧，那么在当下，这种文学却正在重蹈其所抨击的对象——以歌颂某种社会体制、塑造正面人物为己任的苏联文学——之覆辙，同样面临着被疏远、被淡忘的命运。再次，后苏联文学的非意识形态化，还表现为对俄国文学传统的部分消解，俄国文学引以为傲的道德感、使命感和责任感等，却遭到许多新潮作家的揶揄和调侃。弗拉基米尔·索罗金在为一部《20世纪俄语短篇小说集》所写的序言中说道，"19世纪俄国文学中的绝大多数人物都是行走着的思想（ходящая мысль）"，俄国文学一直只有"灵魂"而缺少"肉体"；

维克多·叶罗菲耶夫在文集《俄国"恶之花"》的前言中写道:"以恶为对象的鲜亮一页已被写进俄国文学。其结果,俄国的经典小说已永远不再是生活的教科书和终审法院里的真理。引入了一些能敲掉对方牙齿的修正。为了表现恶的力量,绝对不弱的一代作家步入了俄国文学。"就是这位维克多·叶罗菲耶夫,早在苏联解体之前就发表了一篇轰动一时的文章《哀悼苏联文学》,便已为苏联文学唱起了挽歌。最后,苏联解体后,不仅统一的作家协会等官方文学组织、统一的文学创作方法即社会主义现实主义等不复存在,就连"苏联文学"这一概念和实体也寿终正寝。于是,文学在很大程度上摆脱了政治和社会思潮的左右,至少是在今天的俄国文学界,似乎已经没有了一言九鼎、让人不敢置疑的人物。索尔仁尼琴被称为"俄国文学主教",早已被视为俄国文学乃至俄国文化的化身。但即便这样一位被神化了的作家,在苏联解体后的俄国报刊和出版物中,对他的种种调侃、揶揄乃至攻击仍屡见不鲜。在去世之前的数年间,他或主动或被动地生活在孤独之中。普京总统的声望在当今俄国如日中天,然而,曾被媒体广泛报道的描写普京的《总统假日》一剧却至今仍未找到排演所需的资金、场地和剧团,这和苏联时期的"列宁题材"、斯大林文学奖和勃列日涅夫的《小地》等文学现象构成了鲜明的对比。从文学方面看,这的确是一个非英雄的时代,非偶像的时代。

然而,官方意识形态的真空迟早总是需要填充的,于是,另一种官方意识形态迅速形成,这就是俄国的东正教信仰,东正教信仰作为一种新的国家思想体系,似乎已经成为俄罗斯民族在新世纪的集体无意识。俄罗斯民族是一个具有强烈宗教感的民族,自公元988年"罗斯受洗"之后,俄国一直是世界基督教大家庭中的一员,但较之于信奉天主教和新教的各民族,俄罗斯人似乎具有更为强烈的使命感和终极关怀意识,在所谓"莫斯科是第三罗马"的理论提出之后,俄国东正教一直将自己视为基督教的正宗传人。在主张无神论的共产主义意识形态长达近一个世纪的统治之后，俄国的宗教传统迅速恢复，如今几乎已经渗透到社会和文化生活的每个角落。据最新一项国民调查显示，有超过80%的俄国公民自认为是东正教教徒；基里尔主教常常与普京总统成双入对地出席各种典礼和仪式，牧师的身影开始闪现在学校、议会甚至军队中；宗教主题和宗教意识，在文学和艺术中得到广泛而又深刻的再现；重建或新建教堂的浪潮席卷整个俄国。其中，莫斯科河畔救主大教堂的重建最为引人注目：苏联时期，为建造宏伟的"苏维埃宫"而拆毁救主大教堂，后因地基问题，"苏维埃宫"的建造计划被迫放弃，教堂遗址变成一座泳池，苏联解体前后，借助莫斯科市民自发的募捐，救主大教堂在原地重新矗立起来。如今，这座教堂的巨大穹顶闪烁着金光，在波光粼粼的莫斯科河中投下不息的倒影，仿佛就象征着宗教力量对于日常生活之流的投射和观照。

说到东正教和俄国当代俄国文学的关系，我这里有这样几个例子：1）东正教与整个俄国文学发展历史的关系已经得到越来越多的关注，由莫斯科神学院杜纳耶夫教授主编的六卷本《东正教与俄国文学》就是这一方面的代表作，这部著作试图从东正教的角度来解读俄国文学史；2）从作家创作立场和风格的变化上来看，我们可以举拉斯普京为例，瓦连金·拉斯普京在苏联解体后迅速显示出某种"宗教转向"。在苏联解体之前，像苏联时代的大多数作家一样，拉斯普京的创作并未体现出过多的宗教色彩，但在苏联解体后拉斯普京却突然成为鼓吹东正教最甚的当代俄语作家之一，他不仅将宗教意识更多地渗入其新作，而且还身体力行，创建宗教学校和宗教刊物，还在2010年担任俄国大牧首文化理事会委员。拉斯普京的宗教态度看似一种"转向"，其实却是他苏联时期创作中就已经显现的强烈使命感和深刻道德感的自然延续。2013年，他与维克多·科热米亚科合作出版了《这致命的20年》一书,这大约是拉斯普京的最后一本书,是他的精神遗嘱。他在书中对苏联解体后这二十余年的俄国历史痛心疾首,认为当下俄国社会的主要问题就是理想的缺失和道德的滑坡,短短二十余年间,"人民"沦落为"人口",动荡取代了往日的伟岸。拉斯普京就像一个虔诚的信徒,从一个信仰的时代突然步入一个物欲横流、尔虞我诈的社会,他在片刻的彷徨之后便开始了精神上的坚守;3)我最近刚刚完成一部译作,作者是莫斯科奉迎节修道院的院长吉洪大司祭,书名叫《未封圣的圣徒》,这本书以文学散文的笔法描述作者走向东正教的心路历程,这样一部文学与宗教相结合的书在俄国深受欢迎,据说印数已达两百万;4)俄国当代女诗人谢达科娃在苏联解体前后曾经被西方视为苏联的异见作家,因为她的诗充满太多宗教情感,更确切地说是东正教情感,而在苏联解体之后,当东正教成为俄国的国家意识形态,当俄国与西方的关系渐行渐远,谢达科娃却被西方视为一位俄国的"官方诗人",因而对她的热情一落千丈;与此构成相反例证的是,布尔加科夫及其《大师与玛格丽特》在当今普通文学读者心目中的地位据说也在不断下降,因为东正教会人士认为,他的小说有"亵渎神灵"之嫌。

二是文学中心主义的消解和官方对文学社会功能的再度关注。文学在逐渐边缘化似乎是一个世界性的趋向,而在向来注重文学的俄国社会,这一趋向就会显得格外显眼。国家文化生活中著名的"文学中心主义"似乎开始消解,这一现象在苏联解体之后越发醒目。一方面,社会在扬弃旧有意识形态的同时,就像连同婴儿泼掉洗澡水一样,也连带着扬弃了作为意识形态重要载体之一的俄苏文学;另一方面,西方文化,尤其是以娱乐为主要目的的美国流行文化的侵袭,使得向来以道德感、社会责任感见长的俄国现实主义文学一时间竟然显得不合时宜了,而被以侦探小说、幻想小说、言情小说甚至色情小说为代表的大众文学所取代。曾号称"世界上最喜爱阅读的民族"的俄罗斯人，一时间居然竞相捧读各类通俗小说。一方面，对文学的权威地位、作家的圣化角色的不屑和质疑，在某种程度上也的确是对保守、僵硬的官方文化的反拨，是文化民主化和个性精神自由的表征。另一方面，在网络化、全球化的时代背景下，在消费主义、物质主义、跨国资本主义等甚嚣尘上的当代，关注自我、关注内心、关注情感和审美的文学反而又受到了前所未有的挑战：好莱坞大片霸占了俄国的影院，西方的肥皂剧充斥着俄国的电视频道，来自欧美的流行歌曲、电子游戏和生活方式，让俄国的年轻一代趋之若鹜，新俄罗斯人以"西化"和"美国化"的装扮和做派为时尚，甚至连当代俄语中都充斥着大量的英语外来词。在这种情况下，莫斯科地铁上的文学读者销声匿迹，而像世界各地大都市里的情形一样，大家都在看手机。我在一篇关于《我们》的书评中写到，扎米亚京所讽刺的技术专制时代其实已然来临。俄国著名的《十月》等"胖杂志"的编辑和出版举步维艰，从数百万到如今的区区数千份。除少数作家，文学难以让作者过上体面的生活。当今的俄罗斯人似乎开始觉得，文学也可以不那么重要，甚至是可有可无的东西；作家就是作家，不再是民族的良心、社会的代言人和"当代英雄"，等等。很难说这一现象是好是坏，文学回归文学本身，原本是件好事，但眼见俄国作家们捉襟见肘的生活，眼见社会对文学的日益漠然，还是会让人百感交集的。

然而，在当今俄国社会，一方面，文学的"中心"地位的逐渐丧失，另一方面，在生活逐渐平稳下来之后，俄国官方，至少是普京当政之后的俄国官方，也逐渐表现出了对于俄国文学和文化的重视。我这里也同样举出几个例子。1）在索契举办的冬奥会上，开、闭幕式给世人留下的最深刻印象，或许就是文学艺术元素在其中所占的巨大比例，在小姑娘柳波芙的"俄罗斯之梦"中，与俄国历史和科技相关的伟人或事件有十余项,而文学艺术方面的成就则近二十项,仅作家就列出五位,即陀思妥耶夫斯基、纳博科夫、托尔斯泰、契诃夫和普希金。在关于俄罗斯历史的表演中,处于中心位置的又是根据托尔斯泰的《战争与和平》改编的芭蕾舞。在闭幕式上,十余位作家"粉墨登场",再次成为体育盛会的"主角"。2)2012年起,俄国政府开始每年在彼得堡主办两场论坛,一场是夏季的"彼得堡经济论坛",一场是冬季的"彼得堡文化论坛",文化论坛旨在宣传俄国的文化形象,展示俄罗斯文化的软实力,俄联邦政府将这一活动定性为俄国一年一度"最重大的文化事件"。我近年多次出席彼得堡文化论坛,发现在论坛中占据最主要地位的还是文学,论坛节目单中的文学活动最多,作家们频繁在各种场合亮相,各种见面会、朗诵会、作品首发式令人目不暇接。在去年的彼得堡文化论坛期间,布罗茨基在彼得堡的故居正式辟为博物馆开放,开放首日,前来参观的人排成长龙,据说要排好几个小时才能进去。3)普京政府有意将一些文化名人用作国家的文化名片,最典型的两个例子就是托尔斯泰的玄孙弗拉基米尔·托尔斯泰和索尔仁尼琴遗孀娜塔莉娅·索尔仁尼琴娜,前者担任普京的文化代表,在各种文学活动中出场,并频繁出访国外,去年我随中国作家代表团去俄国时,他就曾经在托尔斯泰的故居出面接待我们;在我获得"阅读俄罗斯"翻译奖时,索尔仁尼琴的遗孀也曾出现在颁奖舞台上。4)莫斯科文学翻译家大会也是俄联邦政府近年发起的一项重大举措,意在保持并扩展俄国文学的世界影响力。翻译家大会每两年举办一次,由俄联邦出版署主办,每届都要邀请上百位世界各国的俄语文学翻译家,让他们与俄国作家共聚一堂,谈论俄国文学和俄国文学的翻译。俄联邦政府还在经济很困难的情况下出巨资,资助外国出版社出版俄国文学作品的译作。所有这些活动或者现象都表明,在当下的俄国,俄国文学仍旧被视为国家形象构成中最重要的"正面因素",

最拿得出手的"国家名片"。

三是后现代文学的兴起和新现实主义的悄然回归。早在苏联20世纪50年代的解冻时期,作为苏联文学唯一创作方法的社会主义现实主义就开始受到侵蚀。苏联解体前后,在20世纪世界现代主义文学理论的发源地俄国,各种文学创作方法更是百花齐放,各领风骚。而后现代主义文学和文化思潮的兴起,则是后苏联文学中一个最为突出的现象。一般认为,俄国后现代主义文学大致经历了三个发展阶段,也就是:1)20世纪60—70年代的形成时期,代表作家和作品为阿勃拉姆·捷尔茨(西尼亚夫斯基的笔名)的《与普希金散步》和《何谓社会主义现实主义》,安德烈·比托夫的《普希金之家》,韦涅季克特·叶罗菲耶夫的《从莫斯科到佩图什基》等;2)20世纪70—80年代的确立时期,代表人物有《傻瓜学校》的作者萨沙·索科洛夫、《俄罗斯美女》的作者维克多·叶罗菲耶夫和诗人德米特里·普里戈夫等;3)苏联解体前后的"合法化"时期,经过相当漫长的蛰伏期,俄国后现代文学终于在苏联解体前后获得出头之日,并迅速成为一种文学时尚,填补了苏联文学突然死亡后留下的巨大空白。如今最受关注的后现代作家有佩列文和索罗金。维克多·佩列文写有《"百事"一代》、《黄色箭头》、《过渡时期的辩证法》等多部小说。他的作品语言机智,并带有较强的讽喻和调侃意味,主人公的言行所传达出的是一种十分随意和无所谓的后现代态度。弗拉基米尔·索罗金的小说情节性很弱,他的文字无所顾忌,有人甚至认为,他是在将阅读由一种精神活动转变成一个纯粹的生理感受过程。在苏联解体前后有人戏称,当时的俄国社会可能是世界上最适宜后现代思潮发育的土壤,后现代主义所倡导的颠覆传统、解构秩序、重估价值等理论主张,在解体前后的俄国社会中都有了令世人瞠目结舌的具体"实践",俄国后现代文化步入一个空前的"狂欢化"时期。但是，让俄国后现代主义者自己或许都没有料到的是，他们解构了一切，其中也包括他们自己，他们在谋得合法地位的同时，也突然面临着丧失自我的危机。以消解、戏仿、调侃和讽喻等为特征的后现代精神，与倡导复兴、理性、严谨和克制的普京时代的精神氛围似乎是不大合拍的，因而，作为苏维埃时代文化掘墓人的俄国后现代文化，似乎已经在考虑该如何掩埋自己了。

另一方面，俄国文学的现实主义传统毕竟强大，即便是在现代主义和后现代文学蔚为壮观的当今俄国，渐渐恢复了元气的现实主义文学还是重又占据半壁江山。苏联解体之后俄国现实主义文学最杰出的代表，可能要数索尔仁尼琴、拉斯普京和马卡宁等人。被誉为"俄国文学主教"的索尔仁尼琴在2008年去世之前一直在勤奋写作，他在《红轮》等作品中试图史诗般地、真实地再现历史；依然活跃在文坛上的瓦连京·拉斯普京，曾被视为苏联文学中"战争文学"、"乡村散文"和"道德文学"等多个流派的代表人物，在现实生活发生巨变之后，拉斯普京并未放弃对现实的关注，而且还在《谢尼亚的故事》和《伊万的母亲，伊万的女儿》等新作中加强了对现实的批判。有"当代果戈理"之称的弗拉基米尔·马卡宁，在《地下人，又名当代英雄》、《审讯桌》、《恐惧》等作品中将现实主义的内容和后现代的手法合为一体，形成了所谓的"新现实主义"风格。21世纪初，俄国当代文学批评中又出现了许多试图定义新兴现实主义创作的概念，如"超现实主义"、"新古典主义"、"新现实主义"等，它们所指涉的对象，都是在某种程度上具有逆后现代主义文学潮流而动的倾向。这里也举几个例子：1）沙尔古诺夫等人提出"新现实主义"（неореализм）概念，在被视为"新现实主义宣言"的《拒绝哀悼》一文中，沙尔古诺夫直截了当地说，新现实主义就是针对后现代主义的另一种选项，就是传统文学以一种新方式的复活，人们已经厌倦无休止的后现代，无休止的解构和颠覆，社会和读者已经在呼唤一种新的文学；2）2009年，三位俄国青年女批评家宣布成立"波普加"文学批评小组，小组的名称"ПоПуГан"由这三位女青年姓氏的首个音节组合而成，其中的"波"是叶莲娜·波戈列拉娅，"普"是瓦列里娅·普斯托瓦娅，"加"即阿丽萨·加尼耶娃，令人惊讶的是，这三位年轻时尚的女子却似乎对后现代文学有些不屑一顾，而更热衷宣传现实主义或者说是新现实主义的美学主张；3）与现实主义的美学新趋向相伴而生的，还有文学写作上的一种新时尚，也就是传记文学、口述文学、实录文学等的大行其道。高尔基文学院院长、著名作家瓦尔拉莫夫近年将主要精力投入传记写作，一口气写出《普里什文传》、《格林传》、《布尔加科夫传》、《阿·托尔斯泰传》、《普拉东诺夫传》、《舒克申传》等一系列传记作品，而他这些作品所属的、由莫斯科青年近卫军出版社推出的"杰出人物传记"丛书，近年来也销量不错。用俄语写作的白俄罗斯作家斯维特兰娜·阿列克谢耶维奇于2015年获得诺贝尔文学奖，也使人们更专注报告文学类的俄语文学创作了。

在苏联解体后的俄语文学中，诸如此类的悖论文学走向还有一些，比如：首先，女性文学的兴起和文学性别特征的逐渐丧失，无疑是后苏联文学中的一道景观。一贯由男性作家占据主导地位的俄语文学在近十几年里发生了某种"性别变化"，一大批女性走上文坛，成为主流作家，而柳德米拉·彼得鲁舍夫斯卡娅、塔吉雅娜·托尔斯泰娅、柳德米拉·乌利茨卡娅和奥尔迦·斯拉夫尼科娃则被并称为当代俄国文学中的"女性四杰"。彼得鲁舍夫斯卡娅将戏剧、寓言等体裁因素糅合进小说，扩大了小说的艺术表现力。出身文学名门的托尔斯泰娅（她是著名苏联作家阿·托尔斯泰的孙女）游走在俄国和美国各大高校的文学系，将文学教师的"职业写作"方式和风格带入了当代俄语文学。学生物出身的乌利茨卡娅，善于细腻地解读俄国女性的历史命运和现实处境,她的三部长篇小说《美狄亚和她的儿女》、《库科茨基医生的病案》和《忠实于您的舒里克》,在俄国国内外都引起了强烈反响,并也都陆续被译成汉语。奥尔迦·斯拉夫尼科娃的长篇小说《2017》和《脑残》也同样被译成汉语,受到中国读者欢迎。后两位女作家先后获得中国人民文学出版社颁发的"年度最佳外国小说奖",并先后访问过中国。前些年,俄国文学界曾数度爆发关于是否存在女性文学的争论,而如今,这样的议论已很少听到,究其原因,或许是因为女性文学作为一个文学整体的身份已得到普遍认同,或许是由于众多女性作家步入主流,因而消解了两性文学之间的传统界限。换句话说,俄国文学的性别属性反而因此而淡化,文学似乎变得越来越"中性"了。其次,是大师的纷纷逝去以及文学的非英雄时代的来临。从苏联解体至今的二十余年间,有许多俄语文学大师相继去世,如1994年的列昂诺夫,1996年的布罗茨基,1997年西尼亚夫斯基和奥库扎瓦,1998年的雷巴科夫,2003年的弗拉基莫夫,2008年的索尔仁尼琴、艾特马托夫和卡扎科娃,2009年的阿克肖诺夫,2010年的阿赫玛杜琳娜和沃兹涅先斯基,2013年的鲍里斯·瓦西里耶夫,2015年的拉斯普京等,俄国文学一时似乎处于一个群龙无首的状态,文学巨人们纷纷隐去之后留下一个巨大的、空旷的空间。生老病死是一个正常现象,江山代有才人出,但是,当一个天才成群诞生的文学时代为一个文学中心主义明显弱化的时代所取代,人们不禁会有文学盛世不再的印象,有"入不敷出"之困惑。当前最走红的作家是佩列文和索罗金,但他们的社会影响(非文学影响)还是难以与当年的作家们相提并论。在拉斯普京去世的时候,我曾经在《北京晚报》发表了一篇题为《最后一位苏维埃作家》的文章,我在文章的结尾写道:"在有'俄国文学主教'之称的索尔仁尼琴去世后,热衷文学造神运动的俄国人曾一度把崇敬的目光投向拉斯普京,而在拉斯普京晚索尔仁尼琴七年后去世的今日，俄罗斯人又不知该去何处寻觅他们新的文学偶像。当年，看到'苏联文学活的经典'拉斯普京与'抵橡树'的'牛犊'索尔仁尼琴携起手来，人们已经开始感受到一个历史时期的终结；如今，当'最后一位反苏维埃作家'索尔仁尼琴和'最后一位苏维埃作家'拉斯普京又相继离世，我们便更真切地目睹了一个文学时代逐渐远去的背影。"正当人们对新的大师翘首以待的时候，俄国文学却似乎迎来了一个非英雄化的时代。一方面，在社会民主化不断深入推进的时代背景下，读者的"崇拜"、"造神"冲动空前弱化，另一方面，在新的时代氛围和美学精神熏陶下成长起来的新一代作家，主观上不追求社会斗士、民族良心的角色，客观环境也很少给他们提供这样的机会，换句话说，他们中的大多数或许已经习惯了非英雄化的作家身份认同。再次，是境外俄国侨民文学的回归与两部文学史之间界限的逐渐消融。在苏联解体前后出现的声势浩大的"回归文学"热潮中，侨民文学占据了很大的比重。在20世纪20年代、40年代和60—70年代先后涌起的俄国侨民文学的"三个浪潮"，推出了大批扬名世界的大作家，他们的作品在很短的时间里集中地返回祖国，一时间让人目不暇接，叹为观止。但二十余年过后，"侨民文学"的概念逐渐淡化，人们更愿意使用"境外俄语文学"等中性概念，"侨民作家"的身份也不再是一个一准儿能引起关注的身份标签，有时甚至会引起相反的结果。从学术层面来看，在20世纪多半时间里并存着的"两部俄语文学史"也开始得到越来越多的整合，似乎已经完成了对接和拼合。最后，书刊审查制度的取缔和文学批评性的减弱。苏联解体之后，在俄国文学史中备受谴责和声讨的书刊审查制度寿终正寝，作家和文化人为此而欢呼雀跃，但是之后不久他们却突然惊愕地发现，在俄国延续了数百年之久的书刊审查制度，其实也在一定程度上塑造了俄国文学的内容和风格，失去了这个相伴相生的对手，作家们似乎在内容上失去了抨击的对象，在表达方式上失去了隐喻的能力，就像维克多·叶罗菲耶夫曾经感慨的那样，"过量的空气原来也能憋死人"，这的确构成了又一个悖论。

总结一下，苏联解体以来的俄国文学，其世界影响或许有所下降，其创作实绩或许不那么显眼，但是其多元的构成和精彩的变换，既让人眼花缭乱，又无疑能给我们更多的思考余地和启迪。我在前面所谈到的苏联解体之后俄国文学中的这些悖论走向，对于纯粹的读者而言或许会感到无所适从，但对于俄国当代文学的研究者来说却是一个难得的机遇，最佳的对象。从这个意义上来说，我们这些学习和研究俄国文学的人，我们这些面对苏联解体以来俄国文学风云变幻的人，有更多的好戏好看，有更多的问题来面对，有可能有更多的归纳和发现，反倒是有福的。

下篇 俄国作家与作品

普希金对于中国和中国人的意义[*]

16年前,在普希金诞辰两百周年纪念日,我在莫斯科的《文学俄罗斯报》上发表了一篇文章,题为《中国的普希金》。我在该文的结尾写道:"玛丽娜·茨维塔耶娃称亚历山大·谢尔盖耶维奇为'我的普希金',的确,每个人都有一个自己的普希金,我们中国人也有自己的普希金。他如今仍旧生活在中国,他是不朽的,既是作为一位伟大的诗人,也是作为我们善良的友人。"(《文学俄罗斯报》1999年6月4日,第21期)是这样的,普希金是伟大的诗人,普希金是我们的友人,但如今我还意识到,对于中国和中国人而言,普希金还具有几重更为深刻、更为宽广的意义。

首先,普希金的意义在于,他是飞入中国人阅读空间的第一只俄国文学的春燕。1903年,上海的一家出版社出版了一本篇幅不大的译著,这本书有着蓝色的封面,还有一个奇特的书名:《俄国情史,斯密士玛丽传,又名花心蝶梦录》,这其实就是普希金的《大尉的女儿》一书。此书是第一部以单行本形式出版的汉译俄国文学名著,也是俄国文学在中国传播和被接受的起点。中国的俄国文学译介传统始自普希金,始自"俄国文学之父",这不仅是一个惊人的巧合,而且也构成一个富有象征意义的开端。正是从普希金开始,中国读者结识了俄

---

[*] 2015年6月26日在俄国科学院俄国文学研究所(普希金之家)的演讲,此为俄文讲稿之中译。

国文学并渐渐地爱上了她,换句话说,俄国文学是与普希金的名字一同步入中国的。如此一来,普希金便在中国人的意识,甚或潜意识中成了俄国文学的代表、象征和标识。

其次,普希金之步入中国,恰在中国的"新文学"和"新文化"的形成时期。20世纪初,中国开始挣脱封建体制,民主化和现代化的倾向对中国社会产生了巨大影响。五四时期,中国知识分子尝试创建"新的"文学和文化,也就是某种本质上不同于传统文学和文化的新文学和新文化。如今我们认为,五四运动有三个主要的思想来源,也就是法国启蒙思想、德国马克思主义和俄国文学,换句话说,俄国文学当时所扮演的角色不仅是审美的对象,而且也是意识形态的武器。正是在这样的历史语境中,普希金被译成了汉语,并迅即成为中国"新文学"和"新文化"的样板之一。普希金的诗歌和小说形式成为许多中国诗人和作家的模仿对象,至于这种影响的广度和深度,我甚至可以说,直到当下,就体裁层面和形式意义而言,大多数中国当代诗人和作家的写作更接近普希金(当然不仅仅是普希金,还包括其他许多外国作家和诗人),而不是20世纪初期以前的中国诗人和作家。普希金在其创作中表达出的精神内涵对于其中国同行而言具有更深的影响,比如他对小人物的人道主义立场,他在专制社会对自由和个性的歌颂,甚至包括他在诗歌中对爱情的大胆吐露。所有这些因素对于当时的中国而言十分及时,十分珍贵,因此逐渐成了中国"新文学"和"新文化"的内容构成之一。总之,普希金和他的中国翻译者、推广者、阐释者、甚至读者一起,成了中国"新文学"和"新文化"的奠基者之一。

最后,普希金被公认为俄国文学之父、俄国现代文学语言的奠基者,换句话说,正是从普希金起,俄国文学和文化开始步入世界文明的舞台。别林斯基认为,普希金的伟大功绩就在于,诗人"是初次觉醒的社会意识之代表"。陀思妥耶夫斯基在他的《普希金演讲》中重复了果戈理的话:"普希金是俄罗斯精神的一个特殊现象,或许是唯一的现象。"我们中国的著名作家鲁迅在20世纪30年代也说,俄国文学的独立始于普希金。从普希金到列夫·托尔斯泰,在短短数十年的时间里,俄国文学迅速攀上世界文学的高峰。大约在19世纪80年代,正如巴格诺院士在他的《西方的俄国观》一文中所言:"仅仅是由于俄国的小说,西欧人首次看到了一个既与西方同种,又与西方不同的国家,并开始将俄国视为欧洲民族大家庭中的平等一员,而且心怀诚悦和尊重,而不是恐惧和蔑视。"俄国文学的辉煌成就使西方针对俄国的"轻蔑、责难和声讨"迅速转变为"好奇、同情和赞赏"。普希金的创作对于祖国文学之独立、民族意识之觉醒和本国文化之传播所具有的意义,对于当下的中国而言十分重要,具有很强的借鉴意义。我们非常乐意向普希金和他的继承者们学习,学习如何完善、发展和传播自己的文学和文化。

正因为如此,亚历山大·谢尔盖耶维奇·普希金成了在中国流传最广的俄国作家,虽说如今中国人或许在怀着更大的兴趣阅读陀思妥耶夫斯基和契诃夫。陀思妥耶夫斯基称普希金为"全人",在我看来,陀思妥耶夫斯基这个词的意义就在于,普希金不仅仅是俄罗斯人,也不仅仅是俄国人,甚至也不仅仅是欧洲人,而同时也是非洲人、美国人和中国人。他是真正的文学世界公民。或许正因为如此,在中国上海的市中心矗立着一座普希金的纪念碑,这座纪念碑是在1937年普希金逝世一百周年时建立的,这座纪念碑当时曾是中国为外国作家竖立的唯一一座纪念碑。抗日战争时期,这座纪念碑被侵华日军捣毁,铜像被融化用来做子弹,抗日战争胜利之后,中国人重新竖起纪念碑;"文化大革命"时期,红卫兵用绳索拉倒纪念碑,直到中国改革开放之后,经上海文化人士呼吁,普希金雕像再次站了起来。就这样,普希金与中国人同甘共苦，经历了中华民族20世纪最大的两场灾难，似乎也成了中国社会的一员。或许正因为如此，普希金成为唯一一位外国诗人，他有不止一首诗作被收入中国的中小学语文课本，比如《假如生活欺骗了你》和《我记得那美妙的瞬间》等。应该知道，中国的中小学语文课本容量有限，所选的外国作家作品也屈指可数，所选诗作也不多，可是普希金的作品却被多次选入不同年级的语文课本。或许正因为如此，普希金的作品有海量的汉译，普希金的有些作品如《叶夫盖尼·奥涅金》、《大尉的女儿》和《别尔金小说集》等，拥有十余种、甚至数十种不同的译本，就连中文版的《普希金全集》都有三种。据不完全统计，一百多年间，中国共出版千余种普希金的作品，总印数超过千万册。此外，中国已经形成自己的"普希金学"，中国学者写作并出版了许多关于普希金生活和创作的专著，每年发表的相关论文更是数目可观，硕士、博士研究生也经常选择普希金的创作为题，比如我的一位博士生最近就在以《普希金创作中的骑士形象》为题撰写博士论文。到目前为止，中国学者共撰写关于普希金的论文约一千篇，专著约三十部。就这一意义而言我们可以说，普希金在中国不再是一位外国诗人和作家，他已被当作一位中国人自己的诗人和作家来阅读和理解，他对中国和中国人的意义已不再是外来的，而是本土的！

至于我本人对普希金的翻译，我要说，普希金是我的第一个翻译对象，当我在大学里学会了一点俄语后，便立即开始翻译普希金。对于语法课、语音课等等深感枯燥的我，便悄悄地翻译起课本里的普希金诗来，一年后，我已经译出了十几首。将我的译作与一些中国著名翻译家如戈宝权、查良铮等人的译作做一个对比，我自然发现了自己译作的很多缺陷，但与此同时却也发现自己的译作似乎也有一点自己的"风格"，甚至"特色"。这种感觉给了我自信，给了我成为一位普

普希金对于中国和中国人的意义

希金翻译者的希望,并通过对普希金的翻译成为一位俄国文学翻译者的希望。后来,我翻译了普希金全部的诗作和小说,还主编了十卷本的中文版《普希金全集》(河北教育出版社1999年版),还写了两本关于普希金的著作,一本是《普希金名作欣赏》(是与戈宝权先生合作的),一本题为《阅读普希金》。

近三十年来,我出版了数十种译作,它们有的译自俄文,有的译自英文,这些译作有文学作品也有理论著作,有诗歌也有小说,但在我所有的翻译作品中,普希金的作品是再版次数最多的。几乎每一年,我翻译的《普希金诗选》都会再版一次,去年居然再版了三次。有的版本不仅是再版,而且是"再译",即我又对译文中的某些地方做了润色和加工。翻译,尤其是文学翻译,尤其是诗歌翻译,尤其是普希金诗歌的翻译,似乎是无止境的,有时也像舞台演员的工作一样,是一门"遗憾的艺术",出版之后才觉得某些地方还有改进的余地。在我刚开始翻译俄国文学时,我觉得普希金比较容易译,比如就比帕斯捷尔纳克和布罗茨基的诗更容易译,可是如今,随着自己翻译经验的不断积累,随着对普希金的不断"重译",我越来越觉得,普希金的"朴实和明晰"其实是最困难的翻译对象。普希金与中国的伟大诗人李白一样,在任何一种语言的译作中往往都会显得过于"简单",过于"通俗易懂",而最"简单"、最"通俗"的诗在原作中往往是最伟大的诗,太简单的翻译处理往往会降低那些传世杰作的魅力,而违背原作的美化和复杂化,又往往是对那些大诗人的误译和背叛,这的确让译者有些左右为难。正是因为这一点,我甚至开始意识到,诗歌,其中包括普希金的诗歌,原本就是不可译的。可悖论的是,普希金的诗歌一直被我们不断地重译着,再版着,被一代又一代中国读者带着尊重和挚爱阅读着。

再告诉大家一个小秘密,我翻译的普希金作品在中国图书市场经常出现盗版，我当然无法通过这些盗版书获得任何利益，但是我却从不去追究，从未提起诉讼，因为我觉得，这也是一种普希金在中国的传播方式，让更多的人读到普希金，我认为这也是好事，这也从另一个侧面证明了，普希金在中国依然是一个多么重要的阅读对象。

托尔斯泰片论*

关于托尔斯泰有很多东西可以讲，可以讲很长时间，甚至可以开一门课程，讲上一两年。对于托尔斯泰的研究已经成为一门学问，也就是所谓的"托学"，一如英国关于莎士比亚的"莎学"和我们国家关于《红楼梦》的"红学"。我今天在这里只简单地讲一讲与托尔斯泰的生活和创作相关的几个问题，一个是关于托尔斯泰的庄园雅斯纳亚·波里亚纳，一个是关于托尔斯泰晚年的出走，一个是托尔斯泰创作的意义。

现在谈第一个问题，谈一谈托尔斯泰在其中生活了60年之久的庄园雅斯纳亚·波里亚纳。我刚刚从俄国回来，这一次也去了托尔斯泰庄园，这已经是我第六次或是第七次去那里，但每一次去都像是朝圣，每一次都会有一些新的感受，我也想与大家分享一下我这一次的一些新感受。

列夫·托尔斯泰出生的庄园"雅斯纳亚·波里亚纳"，其俄文名称的直译就是"明亮的林中空地"，我们也有汉译成"晴园"的，但过于汉化，像是苏州园林的名字，缺少了一些异国情调，因此大家更多的还是用这个在汉语中显得很拖沓的音译。托尔斯泰的庄园坐落在图拉城的郊外，面积达300多公顷。庄园里到处是森林和牧场，一片

---

* 2014年10月17日在中国人民大学的演讲。

俄国腹地的田园风光，就是在这片洒满阳光的幽静森林中，托尔斯泰度过了他82岁一生中的60年。雅斯纳亚·波里亚纳对于托尔斯泰来说，就是俄国的自然，因为地处俄国腹地的这座庄园有着茂密的橡树林和白桦林，有着蜿蜒流淌、水波不兴的溪流，有着微微倾斜的、平坦得像毯子一样的牧场，从每一个角度看去，都可以看到一片典型的俄国景致，都可以看到一幅列维坦的风景画。对于托尔斯泰来说，雅斯纳亚·波里亚纳还是俄国历史的微缩，这座庄园是由托尔斯泰母亲的祖先创建的，关于祖先们的神奇传说和故事似乎就散落在庄园的各个角落里，等待托尔斯泰拣拾。它们也分别以不同的面目步入了托尔斯泰的作品，比如《战争与和平》中的老公爵鲍尔康斯基形象的原型，就是托尔斯泰的外祖父沃尔康斯基。自然和历史的交融，家族和民族的相系，使得雅斯纳亚·波里亚纳庄园成了托尔斯泰心目中的俄国化身。

　　托尔斯泰的童年是不幸的，他很早就成了孤儿，在他还不到两岁时母亲就病逝了，在他9岁的时候，父亲又突然不明不白地死在图拉的大街上，他是在缺少父母之爱的家庭环境中长大成人的。对于母亲只有朦胧记忆的托尔斯泰，晚年却在日记中一次又一次地写到母亲。他曾经这样写道："今天早晨走进花园，我像往常一样又回忆起了母亲，我对她的印象非常模糊，但她却一直是我的一个神圣的理想。"因此，我们可以想象，留有双亲生活遗迹的雅斯纳亚·波里亚纳对于早早成了孤儿的托尔斯泰来说，在一定程度上或许就扮演着父母的角色。然而，托尔斯泰的童年又是幸福的，他没有感受到一般孤儿那样的孤独和凄惨，这是因为，他的一个姑妈像母亲一样照看着他们五个孩子，而且，在家里年纪最小的列夫·托尔斯泰还得到了哥哥姐姐的关爱，他们年龄相差不大，成天在一起玩耍，十分和睦，他的大哥尼古拉对托尔斯泰更是关爱有加。在晚年写的一部回忆录中，托尔斯泰回忆说，他们兄弟四人经常在一起玩"蚂蚁兄弟"的游戏，大家躲到桌椅底下或者密林之中，紧紧地相互依偎，感受着兄弟之间的温暖、亲情和集体的力量。因此，我们又可以说，雅斯纳亚·波里亚纳是托尔斯泰的摇篮，是他无忧的、幸福的成长乐园。托尔斯泰13岁的时候与哥哥姐姐们一起被姑妈领到喀山去上学。1847年，阔别故园6年之久的托尔斯泰从喀山大学退学，返回雅斯纳亚·波里亚纳，并且正式继承了这份遗产，成为这座庄园的主人。此后，除了跟随哥哥征战高加索等地、作为文坛新秀在彼得堡的逗留以及随后的游历欧洲、为使子女接受教育而迁居莫斯科的十几年，托尔斯泰一直生活在雅斯纳亚·波里亚纳。

在庄园一个僻静的角落，有一个覆盖着青草的土冢，这就是托尔斯泰的长眠之处。墓上没有墓碑，没有十字架，四周是几株高大的树木，旁边有一个深深的沟壑。这个地方是托尔斯泰兄弟年少时常来玩耍的地方，他们相信有一枝能给人带来永恒幸福的"绿棍"，并相信那根魔棍就埋藏在这里。无论对于托尔斯泰还是对于后人而言，雅斯纳亚·波里亚纳都不仅仅是一座庄园，它象征着俄国，象征着托尔斯泰乃至整个人类的生存环境，托尔斯泰与雅斯纳亚·波里亚纳的关系，因此对于我们就有了更为深刻的启示意义：对于这座优美、宁静、温馨的故园，托尔斯泰无疑是充满感情的，他在这里生长，在这里写作，在这里思考，最后又长眠在这里，从摇篮到坟墓，他在这里走完了自己完整的一生；但是，这里又是他的彷徨之地，罪恶之地，这给予他一切的地方，却同时也在因为给予他的一切而让他痛苦，并最终成为他决然挣脱的牢笼。摇篮，童年的乐园，父母的替身，世袭领地，宗法制王国，猎场，社会改革的试验田，教育实践的场所，俄国自然和历史的化身，作家的避难所，文学的福地，灵感的源泉，思想的温床，精神的监狱，目睹许多亲人离去的感伤之处，夫妻的角力场,托尔斯泰主义的思想中心,最终的长眠之地……也许,这些各不相同、甚至相互矛盾的定义结合在一起,才能最准确地说明雅斯纳亚·波里亚纳在托尔斯泰的生活和创作中所起的作用。有人将托尔斯泰与雅斯纳亚·波里亚纳的关系定义为一种"复杂的罗曼史",将庄园称为托尔斯泰的"第二自我"。托尔斯泰本人在晚年的日记中写道:"要是没有我的雅斯纳亚·波里亚纳,我就很难意识到俄国,很难意识到自己对她的态度。"

第二个问题,谈一谈托尔斯泰晚年的出走。1910年俄历10月28日,新历11月10日,深夜3点钟,托尔斯泰叫醒自己的医生马科维茨基,和他一起在黑暗中走出庄园,彻底告别自己生活了几十年的家园。托尔斯泰先是奔他在沙莫尔津修道院当修女的姐姐而去的,想在那家修道院附近的奥普塔男修道院隐居下来,但这个计划泄露之后,托尔斯泰只好再次坐上火车。疲惫不堪的托尔斯泰在火车上受凉,染上肺炎,被迫在途中一个叫阿斯塔波沃的小站下车,躺在站长的小木屋里,几天之后的11月7日,新历11月20日,托尔斯泰在这个铁路小站去世。托尔斯泰的出走和去世在当时的俄国引起轩然大波,人们议论纷纷,但大都将原因归结为"家庭悲剧",将矛头指向"不理解"丈夫的索菲娅。在1881年托尔斯泰经受了思想上的危机之后,他与妻子索菲娅的确长期不和,甚至争吵不断,但公平地说,托尔斯泰的痛苦恐怕有着更深刻的原因,而并不仅仅是家庭的悲剧。他的痛苦是一个深刻的道德家的痛苦:一方面,他意识到了剥削制度的罪恶,主张放弃一切财产;另一方面,他却仍然难以摆脱自己是剥削阶级之一员的身份和处境;一方面,他呼吁过一种清心寡欲的教徒式生活;另一方面,他又一直生活在一个看似美满、幸福的大家庭里。自己的理想境界和自己的生活现实之间巨大的差异,造成了托尔斯泰精神上的痛苦。人们喜欢抱怨索菲娅不理解托尔斯泰,其实,无论当时还是现在，包括我们在内，能够真正理解托尔斯泰的又有几个人呢？在托尔斯泰和妻子的相互关系中，人们很难断定谁是谁非，这是天才和常人之间的隔膜以及由此而来的悲剧。

关于托尔斯泰的出走有人不解，有人惋惜，但俄国作家库普林在托尔斯泰逝世时所说的话也许更有道理："托尔斯泰就像一只即将死去的野兽，他知道如何死得安详，死得优美，于是他默默地离开兽群，在森林中找一个偏僻的地方，静静地死去了。"另一位俄国作家梅列日科夫斯基则认为，对托尔斯泰的出走应该保持沉默，将其当成一个神话来谈论是不体面的，是一种亵渎，甚至是一种残忍，"他留给索菲娅·安德烈耶夫娜的请求，同时也是留给我们大家的：别去寻找，别去抓捕，让他安静"。然而，梅列日科夫斯基也承认，像托尔斯泰出走这样的事情，在俄国又绝不仅仅是托尔斯泰一家的"私事"，而是时代和社会的一件大事，因为托尔斯泰的家不仅仅是雅斯纳亚·波里亚纳，而是整个俄国。

最后，谈一谈托尔斯泰对于俄国和俄国文学的意义。说到这个问题，文学史上有一些著名的说法，或者说是定论，或者说是典故，我在这里给大家介绍几个，希望大家能够产生出一个具体而又概括的关于托尔斯泰的印象。1）托尔斯泰创作所具有的伟大意义已经为全世界所公认，用世界各国语言写就的世界文学史，在谈到托尔斯泰和他的小说时都不会吝惜溢美之词。文学史上有这样一种说法，就是把19世纪的俄国现实主义文学视为继古希腊罗马神话和莎士比亚戏剧之后的人类文学史中的第三高峰，而19世纪的俄国批评现实主义文学进程又常常被表达为从普希金到托尔斯泰，这就是说，托尔斯泰构成了世界文学史第三高峰之上的高峰，世界文学皇冠上的明珠；2）陀思妥耶夫斯基曾经将《安娜·卡列尼娜》的写作和出版视为一个能塑造俄国和俄国文化正面形象的"事实"。1877年，托尔斯泰的《安娜·卡列尼娜》在《欧洲导报》上连载，陀思妥耶夫斯基阅后写了一篇文章发表在他主编的杂志《作家日记》上，文章的题目叫《〈安娜·卡列尼娜〉是一个意义特殊的事实》，他在文章中写道："此书在我眼中很快成为一个可以代替我们向欧洲做出回答的事实，一个可以让我们展示给欧洲的梦寐以求的事实……如果一位俄国天才能够创造出这一事实，那么很自然，他绝对不会无所作为，时辰一到，他便能创造，能给出自己的东西，能开始道出并道尽自己的话语。"陀思妥耶夫斯基接着说，《安娜·卡列尼娜》就是那种在欧洲世界面前构成"我们之特性"的东西，就是一种新的话语，"这一话语在欧洲无法听到，然而欧洲又迫切须要倾听，尽管它十分高傲"。在陀思妥耶夫斯基看来，能够写出《安娜·卡列尼娜》这样杰作的人，是俄罗斯民族的骄傲，一个能够产生出此类文学杰作的民族，是可以骄傲地自立于欧洲和世界民族之林的；3）1856年，车尔尼雪夫斯基在《现代人》杂志发表了一篇评论托尔斯泰作品的文章，他在文中写道："大部分诗人关心的主要是内心生活的呈现结果，而非隐秘的过程本身……托尔斯泰伯爵天赋的特色就在于，他并不仅仅局限于表现心理过程的结果，他感兴趣的是过程本身，是这一过程的形式、规律和心灵的辩证法。"从此，"心灵辩证法"的说法不胫而走，不仅成为对托尔斯泰在人物塑造方面独特手法的一种归纳，同时也成了托尔斯泰小说人物主要性格特征的一种呈现；4）关于托尔斯泰与陀思妥耶夫斯基的比较，也就是所谓"灵与肉"的对比。此说最早见于梅列日科夫斯基在他20世纪初所写的《列·托尔斯泰与陀思妥耶夫斯基》一文，他主要从宗教层面将托尔斯泰和陀思妥耶夫斯基分别解释成"肉体的探秘者"（тайновидец плоти）和"精神的探秘者"（тайновидец духа）。之后，米尔斯基在他的《俄国文学史》中也对两位大作家进行比较，认为托尔斯泰是在解剖生活层面上的灵魂，他探究思维的生理基础、意志的潜意识过程以及个人行为的解剖学，而陀思妥耶夫斯基则面对心灵层面，在他的小说里，思想和意志与更高的精神存在始终相互接触，正常的体验流始终为终极、绝对的价值所左右。托尔斯泰的手法是解剖，而陀思妥耶夫斯基的手法是重构；托尔斯泰的问题是"为什么"，而陀思妥耶夫斯基的问题则为"是什么"；5）最后，是纳博科夫在美国大学给学生讲解托尔斯泰时用过的一个比喻，纳博科夫走进课堂之后，拉上了教室里的窗帘，关掉所有的电灯，然后他走到电灯开关旁，打开左侧的一盏灯，对他的美国学生们说道："在俄国文学的苍穹上，这就是普希金。"接着他又打开中间那盏灯，说："这就是果戈理。"然后他再打开右侧那盏灯，说："这就是契诃夫。"最后，他大步冲到窗前，一把扯开窗帘，指着直射进窗内的一束束灿烂的阳光，大声地对学生们喊道："而这，就是托尔斯泰！"

托尔斯泰的三部小说[*]

在托尔斯泰的创作中，最为人称道的就是他的三部长篇小说，也就是《战争与和平》、《安娜·卡列尼娜》和《复活》。

《战争与和平》是托尔斯泰的成名之作，也是俄国文学真正取得世界影响的标志性之作。托尔斯泰从1862年开始写作这部小说，而他此前十余年的创作，似乎都是在为这部小说做着铺垫和准备。1852年，托尔斯泰的自传性中篇小说《童年》在彼得堡的《现代人》杂志上刊出，此后他又相继发表了《少年》、《青年》、《一个地主的早晨》、《哥萨克》和《塞瓦斯托波尔故事》等作品。如果将托尔斯泰的早期创作看成一个整体，那么就可以发现它有三个基本的主题，即贵族阶级的生活、战争的场面和对资本主义文明的批判。属于第一类主题的有自传三部曲《童年》、《少年》和《青年》，三部曲的主人公尼科林卡出身贵族家庭，这个孩子从小就善于思考，对身边的人和事、景和物非常关注，三部曲实际上也就成了一个贵族少年心路历程的真实记录。《一个地主的早晨》记录了青年地主聂赫留多夫在自己的庄园里所进行的不成功的改革尝试，这也是托尔斯泰自己的真实经历。第二类主题是战争，无论是在高加索地区与山民作战，还是在克里米亚抗击外国军队，那些亲历战场的体验都在托尔斯泰的小说中得到再现，其

---

[*] 2014年4月28日在西安外国语大学的演讲。

代表作就是《塞瓦斯托波尔故事》。第三类主题是对资本主义文明的批判，属于这一题材的有两部作品，即《卢塞恩》和《哥萨克》。托尔斯泰退伍之后曾经去欧洲各国游历，在瑞士城市卢塞恩街头目睹的一个场景，使他对西欧的"文明"深感失望。《哥萨克》则通过自然纯朴的哥萨克阶层与虚伪腐朽的贵族阶层这两者的对比，体现了后者生活的不健康。通过以上的分析我们不难看出，托尔斯泰早期涉猎的创作题材是很多面的，这也说明，作家正处在一个紧张的探索时期和试笔阶段。值得注意的是，这三大主题后来都在《战争与和平》中得到了扩展和深化。

《战争与和平》，仅从小说的题名来看这就是一部史诗。自人类出现以来，战争与和平便成了社会生活中最重要的主题之一，如同生与死、爱与恨之于个人生活一样。托尔斯泰的小说广泛地描绘了自1805年至十二月党人起义前夕俄国社会生活的画面。这里的"战争"，是指1805—1812年间俄国与法国之间断断续续的战争，直到库图佐夫率兵彻底击退拿破仑；这里的"和平"，是指这段时间里俄国社会各阶层的生活，从贵族阶级的舞会、出猎，到普通士兵的战斗生活和农民的日常劳动。托尔斯泰出身贵族家庭，青年时代又长期生活在上流社会的社交界，他写起这一阶层的生活、刻画起这一阶层人士的心理来，可谓得心应手；他刻意接近下层人民，主动地去体验平民的生活方式，使他又具有了一般贵族所没有的对人民生活的熟悉和理解。托尔斯泰长期在军中服役，并担任过下级军官，这使他能生动地写出战场上的细节，使他能比别人对战争及其意义和性质有更深的理解。可以说，无论是关于"战争"还是关于"和平"，托尔斯泰在写作这部巨著之前便已具有深厚的积累和深刻的体验。

《战争与和平》以库拉金、罗斯托夫、鲍尔康斯基、别祖霍夫四大贵族家庭的生活为情节主线，恢宏地反映了19世纪初期的俄国社会生活。作者将战争与和平的两种生活、两条线索交叉描写，让他的五百余位人物来回穿梭其间，构成一部百科全书式的壮阔史诗。作者歌颂了俄国人民抗击拿破仑入侵的人民战争的正义和胜利，并将俄国社会各阶层的代表人物置于战争的特殊时代，通过其言行和心理，塑造出众多栩栩如生的人物形象。小说中出现最多的是四大家族以及与四大家族有各种联系的贵族人物，他们被作者大致划分为两类：一类为趋附宫廷、投机钻营的库拉金家族，他们漠视祖国的文化，在国难当头时仍沉湎于寻欢作乐的生活；一类是另外三大家族，尤其是其中的优秀代表安德烈和彼埃尔，是接近人民、在危急关头为国分忧的人物，他们甚至能挺身而出，为祖国献出一切。在赞美这一类型的贵族精华的同时，作者也描写了普通人民中的杰出代表，这些普通的官兵在战争中体现出的朴实勇敢、高尚忠诚的品质，与那些身处高位却卑鄙渺小的贵族统治者构成了一个鲜明的对比。

《战争与和平》对战争的大场面描写是无与伦比的，作家在短短的一两个章节中，就能将数万人拼搏的战场描写得有声有色。作家又能在几段看似简单的叙述性文字中，准确地交待出一个个关键的政治事件和历史转折过程。与此同时，托尔斯泰也能深入多个人物的内心，让客观的历史画面描写与微观的人物心理历程相互媲美。托尔斯泰笔下的人物，性格发展合情合理，通过彼埃尔、安德烈等人深刻的内心反省过程，我们似乎能看到托尔斯泰苦苦追求自我灵魂净化的轨迹。与对道德情感的描写相关的，还有托尔斯泰的道德学说，即所谓的"托尔斯泰主义"。托尔斯泰主义在托尔斯泰晚年最终形成，但其中的一些主要内容，如博爱、不以暴力抗恶等，在《战争与和平》中已有了鲜明的体现，如作者通过卡拉塔耶夫的形象就宣传了他的勿抗恶思想。列宁曾评价说托尔斯泰及其创作是俄国革命的"一面镜子"，而我们也可以说，《战争与和平》在某种意义上正是托尔斯泰本人追求

托尔斯泰的三部小说

道德完善之心路的一面镜子。

在阅读《战争与和平》时,我建议大家注意一个2—3—4的公式:2就是战争与和平两大主题;3就是三位最主要的主人公,也就是彼埃尔、安德烈和娜塔莎;4就是四大家族,为什么恰恰是四大家族呢,就像《红楼梦》一样?如果是两家,可能就只有一种关系,线性的关系,最多是往返的关系;如果是三家则可以构成一个三角关系,使人物间的关系丰富复杂起来;而四个家族构成一个平行四边形,有四个角、四条边线和两条对角线,可以发展、变换出无限复杂的情节关系。

完成了《战争与和平》之后,托尔斯泰经过反复思考,几易构思,创作出另一部享誉世界的长篇小说,这就是在1877年问世的《安娜·卡列尼娜》。小说的主人公安娜不满足于无爱的家庭生活,爱上了贵族青年渥伦斯基,后者却因不敢承担爱的责任而抛弃安娜,绝望的安娜最后卧轨自杀,这是小说中的爱情、家庭线索;与这一线索构成呼应的是列文和基蒂幸福的家庭生活,其中着重叙述了列文的"改革"以及他对社会、政治、宗教、哲学等问题的思考,通过列文这一颇具自传色彩的人物形象,小说的社会、哲理色彩得到了强化。

将《战争与和平》与《安娜·卡列尼娜》这两部小说做一个比较,是很有意思的。首先,它们都是作家反复构思、艰苦创作的产物。托尔斯泰开始构思《战争与和平》的时间,恰好是在1861年俄国农奴制改革前后,俄国现实生活的动荡迫使作家把眼光转向祖国的历史,去寻找变革社会的良方。最初进入他的视野的是十二月党人的贵族革命,他打算写一部小说,描写这些勇敢的贵族革命家,小说写出三章后却写不下去了,他转而写起比十二月党人更早的卫国战争。从1863年开始到1869年,托尔斯泰花费六年时间写出这部四大卷的小说,光手稿就达五千多页,作品的时间跨度长达十五年,人物多达近六百个，是一部真正意义上的史诗。《安娜·卡列尼娜》的构思也同样充满反复，在《战争与和平》之后，托尔斯泰原想写一部描写彼得大帝改革的长篇小说，但后来，当代生活似乎更吸引托尔斯泰，于是他便放弃了关于彼得大帝的写作计划，从1873年开始创作《安娜·卡列尼娜》，写了四年。起初，据托尔斯泰自己说，他是描写"一个不忠实的妻子以及由此而引发的全部悲剧"，也就是说，他的着重点是放在"不忠实的妻子"上的，具有传统家庭观念的托尔斯泰，在开始创作的时候对主人公安娜是抱有敌意的，但是，当他将安娜的悲剧和整个社会现实联系在一起之后，他对虚伪社会的谴责就远远超出对安娜的谴责，艺术的逻辑使托尔斯泰在创作过程中给予安娜越来越多的同情。从《战争与和平》和《安娜·卡列尼娜》这两部小说的创作历史来看，它们都凝聚着作家思索的心血，同时也是作家持续不断的思想探索的产物。

其次，这两部小说的写作时间相差近十年，篇幅上也相差很大，所以常常有人认为，从《战争与和平》到《安娜·卡列尼娜》，托尔斯泰的小说创作发生一个巨大的变化，从历史转向家庭，从史诗转向爱情小说。这样的观点是过于看重两部小说的外在形式，其实，在《战争与和平》中同样有"家庭"的内容，即对四大家族的描写，也就是《战争与和平》中"和平"的内容，而在《安娜·卡列尼娜》中，通过安娜的爱情悲剧和列文的思想探索这两条线索体现出来的19世纪60—70年代俄国广阔的生活画面和深重的社会问题，同样构成了小说的史诗性质。陀思妥耶夫斯基在他的《作家日记》中就认为，《安娜·卡列尼娜》不是家庭小说，而是一部真正的社会小说。

最后，说到两部小说的不同，这主要体现在作品的基调和氛围上。《战争与和平》充满着蓬勃的激情、明朗的色彩和乐观的基调，而这样的情绪基因在《安娜·卡列尼娜》中却荡然无存，小说中几乎没有一个完全幸福的人。小说的开头写道："幸福的家庭都是相似的，不幸的家庭却各有各的不幸。"小说显然不是以描写"幸福的家庭"为己任的，因为小说中的人物都"各有各的不幸"，一种浓重的悲剧氛围笼罩着整部小说。这种悲剧氛围当然首先来自小说女主人公的悲剧命运，但更深地追究，它无疑也来自托尔斯泰本人当时的思想危机。

　　托尔斯泰的思想、道德探索在他的最后一部长篇小说《复活》中得到了更为深刻的体现。1881年，托尔斯泰决定举家迁居莫斯科，他当时主要出于两个考虑：一是为了给孩子们提供更好的教育条件，二是为了迁就出生在莫斯科的妻子索菲娅。托尔斯泰在莫斯科的生活用一个词就可以概括，这就是简朴。移居莫斯科时的托尔斯泰已经完成了世界观的转变，他决定放弃奢侈的贵族生活。他在繁华的莫斯科营造了一个都市里的村庄，保持着清教徒式的生活方式。他不抽烟，不喝酒，不吃肉，甚至连牛奶都不喝，他经常穿着粗布衣衫，还自己动手缝衣服、做靴子。就是在莫斯科，托尔斯泰写出了《复活》。从1889年到1899年，托尔斯泰共花费十年时间才完成他的这部巨著，而在此之前，《战争与和平》只写了六年，《安娜·卡列尼娜》只写了四年，可篇幅比前两部小说都要小的《复活》所用的时间却等于前两部小说所用时间的总和，由此不难揣摩出作家写作过程的艰辛，以及作家对这部小说的精心打磨。

　　小说题为《复活》，其主要的内容也就是玛丝洛娃和聂赫留多夫这两个主人公精神上的"复活"过程。这里的"复活"，至少是就这么几重意义而言的。首先，是女主人公玛丝洛娃的复活。玛丝洛娃被聂赫留多夫引诱并抛弃之后，便不再相信社会的正义和公平，不再相信善，在妓院里熬了七年之后，她更是万念俱灰。她抽烟喝酒，为了金钱可以出卖一切，她灵魂空虚，没有追求，在精神和道德上都非常堕落。是聂赫留多夫后来的三次探监，才使她的心灵受到冲击，逐渐

165

开始觉醒,直到被流放西伯利亚,在与政治犯的交往中她才在精神上赢得真正的"复活"。她为无辜的犯人求情,竭尽全力地帮助别人,她最后选择嫁给革命者西蒙松,一方面是因为她虽然恢复了对聂赫留多夫的旧情,却不愿意拖累他;另一方面也是因为,她在革命家的身上看到了一种无私、崇高的品质,因此决定做一个像他们一样的人。到这里,玛丝洛娃不仅恢复了她纯洁的道德感,同时还获得一种崭新的献身精神。其次,是男主人公聂赫留多夫的复活。托尔斯泰写道,在聂赫留多夫身上一直存在两个人,一个是精神的人,一个是动物的人。聂赫留多夫一直过着养尊处优的贵族生活,他引诱玛丝洛娃,导致玛丝洛娃后来的不幸和堕落,可他自己却浑然不知,直到他以陪审员的身份坐在法庭上审判玛丝洛娃,一个有罪的人在审判一个无辜受害的人,他的灵魂因此受到强烈的震撼。不过,与玛丝洛娃相比,聂赫留多夫的精神"复活"过程要更为艰难一些,因为,他要完成"灵魂的扫除",首先就得对他身在其中的社会秩序做出否定,就得背叛自己的阶级和阶级利益,最后他自愿陪同玛丝洛娃去西伯利亚,似乎是一个象征,表示聂赫留多夫已经完成了"道德上的自我完善"。小说的情节主要是以倒叙和插叙的方式进行的,作家试图以此将主要的笔墨集中在两位主人公的精神觉醒过程上,着重写他们的"复活"。第三,"复活"这一题目也暗含着对社会之"复活"的希望,"复活"是以死亡为前提的,托尔斯泰在《复活》中描写的社会已经是一个僵死的社会。托尔斯泰巧妙地通过聂赫留多夫为救玛丝洛娃而上下奔走的过程,将包括贵族阶层、司法机构和教会在内的整个国家结构全都展现出来,让人们感觉到,这个社会除了在彻底地死去之后再重新"复活",似乎没有其他的出路。最后,我们可以在"复活"的题目中感觉到的似乎还有托尔斯泰本人的精神复活过程,聂赫留多夫的心路历程在一定程度上也可以被看成是托尔斯泰自己痛苦的思索过程。在聂赫留多夫身上我们可以看到托尔斯泰本人的一些品质和追求,如丰富的内心世界,对自己和他人高度的道德要求,渴望四处播散自己的爱和善,寻找与民众结合的道路,等等。聂赫留多夫赢得了精神上的"复活",但是小说中写道,"至于他一生中这个新阶段会怎样结束,那却是将来的事情了"。也就是说,连托尔斯泰自己也不清楚,在精神的"复活"之后,接下来将走向何方。通过《复活》的写作,托尔斯泰完成了一次思想上的飞跃,他在这前后创立"托尔斯泰主义",主张"道德的自我完善",主张"勿以暴力抗恶",他的思想在这一时期获得广泛的传播,也赢得了众多的追随者。

最后总结一下:托尔斯泰的这三部长篇小说分别写于19世纪70年代、80年代和90年代:《战争与和平》写了六年,从1863年写到1869年;《安娜·卡列尼娜》写了四年,从1873年写到1877年;《复活》则写了十年,从1889年写到19世纪的最末一年1899年。这三部小说越写越慢,越写篇幅越小,越写结构越简洁,而调性却越来越滞重,作者的声音却越来越强烈。如果说《战争与和平》是一部乐观激昂的民族史诗,《安娜·卡列尼娜》是一出社会性的家庭悲剧,《复活》则是一部深刻的道德忏悔录。这三部小说合为一体,使托尔斯泰的创作、使整个俄国文学攀上了世界文学的顶峰。

契诃夫的生活和创作[*]

就某种意义而言，任何一部文学史其实都是在给作家们排座次，只不过随着时代的变迁和文学趣味的更新，作家们的座次会发生一些或大或小的变化。比如，人们对俄国文学史的看法在最近数十年就发生了很大的变化，相比较而言，有两位作家的地位似乎在不断上升，在世界范围内赢得了最广泛的关注和最深入的研究，这两位作家一位是陀思妥耶夫斯基，一位就是契诃夫，他们两人在俄国境外受到的拥戴，甚至超过了普希金和托尔斯泰。关于契诃夫在当今的世界影响，还有这样两个说法供大家参考。第一，契诃夫被公认为世界文学中最杰出的短篇小说家之一，一部英文版的《短篇小说史》将他和果戈理、莫泊桑和爱伦坡并列为世界四大短篇小说家之一；第二，契诃夫是其剧作在世界各地上演最多的现代剧作家，而被演出最多的古典剧作家则是莎士比亚。

契诃夫于1860年1月生于俄国南部亚速海边的城市塔甘罗格。我有一次从乌克兰的基辅乘火车返回莫斯科，列车在天蒙蒙亮时停靠在塔甘罗格。我来到站台上，只见朦胧的晨雾笼罩四周，透过薄雾可以看到山坡下凌乱的建筑，隐隐地有一股鱼腥味飘过来，这不无忧郁和残酷的氛围，几乎就是典型的"契诃夫气质"。契诃夫名叫"安东"，

---

[*] 2011年6月1日在中国传媒大学的演讲。

是家中的第三个孩子,父亲是一家杂货铺的老板,安东从小就帮助父亲站柜台卖东西,在父亲因生意破产逃往莫斯科后,安东在故乡独居三年,其实是父亲留给债主的"变相人质",但还在上中学的安东忍辱负重,自食其力,给人当家教,甚至还寄钱给在莫斯科的家人。大多数19世纪的俄国现实主义作家都出身贵族,而契诃夫与他们不同。1889年,契诃夫在给朋友苏沃林的信中这样写道:"贵族作家们天生免费得到的东西,平民知识分子们却要以青春为代价去购买。您写一个短篇小说吧,讲一个青年,农奴的后代,他当过小店员和唱诗班歌手,上过中学和大学,受的教育是要尊重长官,要亲吻神甫的手,要崇拜他人的思想,为每一片面包道谢,他经常挨打,外出做家教时连双套鞋也没有……您写吧,写这个青年怎样从自己身上一点一滴地挤走奴性,怎样在一个美妙的早晨一觉醒来时感到,在他血管里流淌的已不再是奴隶的血,而是真正的人的血……"契诃夫建议苏沃林描写的这个"青年",其实在某种程度上就是契诃夫自己。艰难的成长环境往往会使人愤世嫉俗,敌视一切存在,但有时则相反,会使人养成低调、内敛和宽容的生活风格。

契诃夫的生活和创作大致经历了这样几个时期。

1)上中学的时候,老师给契诃夫起了一个绰号,叫"契洪特",1880年,契诃夫为一份幽默杂志写了一个短篇故事《给有学问邻居的信》,他就用这个绰号署的名。写作这篇故事的契诃夫,还是莫斯科大学医学院的学生,他写这些幽默故事就是为了赚取稿费,据说他用第一笔稿费给妈妈买了生日蛋糕。他在这一时期用过很多笔名,比如"某某夫"、"没有病人的医生"等,但他这一时期的创作后来还是被研究者称为"契洪特时期",即幽默小品的创作时期。这一时期的契诃夫创作力十分旺盛,据统计,他仅在1883年一年就发表了120篇短篇故事。1884年,他的作品集《梅尔波梅尼的故事》出版,同年,他毕业后开始在莫斯科郊区行医。契诃夫这一时期的代表作有《一位文官之死》、《变色龙》和《普里希别耶夫中士》等。

2）从1886年起开始了契诃夫创作中的"严肃时期",他的短篇集《杂色故事》享誉文坛,其中最杰出的代表作有《苦恼》和《草原》等。

3）萨哈林之旅。1890年4月至12月,契诃夫辗转旅行萨哈林,考察被关押在该岛的囚犯,回来后写出《萨哈林旅行记》。萨哈林岛旅行是契诃夫作为一位伟大人道主义者的身体力行。

4）梅里霍沃时期（1892—1900）。1892年3月,契诃夫在莫斯科郊外的梅里霍沃购得一处庄园,带领全家迁居此地。"梅里霍沃时期"是契诃夫一生的壮年时期,也是他社会活动最为积极的时期,他在这里当议员,创办学校,还免费行医。在梅里霍沃的行医经历曾让契诃夫本人说出一句名言："医学是我的合法妻子,文学是我的情人。"也让他的研究者后来有过这样的归纳："作为作家的契诃夫从不为人开具药方,作为医生的契诃夫则始终在治病救人。""梅里霍沃时期"是契诃夫创作的收获期,他在这里写下数十部作品,其中就有《第六病室》、《套中人》和《醋栗》等,并在这里写出了《海鸥》、《万尼亚舅舅》等名剧。

5）"雅尔塔时期"。由于身患肺病的契诃夫需要南方的阳光,契诃夫于1900年迁居他在雅尔塔购置的"白色别墅"。托尔斯泰和高尔基都曾造访这座别墅,并留下了珍贵的照片。这三位处于同一时代、却在年龄、作品题材和风格等方面都差异甚大的作家,在当时构成了俄国文学的"三驾马车"。与托尔斯泰同时代的契诃夫,在托尔斯泰的浓荫下写作,在既生瑜何生亮的时代能够确立自我其实是很不容易的；契诃夫前有大山,后又有追兵,也就是高尔基,还有白银时代那些"成群诞生的"天才。但是,契诃夫却处之泰然,最终在俄国文学的高峰上建起了自己的纪念碑。在雅尔塔时期，1901年5月，契诃夫与莫斯科艺术剧院的女演员克尼碧尔结婚。1900年，契诃夫与托尔斯泰同时成为俄国科学院院士，但在1902年，因为高尔基被剥夺了院士身份，契诃夫发表声明主动辞去院士头衔，以示抗议。

6）1904年6月3日，病情越来越重的契诃夫离开莫斯科去德国治病，他在临行前说："我是去死的。"一个月后，契诃夫在德国的一处疗养地病逝，临去世前，他还给妻子讲了一段幽默故事，喝了一杯香槟，然后"像婴儿一样睡去"。契诃夫说过："人的一切都应该是美丽的，无论面孔，还是衣裳、心灵或思想。"他的一切也的确都是美的，甚至包括他的死亡。

契诃夫的小说创作只用一种体裁，也就是中短篇小说，他篇幅最大的中篇也不过三四万字，简洁是其最大的创作特征，这首先体现在体裁上。他说过一句名言："简洁是天才的姐妹。"他的短篇最大的风格特征则是幽默，但这种幽默绝非搞笑，甚至也不完全是果戈理式的"含泪的笑"，而是一种更加深层的、触及人的存在之痒的幽默。契诃夫的小说是所谓的"精神小说"、"情绪小说"、"心灵小说"和"心态小说"，表面上不写心理，但通过白描式的手法，却恰恰写出了主人公乃至作者自己的深层心理和感受。契诃夫的小说有数百篇，厚达数卷，甚至十余卷，其中有许多脍炙人口的杰作，仅举几个例子：

1）《万卡》：万卡是一间鞋铺里的学徒工，才九岁，已经打工三个月，他写信给他的爷爷，倾诉这三个月里的遭遇和痛苦，最后他在信封上写下"乡下爷爷收"几个字，然后将信投进了信筒。为什么是"爷爷"呢？这或许是个父母双亡的孤儿？这封"没有地址的信"是无法被爷爷收到的，这也就意味着，万卡的痛苦是无人知晓的，是没有接受对象的。

2）《变色龙》：这篇小说因为被收入中国的中学语文课本而广为

人知,小说写到一只狗在大街上咬了一个人的手指,警官负责处理此事,他随着周围人推定的狗主人的不同身份而不断改变自己的态度,听说狗主人身份显赫,就大骂被咬的人活该;听说狗是流浪狗,就扬言要处死这条狗,如此等等。这个短篇显然是充满讽刺力量的,但我们以往大多认为警官是契诃夫的主要讽刺对象,认为他就是"变色龙"。但如果我们更细地读一读这部作品,便会对契诃夫的立意有更深刻、更多层的理解。那位被狗咬伤的人高举着流血的手指,"像是举着一面鲜艳的旗帜",甚至不无得意和炫耀,听说狗主人身份显赫后又无比沮丧,甚至胆怯;周围的人跟着起哄,他们的情绪随着狗主人身份的"确定"而起伏、变化,无论被咬的当事人还是围观的观者,无疑也都是变色龙,是契诃夫的嘲讽对象。甚至,我有时感觉到,我们每一位读者都是变色龙,至少,我们都曾经依据环境的变化而调整、变更过我们的心态和立场、情绪和行为。

3)《苦恼》:这篇小说的前面有一句题词,也就是"我向谁诉说我的苦恼?"这句话引自《圣经》。车夫姚纳的孩子死了,已经快一个星期,他很想向别人诉说一下自己的悲伤,并先后做过四次尝试,想对他的乘客、一位急着去约会的军官倾诉,却被对方喝断;想对乘车的三个年轻人说,他们根本不愿理睬他;想对自己的同行、另一位车夫说,对方听着听着却睡着了。小说中写道:"他又孤身一人,寂静又向他侵袭过来……他的苦恼刚淡忘了不久,如今重又出现,更有力地撕扯他的胸膛。姚纳的眼睛不安而痛苦地打量街道两旁川流不息的人群:在这成千上万的人当中有没有一个人愿意听他倾诉衷曲呢?然而人群奔走不停,谁都没有注意到他,更没有注意到他的苦恼……那种苦恼是广大无垠的。如果姚纳的胸膛裂开,那种苦恼滚滚地涌出来,它仿佛就会淹没全世界,可是话虽如此,它却是人们看不见的。这种苦恼竟包藏在这么一个渺小的躯壳里,就连白天打着火把也看不见……"于是，他决定把自己的"苦恼"说给他那匹拉车的小母马听，"那匹瘦马嚼着草料，听着，向它主人的手上呵气。姚纳讲得入了迷，就把他心里的话统统对它讲了……"姚纳的痛苦无处倾诉，这或许是当时俄国社会的现实场景，是小人物的不幸。但是，这同时也象征着现代人的困顿感受，人与人之间的存在主义状态，所谓他人皆地狱，人与人之间的陌生和难以交流是普遍的，无处不在的。

4)《草原》：这部作品与其说是一个短篇小说，不如说是一首长篇散文诗，作品没有清晰的故事情节，而是契诃夫关于俄国草原之美的描写，与此同时，契诃夫却拿草原之美和人的苍白做对比，以此来凸显现实的不合理性。契诃夫在作品中写道："你在路上碰见一所沉默的古墓或者一块人形的石头，上帝才知道那块石头是在什么时候，由谁的手立在那儿的。夜鸟无声无息地飞过大地。渐渐地，你回想起草原的传说、旅客们的故事、久居草原的保姆所讲的神话，以及凡是你的灵魂能够想象和能够了解的种种事情。于是，在唧唧的虫声中，在可疑的人影上，在古墓里，在蔚蓝的天空中，在月光里，在夜鸟的飞翔中，在你看见而且听见的一切东西里，你开始感到美的胜利、青春的朝气、力量的壮大和求生的热望。灵魂响应着美丽而严峻的故土的呼唤，一心想随着夜鸟一块儿在草原上空翱翔。在美的胜利中，在幸福的洋溢中，透露着紧张和愁苦，仿佛草原知道自己孤独，知道自己的财富和灵感对这世界来说白白荒废了，没有人用歌曲称颂它，也没有人需要它。在欢乐的闹声中，人听见草原悲凉而无望地呼喊着：歌手啊！歌手啊！"草原的美，乃至一般的美，似乎都是枉然的，草原"白白荒废了自己的美丽"！美丽的草原是孤独的，美的白白荒废，其实折射的是人心的苍白，折射的是现实生活的苍白，人不会欣赏美，可能是在生活的重压之下无暇欣赏，也可能是在庸俗环境中成长起来的人们已经失去了对美的感受能力。

5)《第六病室》：在第六病室，拉京医生与精神病人格鲁莫夫进行了一次"正常"交谈："这欢乐与痛苦都是暂时的；要紧的是你我都会思考，我们看出彼此都是善于思考的人，那么不管我们的见解多么不同，这却把我们联系了起来。我的朋友，要是您知道我是多么厌恶那种普遍存在的昏庸和糊涂，而我每次跟您谈话的时候是多么快活就好了！您是个智慧的人，我欣赏您！"门外有人偷听，拉京医生因而也被当成"不正常的人"，也被关进了病室，最后死去。拉京医生为什么"欣赏""病人"，与"病人"倾心交谈呢？或许就因为在正常人中没有知音，在正常人中没有正常的人。而"偷听"和拉京医生的被关，则说明了环境的恶劣，这应该是《第六病室》的整体象征意义之所在。但也许并非像列宁所理解的那样，契诃夫笔下的"第六病室"就是整个沙皇俄国的缩影和象征。契诃夫的所指可能更为广泛，更具普遍意义，也就是现代人往往会面对的一种窘境，即身不由己地努力适应环境，将自我变成非我，将正常变成不正常，反之亦然。这是思考的痛苦，思想的痛苦，智慧的痛苦，是契诃夫式的痛苦，更是人与人、人与环境永恒冲突的痛苦！

契诃夫还是一位享誉全球的剧作家，其剧作的成就和影响似乎也不在他的短篇小说之下，甚至更高。就像前面所说的那样，契诃夫是当今世界最受欢迎的剧作家之一，甚至可以把"之一"去掉！他在中学时期就开始写剧本，当年留下的一部无题剧作后来以《没有父亲的人》为题发表，然后又由一家德国剧团在多年前搬上舞台，改名为《普拉东诺夫》。契诃夫留下的名剧还有《伊万诺夫》、《海鸥》、《万尼亚舅舅》、《三姐妹》和《樱桃园》等。这里简单介绍一下三部剧作。

1)《海鸥》：尼娜向往艺术，向往着理想的艺术家生活，她说："我被这片湖水牢牢地吸引着，就像一只海鸥。"怀着想当演员的愿望，她置身于乡间的农庄，面对一汪湖水，与身边的两个青年艺术家交往和对话。全剧没有激烈的冲突,情节发展缓慢,几个准艺术家在台上走来走去,说着一些前言不搭后语、相互缺乏关联的抒情独白。1896年,《海鸥》在彼得堡皇家剧院首演,但由于导演和演员都没有理解和领会这出"现代戏"的精髓,演出以失败收场,演出现场哄笑声不断,在现场观看的契诃夫半途退场。演出结束后,报纸上登出了这样的剧评,称"这不是海鸥,而是一只野鸭!"但两年之后,联手创建莫斯科艺术剧院的斯坦尼斯拉夫斯基和丹琴科却苦苦哀求契诃夫让他们重新排演此剧,此剧的"情绪剧"的实质被斯坦尼斯拉夫斯基敏锐地捕捉到,发掘出它的抒情内涵,并成功地呈现在舞台上。1898年,该剧在莫斯科的首演大获成功,一只飞翔的海鸥从此成了莫斯科艺术剧院的标识,一场演出造就了一家剧院,成就了一个大导演、一个举世无双的剧作家和一个影响深远的戏剧流派。

2)《三姐妹》:三位流落到外省的姐妹,在无聊的生活和失败的爱情中,无时无刻不在怀念莫斯科,"到莫斯科去!"成为她们的心声和时刻挂在嘴边的台词,"莫斯科"似乎就等于《等待戈多》中的"戈多"。对于有理想的生活,契诃夫表现出了一种复杂的态度:一方面,人不能过没有任何理想的生活;另一方面,理想生活究竟是否可能,也往往是令人怀疑的。因此,他在剧中给了我们一种既哀婉又明朗、既悲观又乐观的调性。就像他的短篇小说《出诊》的主人公科罗廖夫说过的一段话:"过了50年,生活一定会美好;可惜我们又活不到那时候。要是能够知道一点那时候的生活,那才有意思呢。"小说《在故乡》中也有一段抒情独白:"要知道,更好的生活是没有的!美丽的大自然、幻想、音乐告诉我们的是一回事,现实生活告诉我们的却是另一回事。显然,幸福和真理存在于生活之外的某个地方。"幸福在明天,但对美好生活的渴望也并不十分牢靠,也不十分确定,似乎是可望而不可即,但如果连希望也不具有岂不更糟?这是生活永恒的难题，每个有意识、有思想的人在一生中或迟或早、或多或少都会遭遇到这种困惑，契诃夫不过以一种更为直接、更为尖锐，也更为艺术、更为美学的方式把它摆到了我们面前而已。在《三姐妹》剧终时，三姐妹轮流独白，她们的话无疑是这部剧作乃至契诃夫生活观的集中体现：

玛莎（二姐）：哦，音乐奏得多么动听！他们离我们而去，一个人永远、永远地离去了，我们孤独地留下来，为了重新开始我们的生活。应当生活下去……应当生活下去……（仰望天空）大雁在我们头上飞翔，每个春天和秋天，它们都这样飞翔，已经飞翔了千万年。它们不知道为什么要飞翔，可是它们飞啊，飞啊，还要再飞翔几万年，只要上帝不给它们揭开这个秘密……

伊琳娜（小妹）（将脑袋倚在奥尔迦的胸口）：总有一天，人们会知道，所有这一切究竟为了什么，为什么要有这些痛苦，将来什么秘密都不会再有了，可是现在应当活下去……应当工作，应当工作！明天我就一个人去，去学校教书，把一生都奉献给需要的人。现在是秋天，冬天很快就会来临，会飘起雪花，我将会去工作，去工作……

奥尔迦（大姐）（拥抱两个妹妹）：音乐演奏得多么欢乐，多么振奋，真想生活！哦，我的上帝！总有一天，我们会永远地离去，人们会忘记我们，忘记我们的脸庞、声音和我们的年纪，但是，我们的痛苦却会转化为后代人的欢乐，幸福和安宁将降临大地，如今生活着的人们将获得祝福。哦，亲爱的妹妹，我们的生活还没有结束。我们将生活下去！音乐演奏得多么欢乐，多么欢快，似乎要不了多久，我们就会知道，我们因为什么而生活，因为什么而痛苦……如果能知道的话，如果能知道的话！

3)《樱桃园》:《樱桃园》写一个俄国破落贵族家庭最终失去了作为他们往日美好生活之象征的樱桃园。在传统的解释中,尤其是苏联时期的解释中,《樱桃园》被视为旧的贵族阶级必然被新兴的资产阶级所取代的历史命运之体现,剧终时砍伐樱桃园的斧头声被视为资产阶级登上历史舞台的脚步声、贵族阶级的挽歌和新生活的强音。在这样一种意识形态阐释的语境中,几个汉译版本的《樱桃园》"不约而同"地出现了一处"误译",将剧中一句很普通的台词"你好,新生活!"翻译成了"新生活万岁!",并称契诃夫喊出了时代的最强音,是新生活的预言家。我在读研究生时写了自己的第一篇论文,题目就是《从一句误译的台词谈起》,认为契诃夫没有、也不可能喊出"新生活万岁!"的口号。现在看来,这个观点还是成立的,不过我更倾向于认为,契诃夫也不愿意喊出任何标语口号式的"台词"。《樱桃园》有这么一句女儿安慰母亲所说的话:"整个俄国就是一座大花园。"契诃夫笔下的"樱桃园",可能就是我们往日的生活,习惯的生活,同时也可能是明天的生活,理想的生活。在全家人都已经离去的时候,老仆人菲尔斯面对空旷的房子和台下的观众说:"生活结束了,一生都已经过去,可我感觉好像还没有生活过……"失去了"樱桃园",这个主题其实也是一种"失乐园"的主题,在剧中最终被砍伐掉的不仅仅是贵族的庄园,而且也是我们每个人赖以生存的美好环境,或者说是我们的理想家园。无可奈何花落去,但契诃夫的独特之处在于,他的悲剧又总是隐约给人以希望的。也许正因为如此,契诃夫总是喜欢强调自己的戏剧是"悲喜剧"。一个大学生在看完这出戏后致信契诃夫,说他是流着泪看完全剧的,契诃夫在回信中不以为然地说:我只不过是想告诉你们,看看你们的生活,你们生活得多么糟糕,我们生活得多么糟糕,这又有什么好哭的呢?!

总体地看,契诃夫的戏剧具有深刻的现代感。首先,他的戏剧是关于现代人存在主义感受的真实的、超前的再现。契诃夫的戏剧人物一登场便明白其处境,剧情的发展不过是在论证这一场景的存在,是对这一场景的不断强化和深化。他有意让戏剧冲突从人与人之间的冲突转变成人与环境之间的冲突,他剧中的人物都带有或多或少的无奈和哀愁,或多或少的荒诞感和幻灭感,他们性格的内向化和"独白性",他们相互之间的疏离感和非对话性,都是他们存在主义处境的真实流露或者写照。契诃夫说过:"舞台上的一切应该像生活中一样的复杂,一样的简单。人们吃饭,就是吃饭,但与此同时,或是他们的幸福在形成,或是他们的生活在断裂。"其次,契诃夫善于用生活化的现实场景屏蔽激烈的戏剧冲突,用极其抒情的氛围反衬生活的苍白。他的戏剧是抒情心理剧,而非现实情景剧,是情绪剧,而非情节剧。用俄国文学史家米尔斯基的话来说,就是"非戏剧化的戏剧"(undramatic drama)。契诃夫有意回避冲突、突转等"戏剧"因素,为了淡化高潮,他打破奇数幕的划分,多写四幕剧;他还将诗歌的抒情性和小说的散文性引入了戏剧,使戏剧成了一种"超体裁"。最后,契诃夫的戏剧像他的小说一样,具有深厚的现代民主意识。契诃夫的许多中短篇小说在我国都家喻户晓,人们在肯定它们叙述之简洁、形象之鲜活的同时,也往往喜欢强调契诃夫的"辛辣嘲讽"、"无情鞭笞"等。其实,契诃夫对其笔下的主人公是充满爱意的,即便对于那些"反派"人物,契诃夫也是不带恶意和敌视的。即便面对"变色龙"、"套中人"这样的典型,契诃夫的态度也并非居高临下和毫不留情。契诃夫小说的重要主题之一,借用普希金概括果戈理创作的话来说,就是揭示"庸俗人的庸俗",然而,契诃夫之所以写人的"庸俗",正是为了表达他对现实中人、人性和人格之不完善的痛心疾首,说到底,其目的仍在于治病救人。契诃夫试图在其创作中营造一个各色文学人物平等共处的民主王国,面对自己的戏剧人物,他采取的也同样是这种态度。契诃夫反对过度解读其作品,反对读者和批评家过度解读他本人:"如果请您喝咖啡,您就不必在咖啡中寻找啤酒。如果我传达给您的是教授的思想,您就不必在其中寻找契诃夫的思想。"他在生活和创作中坚持中立和客观,也就是民主和宽容。他说:"我要与众不同:不描写一个恶棍,也不描写一位天使,不指责任何人,也不袒护任何人。"他在1879年写给弟弟的一封信中写道:"你知道,应该在什么地方承认自己的渺小吗?在上帝面前,在智慧面前,在美面前,在大自然面前,但不是在人面前。在人群中应该意识到自己的渺小。"

契诃夫戏剧所具有的现代性,当然也为他的整个创作所具有。我在这里再引用几位名人与此相关的话,来归纳一下契诃夫创作的文学史意义。1)莫斯科大学教授、俄国著名的契诃夫研究专家拉克申曾说:"生活在19世纪的契诃夫,就其创作而言,却成了一个地道的20世纪作家。"2)俄国文学史家米尔斯基说:"如今,英国的契诃夫崇拜最为忠实、最为热烈,法国次之,在这两个国家,契诃夫崇拜已经成为高档知识分子之身份标志。"3)英国小说家伍尔夫十分崇拜契诃夫,她对契诃夫创作的主题有过这样的归纳:"灵魂得病了,灵魂被治愈了,灵魂没有被治愈,这就是他的短篇小说的着重点。"4)在文学写作技巧上实验最多、最精的纳博科夫这样叹服契诃夫:"他把一切传统小说的写法都打破了。"5)与契诃夫同时代的列夫·托尔斯泰称契诃夫为"散文中的普希金",并说道:"就技术层面而言,契诃夫高于我。"

契诃夫,一位在44岁去世的俄国文学伟人,无论作为一位短篇小说家还是作为一位剧作家,他都矗立在世界文学的巅峰,而且随着时间的推移,这位"经典作家"的创作所具有的现代性和现代感却似乎越来越强烈了。我们越来越感觉到了他的善意和敏锐,同时也感觉到了他的理性和无奈,于是,我们便越来越感觉到了他的可亲和可敬。

"文明的孩子"布罗茨基[*]

我们今天来谈一谈布罗茨基的生活和创作。提起布罗茨基,有两个最常被人提起的"身份",一是"俄裔美籍犹太诗人",一是1987年诺贝尔文学奖得主。前一个复杂、多元的定义,是他颠沛流离的一生之写照;后一个身份则是他在世界范围常被人提起的主要缘由之一。

1940年5月24日,约瑟夫·布罗茨基出生在苏联列宁格勒一个海军军官家庭。布罗茨基的幼年在第二次世界大战期间度过,可以想象那一定是非常艰难的。战争之后的第二年布罗茨基走进学校,在学校里,7岁的布罗茨基遇到这样一件事,他后来曾在一篇文章中将此事称为他的"第一个谎言",同时也是他"个人意识的真正历史"的"开端"。在学校的图书馆里,布罗茨基被要求填写一份借书申请表,这份表格的第五栏是"民族"。布罗茨基的父亲是犹太人,母亲是拉脱维亚人,布罗茨基当时虽然清楚地知道自己的民族,可他却对图书管理员说他不清楚怎样填,之后,布罗茨基再也没有回到图书馆去。这个"谎言"表明,布罗茨基很早就觉察到了自己的"另类"身份,觉察到了来自周围环境的压迫感。这不仅为他后来一系列的遭遇埋下伏笔,同时也使他最终养成了面对社会和生活的怀疑精神和叛逆

---

[*] 2013年10月24日在首都师范大学的演讲。

性格，最终选择了在孤独和沉思中诉诸诗歌、诉诸写作的生活方式。15岁时，布罗茨基终于决定退学。布罗茨基后来写道，他的退学与其说是一个有意识的选择，不如说是一次勇敢的反抗，因为一个男孩同命运抗争的唯一方式也许就是脱离轨道。他后来在自传体散文《小于一》中不无得意地写道："因此，在一个冬天的早晨，并无明显的原因，我在一节课的中间站起身来，走出学校的大门，完成了我闹剧般的退场，我当时清楚地知道，我再也不会回来了。在那一时刻支配着我的情感的，我记得，仅仅是由于自己老是长不大、老是受身边一切所控制而生出的厌恶感。另外，还有那种由于逃跑、由于洒满阳光的一眼望不到头的大街所勾起的朦胧却幸福的感觉。"从此，列宁格勒就成了布罗茨基的"我的大学"，就像喀山之于高尔基。在被布罗茨基称为"地球上最漂亮的城市"的彼得堡，布罗茨基在近乎疯狂地阅读各种文学名著之余，常独自漫步在涅瓦河边，徜徉在那座城市显在的建筑杰作和深厚的文化积淀之间。他后来深情地回忆道："我得说，从这些建筑立面和门廊——这些古典的、现代的、折中的、带有雕着神话动物和人物头像的圆柱的立面和门廊，从立面和门廊上支撑着阳台的装饰和女像，从立面和门廊入口处的壁龛中的石像躯体，我学到的关于世界历史的知识，比我后来从任何书本上得到的知识都要多。希腊，罗马，埃及——那儿什么都有，它们都在轰炸中遭到了炮弹的砍削。此外，从那条朦胧的、闪亮的、流向波罗的海的河，从那条偶尔有拖轮在其中的激流里逆水而行的河，我学到的关于无穷和斯多葛主义的知识，比我从数学家和季诺那儿学到的还要多。"彼得堡是布罗茨基生长的地方，他曾称彼得堡为"俄国诗歌的摇篮"，这座城市同样也是他诗歌创作的"摇篮"。

布罗茨基退学后从事过多种工作，在兵工厂做过铣工，在医院太平间当过尸体整容员，还当过司炉和实验室工人、搬运工和勘察队员。他在勘察队工作的时候几乎走遍苏联各地。据他自己说，在中苏边界地区勘察时他曾被水流冲到中国一侧，"在中国待了一会儿"。在浪迹天涯、遍尝人生的酸甜苦辣的同时，布罗茨基爱上了诗歌。尽管他的诗作很少有机会发表，只在地下以手抄本的形式流传，但他自觉地深入阅读俄国和外国诗歌大师的作品，据他自己说在两三年时间里"读完了"俄国所有大诗人的作品，为了从原文阅读他所喜爱的弗罗斯特、米沃什等人的作品，他又在极短的时间里学会了英语和波兰语。与一些诗歌爱好者的往来和相处，尤其是与俄国诗歌大师阿赫马托娃的接近，使他意识到，诗歌是投向他的生活的一束灿烂的阳光，诗歌成了他生命的全部意义所在。但是，诗歌同时也成了他后半生动荡生活的导火线。

1963年11月29日，《列宁格勒晚报》第281期上发表了一篇署名文章，题为《文学寄生虫》，对当时并不出名的列宁格勒青年诗人布罗茨基进行点名批评。次年2月的一天，走在大街上的布罗茨基突然被塞进一辆汽车，带到警察局。2月18日受审后，布罗茨基被关进疯人院。3月13日，布罗茨基再次受审。审判中，女法官与布罗茨基有过这样的对话："你为什么不工作？""我工作，我在写诗。""我在问你，你为什么不劳动？""我劳动了，我在写诗。""是谁教你写诗的？""我想……是上帝。"在这次审判前后，列宁格勒报刊上登载了大量对布罗茨基及其"行为"进行声讨的来信。对布罗茨基的第二次审判，实际上是一次公判大会。审判在一所大礼堂中进行，法庭上方悬挂着"不劳而获者布罗茨基审判大会"的横幅。法官不顾律师的有力辩护以及列宁格勒多位知识界知名人士的出庭作证，仍以"不劳而获罪"判处布罗茨基五年流放。此后，布罗茨基被流放到苏联北部边疆阿尔汉格尔斯克州科诺沙区诺林斯科耶村，那是一个只有十几户人家的小村庄。这就是当年轰动一时的"布罗茨基案件"。这一事件发

"文明的孩子"布罗茨基

生时的20世纪60年代中期,是东、西方激烈"冷战"的时期。因此,西方媒体对"布罗茨基案件"进行大肆渲染,使得布罗茨基一时名扬天下。布罗茨基被判刑的主要原因是因为他常在地下刊物上发表诗作,并与外国人多有接触,在国外发表作品。尽管布罗茨基在法庭上表现得很自信,很坦然;尽管人们可以猜测,正是这次事件宣传了布罗茨基和他的诗,并为他以后的获奖奠定了基础,但这一事件对于年仅二十余岁的他来说无疑还是一个打击,一场灾难。布罗茨基被流放后,彼得堡的许多文化名流,如肖斯塔科维奇、马尔夏克、帕乌斯托夫斯基、楚科夫斯基等人,都曾出面为营救他而奔走,而其中最积极的营救者就是布罗茨基的诗歌导师阿赫马托娃,她甚至挺身而出为要求释放布罗茨基的呼吁书征集签名。在阿赫马托娃等人的努力下,布罗茨基只服了一年半刑就回到了列宁格勒。但是,归来后的布罗茨基似乎仍难容于当局,五年之后的1972年,布罗茨基被告知,他已成为苏联社会不需要的人,一架飞机将他带到维也纳,他被迫开始了流亡西方的生活。一次,阿赫马托娃在与人谈到布罗茨基的经历时感叹地说:"他们给我们这个红头发的小伙子制造了怎样的一份传记啊!这经历他似乎是从什么人那儿租借来的。"

到了西方以后,布罗茨基的生活安定下来。在维也纳,他得到著名英语诗人奥登的热情帮助,奥登把他介绍给了西方的诗歌界和出版界。不久,布罗茨基接受美国密歇根大学要他去该校任教的邀请,移居美国。之后,他又在美国的多所大学执教,并迅速融入美国的主流文化圈,尤其是在他于1987年获得诺贝尔文学奖之后,更成了一位世界级大诗人。1977年,布罗茨基加入美国籍,但他的流亡者的身份和心态似乎并没有立即随之结束。比如,人们在谈到他时,仍常常称他为"俄语诗人";比如,直到1987年,他还出席了在维也纳召开的一次流亡文学讨论会,并以《我们称之为"流亡"的状态,或曰浮起的橡实》为题做了长篇演讲。布罗茨基也像大多数俄国侨民作家那样，在改变了生活环境甚至国籍之后，却难以改变那由俄罗斯文化孕育出来的意识乃至文风。据说，布罗茨基在1993年被"平反"并被恢复苏联国籍时，有人就此事向他提问，他回答道："苏联已不存在，所以我已无国籍可恢复了；我是一个犹太人，而犹太人是没有祖国的。"

1996年1月29日，布罗茨基因心脏病发作在美国纽约病逝。后来，他的灵柩被安葬在意大利，那里是他夫人的故乡，更是眷念古代文明的他为自己选定的一处归宿。在自传体散文《小于一》中，布罗茨基曾写道："一个人也许是小于'一'的。"他也许是在暗示，一个人永远也无法完整地展示出自我，或者，一个人永远也无法完整地体验自己的内心世界。换一个角度，我们却以为，一个人，当他具有了空前丰富的经历和体验，并将这样的体验幻化为审美的对象和诗歌的结晶，他也有可能是大于"一"的。布罗茨基自"小于一"开始，逐渐丰满为一个显赫的诗歌象征，在20世纪世界诗歌的历史中留下了一个高大的身影。

布罗茨基生在彼得堡，并在那里开始诗歌创作，二十余年之后，他的诗歌走向世界，也把他带到斯德哥尔摩，带上诺贝尔奖的领奖台。从彼得堡到斯德哥尔摩，再到斯德哥尔摩之后，布罗茨基走过了一条曲折却又顺利的创作道路。布罗茨基的研究者们通常以布罗茨基1964年的被流放、1972年的流亡西方和1987年获得诺贝尔文学奖这三个重大事件为时间节点，把他的创作划分为四个阶段。

据说布罗茨基从15岁开始写诗，那些最早的诗是什么样的，我们不得而知，因为布罗茨基没有将它们拿出来。如今在布罗茨基各种选本中排列最前的诗作大都写于20世纪60年代初，也就是在他与莱茵等结为诗友并拜阿赫马托娃为师之后。布罗茨基这一时期的诗大都写得比较严谨、简洁，因为，他曾将莱茵的一句话奉为座右铭：写诗要尽量不用形容词。然而，他这一时期最成功的一首诗却洋洋洒洒地长达二百余行，这就是他那首著名的《献给约翰·邓恩的大哀歌》（1962）。

从1964年的流放到1972年的流亡，这期间的近十年是布罗茨基最认真、刻苦的创作时期，现在看来，也是他收获最丰、成就最高的时期。他在被流放后不久写的《献给奥古斯都的新章》一诗中写道："鸟儿全都飞回了南方，我多么孤独，又多么勇敢，甚至没有目送它们远行，我不需要南方。"从这首诗起，孤独作为主题就深深地扎根在布罗茨基的诗歌中，成为他整个创作的一个"母题"。流放归来之后，布罗茨基的创作热情高涨，诗艺日臻成熟。

流亡之后，布罗茨基诗歌中的孤独感越来越深重，渐渐地与时间和死亡的主题结合在一起。1984年，美国密歇根的阿尔迪斯出版社出版了世界范围内的第一部布罗茨基研究专著，专著的作者克列普斯在将布罗茨基的诗与普希金的诗做了一番比较之后写道："总的说来，普希金是俄国诗歌中心灵和肉体的健康、精神的健全、激情的充沛之最充分的体现。而在布罗茨基的诗中，舒适、慵困、友谊、欢快的宴席、轻松幸福的爱情、人间财富和身体健康带来的快感等享乐主义的主题，是绝对没有的。"布罗茨基在《1972年》一诗中这样写道："心脏像松鼠，在肋骨的枯枝间／跳跃。喉咙歌唱年龄。／这——已经是衰老。／／衰老！你好，我的衰老！／血液滞缓地流动。／双腿匀称的构造时而／折磨视力。脱下鞋子，／我提前用棉絮拯救／我感觉的第五区域。／每个扛锹走过的人，／如今都成为注意的对象。"衰老和死亡，都是时间对人的"赠予"。"时间"一词以大写字母开头不断出现在布罗茨基这一时期的诗歌中，被当作主宰一切的主人、敌人和刽子手。时间摧毁一切，如布罗茨基形容，"废墟是时间的节日"，"灰烬是时间的肉体"。在这里，布罗茨基把他的孤独主题、死亡主题与时间主题对接，并由此扩展开去，在人、物、时、空的复杂关系中继续他对生命的探究。1975年写作的《科德角摇篮曲》（1975）是诗人这类思考的集中体现，诗中认为"空间是物"，时间是"关于物的思想"，"时间大于空间"，它的形式是生命。空间，作为永恒的、不朽的时间的对应体，是物质的。但它和时间一样，都是人的依赖。人在本质上属于时间，在形式上属于空间，人是"空间的肉体"。生命的人与静止的物相对立，但时间却能将两者调和。作为时间之一种手段的死亡，把人变成物，同时在人身上实现着时间与空间的分裂。人被时间杀害，却又通过时间脱离了空间。这样，布罗茨基诗中的生命便具有了某种形而上学的意味。

1987年，布罗茨基获得诺贝尔文学奖，成为该奖历史上最年轻的获奖者之一。从此，布罗茨基成了一个国际文化名人，他不停地应邀在世界各地演讲，讲学，出席各种会议，接受媒体的采访，忙于各种应酬，诗歌的创作热情似乎有所下降。与此同时，他这一时期的散文创作，尤其是前后出版的两部散文集《小于一》和《悲伤与理智》，均获得广泛好评。他的散文作品大致包含着这样几个内容：一是自传性、回忆性的文字，如《小于一》、《在一间半房间里》等；二是为一些作家的作品集所写的序言或评论，如《文明的孩子》、《哀泣的缪斯》和《诗人与散文》等；三是学术会议和课堂上的演说和讲稿，如《我们称之为"流亡"的状态，或曰浮起的橡实》、《析奥登的〈1939年9月1日〉》和《悲伤与理智》等。在这些文章中，布罗茨基用诗一样优美、精致的文字，用学者般严谨、扎实的精神，宣传了他的诗歌思想和人生态度。此外，在这一时期，布罗茨基除了散文和抒情诗外还写作了一些长诗和剧作，如《20世纪的历史》、《民主！》等。从主题上看，除了传统的题材外，所谓的"帝国"主题在布罗茨基的创作中所占的比例越来越大，他对历史和现实中的专制帝国及其合理性提出种种怀疑，并试图在文学中建立起他理想的诗歌"帝国"。

在近四十年的写作生涯中，布罗茨基总共写下近千首抒情诗、百余万字的各类散文和许多其他体裁的作品，先后出版几十种各类作品集，其中较常为人所称道的有：《长短诗集》（1965）、《荒野中的停留》（1970）、《美好时代的终结》（1977）、《语言的部分》（1977）、《罗马哀歌》（1982）、《献给奥古斯都的新章》（1983）、《小于一》（1986）、《悲伤与理智》（1995）。从彼得堡到斯德哥尔摩，再从斯德哥尔摩到世界，布罗茨基一路上始终没有停止歌唱；从与死者的对话到对文明的眷恋，从孤独的体验到"死亡的练习"，从时间与空间在诗中的融合到帝国与文化的对立，布罗茨基在不停地吟着他"悲伤与理智"的诗。

布罗茨基的世界观和美学观在某种意义上都可以被称作一种矛盾体，一种对立的统一。他在接受诺贝尔奖的时候曾经自称，他在演说中发表的一系列意见"也许是不严密的，自相矛盾的"。瑞典皇家学院常务秘书艾伦在向布罗茨基颁奖时也说，布罗茨基醉心于发现关联，并用精辟的语言解释它们，而"这些关联常常是自相矛盾的"。在对布罗茨基的诗歌思想和美学观点进行整体性的考察时，我们的确看到了一系列的"矛盾"。

首先，是诗歌和政治的对峙。布罗茨基与政治也许是一个敏感的话题，因为，作为一位流亡诗人，布罗茨基自然会不时关注诗歌与政治的关系，这一关注甚至成了他诗歌观念中最主要的内容。因为布罗茨基遭禁、被囚、被逐、流亡直至获奖的经历，使得众多的批评家和读者很容易将他和他的创作贴上某种意识形态标签。其实，布罗茨基非常反感对他的这种有意或无意的"利用"。布罗茨基到西方后，并没有像大多数流亡作家那样立即对那里的一切大唱赞歌。相反，他像索尔仁尼琴等一样，将西方社会中普遍存在的对文化的冷漠与专制社会中对个性的压抑相提并论,同视为人类文化的大敌,并给予同样的抨击。布罗茨基所谓政治,在大多数场合并非特指一种社会制度或某一个政府组织,而更多的是指一种凌驾于个性之上的东西,或是柏拉图所言的"专制"。布罗茨基试图通过对诗歌与政治之关系的探讨来肯定诗歌的地位和使命。他强调诗歌与政治的不同以及诗歌相对于政治的独立,他曾调侃道,诗歌(poetry)与政治(politics)的相同之处仅在于 p 和 o 这两个字母,再无他者。他意识到了诗歌与政治的难以相容。在《第二自我》一文中他写道:每一种社会形态,无论是民主制度、专制制度,还是神权制度、意识形态制度或官僚制度,都怀有一种欲缩小诗歌权威的本能愿望,因为诗歌除了能与国家构成竞争以外,还会对自己的个性、对国家的成就和道德安全、对国家的意义提出疑问,因此,在人类的童年过后,诗歌和诗人便常常是失宠的。他竭力主张诗歌与政治的平等,并宣称诗歌较之于政治的优越:诗歌应该干涉政治,直到政治停止干涉诗歌;政治提倡集体和服从,诗歌则注重个性和自由;政治讲究稳定和重复,诗歌则倡导革新和创造;拒绝复制、拒绝重复的诗歌永远是新鲜的明天,而政治则是陈旧的昨日。无论对于单个的人还是对于整个社会,诗歌都是唯一的道德保险装置,唯一的自我捍卫方式。正是在这个意义上,布罗茨基引出了陀思妥耶夫斯基和阿诺德的两句名言:"美能拯救世界","用诗歌代替信仰"。就诗歌与政治的关系展开讨论,这本身就已经表明诗歌与政治有着某种瓜葛,诗歌因而也许是难以绝对独立的;为诗歌谋求崇高地位和使命的布罗茨基,却似乎恰恰是在使诗歌"政治化"。在他的意识和观念中,诗歌不是纯技巧的游戏,更不是什么可有可无的东西,而是关系到人生、关系到文明的一种存在方式。

其次,是诗歌和散文的并重。布罗茨基是一位诗人,同时也是一位杰出的散文家,在对待诗歌和散文的态度上,他也表现出某种矛

"文明的孩子"布罗茨基

盾性。像其他诗人一样，布罗茨基在诗歌与散文的等级划分上是抬举前者的，他断言诗歌是语言存在的最高形式：在《诗人与散文》一文中，他精心地论述了诗歌较之于散文的优越：诗歌有着更为悠久的历史；诗人因其较少功利的创作态度而可能更接近于文学的本质；诗人能写散文，而散文作家却很少能写诗，诗人较少向散文作家学习，而散文作家却必须向诗人学习。在其他场合，布罗茨基还说过，诗歌是对语言的"俗套"和人类生活的"同义反复"的否定，因而比散文更有助于文化的积累和延续，更有助于个性的塑造和发展。同样，像其他诗人一样，布罗茨基也不能不写散文。然而，与大多数诗人不一样的是，布罗茨基的散文却写得非常出色。移居美国之后，尤其是从20世纪70年代末80年代初起，布罗茨基的各种散文作品不断出现在报刊上。也许，到了一个新的文化环境，他想更直接地表达自己的声音，也想让更多的人听到自己的声音；再者，以不是母语的另一种文字进行文学创作，写散文也许比写诗更容易一些。布罗茨基的散文有些是他先用俄语写成，然后与朋友一起翻译成英文的，有些则是他直接用英文写作的。令人惊奇的是，布罗茨基这些以英文出现的散文却在西方获得了巨大成功，甚至被视为"英文范本"，《小于一》曾获全美图书评论奖，《悲伤与理智》甚至名列畅销书排行榜。布罗茨基推崇诗歌，但在他的创作中，散文却似乎赢得了与诗歌平起平坐的地位。布罗茨基是以诗歌获得诺贝尔奖的，是以诗人的身份享誉全球的，可人们却似乎在怀着更大的热情阅读他的散文。是诗人获得了一次无心插柳式的成功，还是命运和布罗茨基开了一个不大不小的玩笑？我们更愿意将布罗茨基关于茨维塔耶娃由诗歌向散文的"转向"所说的那句话反过来再用在他本人的身上：散文不过是他的诗歌以另一种方式的继续。

再次，是诗人与语言的关系。布罗茨基是一个关注诗歌历史、关注诗歌同行之创作的诗人，对阿赫马托娃、茨维塔耶娃、曼德施塔姆、弗罗斯特、奥登等人，他都写过专门的评析文章，如《哀泣的缪斯》《诗人与散文》《文明的孩子》《悲伤与理智》《析奥登的〈1939年9月1日〉》等。在这些文章中，我们又感觉到布罗茨基的一个矛盾：一方面，布罗茨基非常注重诗人对语言的处理，称每一位诗人都是语言的历史学家，他赞同华兹华斯关于"诗为最佳词语的最佳排列"的定义，认为诗人的使命就是用语言诉诸记忆，进而战胜时间和死亡，为人类文明的积淀做出贡献；另一方面，他却又继承了诗歌创作的灵感说，夸大诗人在写作过程中的被动性，他在不同的地方一次次地提醒我们：诗人是语言的工具。他写道："只有诗人才永远清楚，平常语言中被称之为缪斯的东西，实质上就是语言的操纵，他清楚，语言不是他的工具，而他反倒是语言延续其存在的手段。""作家在很大程度上是语言的工具。"在布罗茨基看来，诗人写诗，是因为语言对他做出了某种暗示，真正的诗人，就是始终处在对语言的依赖状态中的人。布罗茨基将诗歌置于至上的高峰，却将其创造者诗人赶下了山冈，让他们无可奈何地蜷缩在语言之树的阴影之下。这大约正源自他对语言的忠诚和迷信。

最后，是布罗茨基本人作品的纷繁和多元。有人认为，布罗茨基最突出的创作特征就是他语言上的"巴洛克风格"。在1975—1976年间，布罗茨基以《语言的部分》为题写了一组诗，后来他又将这一题目用作他一部诗集的书名。在布罗茨基喜欢的这个词组里，我们能感觉出两重意思：一方面，他在规定其诗的性质，将它视为语言的一个有机的组成部分；另一方面，他也在暗示其诗的功能，希望它具有语言一样的包容性。布罗茨基的语言的确具有很大的包容性，它是保守的，又是民主的；是热忱的，又是冷漠的；是古典的，又是现代的。他的语言句式严谨，甚至显得有些雕琢，而与此同时，他的语言

"文明的孩子"布罗茨基

又是开放的,什么样的词汇都敢采用,从古老的《圣经》语言到最现代化的科学词汇,从传统的诗语雅词到当代的大众口语,从学究才用的冷僻字眼到街头的脏话。他甚至毫无忌讳地在创作中引入"他人的声音","用他人的乐器演奏"自己的曲子,体现出一种颇具后现代色彩的语言民主化特征。在传统和现代的交接处,布罗茨基找到了自己的立足点,他是传统派中的先锋派,又是现代派中的传统派。此外,无论是在诗歌还是散文中,布罗茨基始终具有一种怀疑精神和冷漠态度,读者随时随地都可以感受到他的嘲讽、调侃甚至刻薄,可是在这一切的背后,却又时时能体味到某种温情。关于这一点,布罗茨基生前的一位好友、美国耶鲁大学的温茨洛瓦教授有过这样一段精彩的话:"他还具有俄语诗歌那种独特的伦理态度——缺少感伤之情,对周围的一切持有清醒的认识,对那些轰动性的题材持有外露的冷漠,但与此同时,却又充满对人的同情,带有对虚伪、谎言和残忍的憎恶。"

诗歌与政治,诗歌与散文,诗歌与语言,传统与先锋,保守与民主,冷漠与热忱,悲伤与理智……这些相互对立的因素纷乱地共存在布罗茨基的创作之中。然而,布罗茨基的这些矛盾绝不是浅薄而是深刻,绝不是问题而是答案。它们是深刻思考的结果,更是进一步深化思考的途径。也许,布罗茨基清楚地意识到了这些矛盾却允许它们继续存在;也许,布罗茨基的这些矛盾就是古老诗歌与现代社会之矛盾的显现,就是诗人之当代处境的象征。

布罗茨基与俄国诗歌传统的关系,也是一个值得一谈的话题。布罗茨基对诗歌传统是充满敬重的,对俄语诗歌传统,尤其是俄国白银时代诗歌传统的继承和发展,是他成功的主要原因之一。站在诺贝尔奖颁奖典礼的讲坛上,布罗茨基曾感到"不安和窘迫",因为他在那一时刻回忆起了几位他认为比他更有资格站在那里的诗人:曼德施塔姆、茨维塔耶娃、弗罗斯特、阿赫马托娃和奥登。他所列出的这几个人，恰恰是对他影响最大的诗人，尤其是其中的三位俄国诗人。

曼德施塔姆在其文集《词与文化》中曾写道：维系一个民族之团结、一种文化之延续的东西，归根结底就是"词"，就是"语言的魔力，词的权力"；而面对文化，词"就是肉体和面包"，文化是对词的消费过程，也是词本身的积累过程。而在这两者中间起着串联作用的就是诗歌，因此，诗歌是记忆的载体，是战胜时间和死亡的唯一工具。在20世纪后半期的诗人中，布罗茨基较早对曼德施塔姆予以关注，并大胆地断言他是"本世纪最伟大的俄国诗人"，这是因为，他比别人更深刻地理解曼德施塔姆，他无疑拿到勃留索夫所言的"开启诗歌秘密的钥匙"，打开了曼德施塔姆那片尘封的诗歌世界。1977年，纽约的一家出版社出了一本英文版曼德施塔姆诗集，布罗茨基为这部诗集写了序言，这就是后来被收到文集《小于一》中的《文明的孩子》一文。布罗茨基自己也同样可以被称为"文明的孩子"，他之所以成了曼德施塔姆的"后代里的读者"，并不仅仅因为他与曼德施塔姆拥有共同的种族、故乡和语言，更因为他们有着共同的诗学，有着眷恋世界文化的共同情感。诗歌在布罗茨基的心目中是神圣而又崇高的，他认为，人的生命受时间的局限是注定要终结的，但人的创造力却可能是不朽的。在人的所有创造中，语言最具永恒意义，它是过去和未来的连接；而诗是语言的艺术，是语言最有序、最合理的组合，即最高的语言；诗的有韵、有序的构成最易于记忆，诗与人的记忆相遇，于是便实现着人类文化的延续和积淀。语言→诗歌→记忆→时间→文化→文明，这就是布罗茨基的诗学公式，诗人以诗对文明做出自己的贡献，同时赢得自己的不朽。布罗茨基说过："当撰写者早就化作一把尘土之后很久，那些书籍还常常布满灰尘地待在书架上。……正是对这种死后未来世界的追求，才驱使一个人拿起笔来写些什么。"布罗茨基开启了曼德施塔姆遗赠的诗歌漂流瓶，将诗与文化、与人类

"文明的孩子"布罗茨基

文明相联系，确立诗歌的文化历史意义，肯定诗人在文明进程中的作用和使命。他对诗歌的忠诚和崇拜是令人感动的，同时，他的这一态度也是我们理解他的诗歌观念和诗歌创作的一把钥匙。

晚年的阿赫马托娃身边聚集着众多的崇拜者和求教者，她在彼得堡郊外科马罗沃那间被她称为"棚子"的小别墅，成了青年诗人们心目中的圣地。在这些诗歌爱好者中，她最器重的有五位，即奈曼、博贝舍夫、莱茵、戈尔巴涅夫斯卡娅和布罗茨基，阿赫马托娃亲切地称他们为"孩子们"。"孩子们"经常围坐在她的周围，聆听她关于诗歌的教诲；而阿赫马托娃也希望通过他们来传递自己的诗歌思想和诗歌艺术。在这几个孩子中，阿赫马托娃似乎又最看重布罗茨基。1965年，阿赫马托娃在伦敦与友人交谈时，就曾认为布罗茨基是俄国青年诗人中出色的一位，是一位"虽不受赏识，却极有分量的诗人"。据布罗茨基的好友莱茵回忆，布罗茨基与阿赫马托娃是在1961年8月7日第一次见面的，此后，布罗茨基不断地去拜访阿赫马托娃。后来，布罗茨基以《幸福之冬的歌》为题写了一首诗，将他与阿赫马托娃密切往来的1962—1963年之交的时光称为他诗歌生涯中的"幸福之冬"。对阿赫马托娃，布罗茨基一直怀有深深的敬意。阿赫马托娃最终未能看到她的学生走上国际诗坛，但她的教诲却给了布罗茨基以巨大的影响。布罗茨基始终视阿赫马托娃为他的"诗歌导师"，那么，他从阿赫马托娃那里继承的主要是什么东西呢？在一篇关于阿赫马托娃的文章里，布罗茨基曾将她称为"哀泣的缪斯"，认为强烈的悲剧感和"崇高与节制"的主观态度是阿赫马托娃诗歌创作的主要特征。布罗茨基作为一个男性诗人，不好被称之为"缪斯"；他的诗大多显得冷静、睿智，似乎也算不上"哀泣"。将他俩的诗做一个对比，可以发现它们无论是在词汇和句式还是在语气和意境上，都有很大的不同，因此有人认为，布罗茨基作为阿赫马托娃的学生在诗的风格上几乎没有受到阿赫马托娃多少影响。但是，若将阿赫马托娃的诗歌和布罗茨基的诗歌作一个整体的对照，我们恰恰可以感觉到一种总体风格上的吻合，那就是诗的字里行间所浸透的浓重的悲剧意味。布罗茨基基本的诗歌主题，就是时间和死亡。布罗茨基的诗是苦难的结晶，面对孤独和死亡的恐惧，布罗茨基在诗中找到了避难所，并通过对恐惧的体味、把握和超越达到了美学上的崇高。但是，他抵达崇高的途径、他的情感节制方式却与阿赫马托娃有所不同。阿赫马托娃的节制，在诗体上的表现是简洁和严谨，在主观形态上的表现是忏悔和宽宏；而布罗茨基的表现则分别是绵密和雕琢，怀疑和冷静。

如今，人们已经清楚地意识到，布罗茨基的成功在很大程度上就仰仗他对19、20世纪之交白银时代俄国文学传统，尤其是阿克梅派诗歌传统的继承和发扬。因此，布罗茨基又被称为"最后一个阿克梅派诗人"。从布罗茨基对曼德施塔姆、阿赫马托娃之间明显的继承关系来看，布罗茨基确实可以被视为阿克梅派"迟到的"一员；他对文化、对诗歌怀有的近乎偶像崇拜式的虔诚感情，表明他确实是俄国诗歌中"彼得堡传统"的传人。他受白银时代俄国诗歌传统的影响而形成的诗歌态度和诗歌风格既不同于他同时代的俄苏诗歌，也不同于西方的诗歌。在20世纪的国际诗坛上，布罗茨基就像一个虽显得与现时不大合拍、却因拥有蓝色诗歌血统而保持着高傲的"最后的俄国贵族"。

如果说，布罗茨基从曼德施塔姆那里继承了面对诗歌的神圣感，从阿赫马托娃那里继承了面对诗歌的高贵感，那么，他从茨维塔耶娃那里学到的也许就是自由奔放的诗人个性。在世纪之初的俄国诗人中，茨维塔耶娃也许是个性最为突出的一位。她感情奔放，敢作敢为，从不委屈自己，无论何时何地她都显得有些"不合时宜"。在这一点上，布罗茨基与她有相似之处。作为一个诗人，布罗茨基一直是不大"合群"的,他有诗友,有阿赫马托娃这样的诗歌导师,但他仍是孤独的,这种孤独像是一种与生俱来的天性。同时,一连串不幸遭遇所形成的外力压迫,与茨维塔耶娃一样的流亡经历,使这一性格又有了更夸张的体现。布罗茨基之所以在世纪中叶回首求教于世纪之初的诗歌遗产,就因为他在现实的文学中感觉到自己是个局外人;他之所以成为地下文学运动的代表,就因为他难以用正常的方式吐露他与众不同的声音。他的磨难和他的诗歌,都是他的这一个性的合理结果。在布罗茨基和茨维塔耶娃的自由、孤傲的个性中积淀着这样两个基本的性格因素:真诚和焦虑。好的诗人多是真诚的人,在生活中的表现往往像个大孩子。布罗茨基和茨维塔耶娃的为人和作诗都体现着真诚。他们仿佛不想隐瞒什么,不想改换什么,只求把原本的个性真实地展示出来。同时,身处不同时代的他们两人又都具有相似的焦虑。或是由于内心激情的涌动和生存状态的刺激,或是关于个人的和文化的命运的担忧,他们的诗始终贯穿着一种不安的情绪主线。对这种焦虑感的真诚表露,构成了他们诗歌个性的主要风格特征之一。个性是诗的基础,诗歌创作是一种以个性为前提的劳动。一位诗人或一首诗存在的理由,就是他和它与同类相比而具有的独特性。诗因此而拒绝重复,拒绝抄袭别人的体验。同时,诗也是个性的美学显现,在人类的一切劳动成果中,只有诗(艺术)能最充分地体现其制作者的个性。最后,诗又是培养个性的最佳手段。布罗茨基曾说:"如果艺术能教授些什么(首先是教给艺术家),那便是人之存在的个性。作为一种最古老的——也最简单的——个人投机方式,它会自主或不自主地在人的身上激起态度独特性、单一性、独处性等感觉,使他由一个社会化的动物转变为一个个体。"在诗与个性之间,存在着复杂的相互作用关系。一方面,发达的个性产生诗,在诗歌中找到了归宿;另一方面,诗又强化、发展着个性,使个性升华为具有美学意义和文化价值的存在。在茨维塔耶娃和布罗茨基这里，我们看到了这两者相互作用的过程和结果。

　　布罗茨基是幸运的，因为他捡到了不止一个诗的漂流瓶。对曼德施塔姆、阿赫马托娃和茨维塔耶娃这三位俄国白银时代诗歌大师诗歌遗产的综合性继承，使他成了20世纪最杰出的诗人之一。需要指出的是，布罗茨基不仅是俄语诗歌的传人，他还在英语诗歌中找到了他感觉亲近的传统。17世纪英国玄学派诗歌的意象，弗罗斯特的诗体和奥登的批判精神，都对布罗茨基产生过非同一般的影响。诺贝尔文学奖的授奖人在给布罗茨基授奖时曾说：俄语和英语是布罗茨基观察世界的两种方法，掌握了这两种语言，他犹如坐上一座高峰，可以静观两侧的山坡，俯视人类和人类诗歌的发展。同时继承着两种平行的文学传统，并在创作中成功地将两者融为一体，这是布罗茨基对20世纪世界诗歌做出的最大贡献。基于对不同时代、不同语种和不同大师的诗歌遗产的融会贯通，布罗茨基成了20世纪最杰出的诗人之一；而他充满革新精神的创作，又成了20世纪诗歌遗产中一个重要的组成部分。如今，在他去世之后，我们感到，俄语诗歌的世界影响似乎在逐渐下降，俄国侨民文学也仿佛走到了尽头，只有在这个时候，我们才更清楚地意识到了布罗茨基在20世纪俄语文学历史中的价值和意义。

布罗茨基的"诗散文"*

约瑟夫·布罗茨基是以美国公民身份获取 1987 年诺贝尔文学奖的,但他在大多数场合却一直被称为"俄语诗人"(Russian poet);他在 1972 年自苏联流亡西方后始终坚持用俄语写诗,甚至被视为 20 世纪下半期的"第一俄语诗人",可是在美国乃至整个西方文学界,布罗茨基传播最广、更受推崇的却是他的英语散文。作为高傲的"彼得堡诗歌传统"的继承人,布罗茨基向来有些瞧不起散文,似乎是一位诗歌至上主义者,可散文却显然给他带来了更大声誉,至少在西方世界是这样的。世界范围内三位最重要的布罗茨基研究者列夫·洛谢夫、托马斯·温茨洛瓦和瓦连金娜·帕鲁希娜都曾谈到散文创作对于布罗茨基而言的重要意义。已故的美国达特默思学院教授洛谢夫指出:"布罗茨基在美国、一定程度上也是在整个西方的作家声望,因为他的散文创作而得到了巩固。"英国基尔大学教授帕鲁希娜说:"布罗茨基在俄国的声誉主要仰仗其诗歌成就,而在西方,他的散文却在塑造其诗人身份的过程中发挥着主要作用。"美国耶鲁大学教授温茨洛瓦则称,布罗茨基的英语散文"被公认为范文"。作为"英语范文"的布罗茨基散文如今已获得广泛的阅读,他的三部散文集,也就是《小于一》、《悲伤与理智》和《水印》,都已经成为散文经典,而布罗茨

---

* 2014 年 3 月 24 日在南开大学的演讲。

基生前出版的最后一部散文集《悲伤与理智》(1995),作为其散文创作的集大成者,更是赢得了世界范围的赞誉。通过对这部散文集的解读,我们或许可以获得一个关于布罗茨基散文的内容和形式、风格和特色的较为全面的认识,可以更加深入地理解布罗茨基创作中诗歌和散文这两大体裁间的关系,进而更加深入地理解布罗茨基的散文创作,乃至他的整个创作。

布罗茨基曾经应邀为一部茨维塔耶娃的散文集作序,在这篇题为《诗人与散文》的序言中,他谈及诗人茨维塔耶娃突然写起散文的原因,认为除了为生活所迫必须写作容易发表的散文以挣些稿费这一"原因"外,茨维塔耶娃的散文写作还有另外几个动因:一是日常生活中的"必需",一个识字的人可以一生不写一首诗,但一个诗人却不可能一生不写任何散文性的文字,如交往文字、日常生活中的应用文,等等;二是主观的"冲动","诗人会在一个晴朗的日子里突然想用散文写点什么";三是起决定性作用的"对象"和某些题材,如情节性很强的事件、三个人物以上的故事、对历史的反思和对往事的追忆,等等,就更宜于用散文来进行描写和叙述。所有这些,大约也都是布罗茨基本人将大量精力投入散文创作的动机。除此之外,流亡西方之后,在一个全新的文学和文化环境中,他想更直接地发出自己的声音,也想让更多的人听到他的声音;以不是母语的另一种文字进行创作,写散文或许要比写诗容易一些。布罗茨基在《悼斯蒂芬·斯彭德》一文中的一句话似乎道破了"天机":"无论如何,我的确感觉我与他们(布罗茨基在这里指的是英语诗人麦克尼斯、奥登和斯彭德)之间的同远大于异。我唯一无法跨越的鸿沟就是年龄。至于智慧方面的差异,我在最好的状态下也会说服自己,说自己正在逐渐接近他们的水准。还有一道鸿沟即语言,我一直在竭尽所能地试图跨越它,尽管这需要散文写作。"作为一位诺贝尔文学奖获得者和美国桂冠诗人,

布罗茨基的"诗散文"

他经常应邀赴世界各地演讲,作为美国多所大学的知名文学教授,他也得完成教学工作,这些"应景的"演说和"职业的"讲稿在他的散文创作中也占据了相当大的比例。但布罗茨基写作散文的最主要的原因,我们猜想还是他热衷语言试验的内在驱动力,他将英语当成一个巨大的语言实验室,终日沉湎其中,乐此不疲。

布罗茨基散文作品的数量与他的诗作大体相当,在俄文版七卷本《布罗茨基文集》中,前四卷为诗集,后三卷为散文集,共收入各类散文60余篇,由此不难看出,诗歌和散文在布罗茨基的创作中几乎各占半壁江山。布罗茨基生前公开发表的三部散文集,总字数约合中文百万字,据估计,他大约还有同样数量的散文不曾发表。据统计,在收入俄文版《布罗茨基文集》中的60篇各类散文中,用俄语写成的只有17篇,也就是说,布罗茨基的散文主要为"英文散文"。值得注意的是,布罗茨基的各类散文大都发表在《纽约图书评论》、《泰晤士报文学副刊》、《新共和》和《纽约客》等英美主流文化媒体上,甚至刊于《时尚》这样的流行杂志,这便使他的散文迅速赢得了广泛的受众。他的散文多次入选"全美年度最佳散文",如《一件收藏》曾入选"1993年全美最佳散文",《向马可·奥勒留致敬》曾入选"1995年全美最佳散文"。1986年,他的18篇散文以《小于一》为题结集出版,在出版当年即获"全美图书评论奖"。作为《小于一》姐妹篇的《悲伤与理智》出版后,也曾长时间位列畅销书排行榜。

散文集《悲伤与理智》最后一页上标明了《悼斯蒂芬·斯彭德》一文的完稿时间,即"1995年8月10日",而在这个日期之后不到半年,布罗茨基也离开了人世,《悲伤与理智》因此也就成了布罗茨基生前出版的最后一部散文集,是布罗茨基散文写作乃至其整个创作的"天鹅之歌"。

《悲伤与理智》共收入散文21篇,它们大致有这么几种类型,即回忆录和旅行记、演说和讲稿、公开信和悼文等。具体说来，其中的《战利品》和《一件收藏》是具有自传色彩的回忆录，《一个和其他地方一样好的地方》、《旅行之后，或曰献给脊椎》和《向马可·奥勒留致敬》近乎旅行随笔，《我们称之为"流亡"的状态，或曰浮起的橡实》、《表情独特的脸庞》、《受奖演说》、《第二自我》、《怎样阅读一本书》、《颂扬苦闷》、《克利俄剪影》、《体育场演讲》、《一个不温和的建议》和《猫的"喵呜"》均为布罗茨基在研讨会、受奖仪式、书展、毕业典礼等场合发表的演讲，《致总统书》和《致贺拉斯书》为书信体散文，《悲伤与理智》和《求爱无生命者》是在大学课堂上关于弗罗斯特和哈代诗歌的详细解读，《九十年之后》则是对里尔克《俄耳甫斯。欧律狄刻。赫尔墨斯》一诗的深度分析，最后一篇《悼斯蒂芬·斯彭德》是为诗友所做的悼文。文集中的文章大致以发表时间为序排列，其中最早的一篇发表于1986年，最后一篇写于1995年，时间跨度近十年，这也是布罗茨基写作生涯的最后十年。

这些散文形式多样，长短不一，但它们诉诸的却是一个共同的主题，也就是"诗和诗人"。布罗茨基在他的诺贝尔奖演说中称："我这一行当的人很少认为自己具有成体系的思维；在最坏的情况下，他才自认为有一个体系。"也就是说，作为一位诗人，他是排斥所谓的理论体系或成体系的理论的。但是，在通读《悲伤与理智》并略加归纳之后，我们仍能获得一个关于布罗茨基诗歌观和美学观乃至他的伦理观和世界观的整体印象。

首先，在艺术与现实的关系问题上，布罗茨基断言："在真理的天平上，想象力的分量就等于、并时而大于现实。"他认为，不是艺术在模仿现实，而是现实在模仿艺术，因为艺术自身便构成一种更真实、更理想、更完美的现实。"另一方面，艺术并不模仿生活，却能影响生活。""因为文学就是一部字典，就是一本解释各种人类命运、各种体验之含义的手册。"他在以美国桂冠诗人身份而做的一次演讲中声称："诗歌不是一种娱乐方式，就某种意义而言甚至不是一种艺术形式，而是我们的人类学和遗传学目的，是我们的语言学和进化论灯塔。"阅读诗歌，也就是接受文学的熏陶和感化作用，这能使人远离俗套走向创造，远离同一走向个性，远离恶走向善，因此，诗就是人类保存个性的最佳手段，"是社会所具有的唯一的道德保险形式；它是一种针对狗咬狗原则的解毒剂；它提供一种最好的论据，可以用来质疑恐吓民众的各种说辞，这仅仅是因为，人的丰富多样就是文学的全部内容，也是它的存在意义"，"与一个没读过狄更斯的人相比，一个读过狄更斯的人就更难因为任何一种思想学说而向自己的同类开枪"。正是在这个意义上，布罗茨基在该书中不止一次地引用过陀思妥耶夫斯基的著名命题，即"美能拯救世界"（Beauty will save the world），也不止一次地重申了他自己的一个著名命题，即"美学为伦理学之母"（Aesthetics is the mother of ethics）。布罗茨基在接受诺贝尔奖时所做的演说《表情独特的脸庞》是其美学立场的集中表述，演说中的这段话又集中地体现了他的关于艺术及其实质和功能的看法："就人类学的意义而言，我再重复一遍，人首先是一种美学的生物，其次才是伦理的生物。因此，艺术，其中包括文学，并非人类发展的副产品，而恰恰相反，人类才是艺术的副产品。如果说有什么东西使我们有别于动物王国的其他代表，那便是语言，也就是文学，其中包括诗歌，诗歌作为语言的最高形式，说句唐突一点的话，它就是我们整个人类的目标。"

其次，关于语言，首先是关于诗歌语言之本质、关于诗人与语言之关系的理解，构成了布罗茨基诗歌"理论"中的一个重要组成部分。一方面，他将诗歌视为语言的最高存在形式，由此而来，他便将诗人置于一个崇高的位置。他曾称曼德施塔姆为"文明的孩子"

（child of civilization），并多次复述曼德施塔姆关于诗歌就是"对世界文化的眷恋"（тоска по мировой культуре）的名言，因为语言就是文明的载体，是人类创造中唯一不朽的东西，图书馆比国家更强大，帝国不是依靠军队而是依靠语言来维系的，而诗歌作为语言之最紧密、最合理、最持久的组合形式，无疑是传递文明的最佳工具，诗人的使命就是用语言诉诸记忆，进而战胜时间和死亡、空间和遗忘，为人类文明的积淀和留存做出贡献。但另一方面，布罗茨基又继承诗歌史上传统的灵感说，夸大诗人在写作过程中的被动性，他在不同的地方一次次地提醒我们：诗人是语言的工具。"是语言在使用人类，而不是相反。语言自非人类真理和从属性的王国流入人类世界，最终发出这种无生命物质的声音，而诗歌只是其不时发出的潺潺水声之记录。""实际上，缪斯即嫁了人的'语言'"，"换句话说，缪斯就是语言的声音；一位诗人实际倾听的东西，那真的向他口授出下一行诗句的东西，就是语言。"布罗茨基的诺贝尔奖演说是以这样一段话作为结束的："写诗的人写诗，首先是因为，诗的写作是意识、思维和对世界的感受的巨大加速器。一个人若有一次体验到这种加速，他就不再会拒绝重复这种体验，他就会落入对这一过程的依赖，就像落进对麻醉剂或烈酒的依赖一样。一个处于对语言的这种依赖状态的人，我认为，就称之为诗人。"

最后，从布罗茨基在《悲伤与理智》一书对于具体的诗人和诗作的解读和评价中，也不难感觉出他对某一类型的诗人及其诗作的心仪和推崇。站在诺贝尔奖颁奖典礼的讲坛上，布罗茨基心怀感激地提到了他认为比他更有资格站在那里的五位诗人，即曼德施塔姆、茨维塔耶娃、弗罗斯特、阿赫马托娃和奥登。在文集《小于一》中，成为他专文论述对象的诗人依次是阿赫马托娃（《哀泣的缪斯》）、卡瓦菲斯（《钟摆之歌》）、蒙塔莱（《在但丁的阴影下》）、曼德施塔姆（《文

布罗茨基的"诗散文"

明的孩子》)、沃尔科特(《潮汐的声音》)、茨维塔耶娃(《诗人与散文》以及《一首诗的脚注》)和奥登(《析奥登的〈1939年9月1日〉》以及《取悦阴影》)七人。在《悲伤与理智》一书中,他用心追忆、着力论述的诗人共有五位,即弗罗斯特、哈代、里尔克、贺拉斯和斯彭德。这样一份诗人名单,大约就是布罗茨基心目中的大诗人名单了,甚至就是他心目中的世界诗歌史。在《悲伤与理智》一书中,布罗茨基对弗罗斯特、哈代和里尔克展开长篇大论,关于这三位诗人某一首诗(弗罗斯特的《家葬》和里尔克的《俄耳甫斯。欧律狄刻。赫尔墨斯》)或某几首诗作(哈代的《黑暗中的画眉》、《两者相会》、《你最后一次乘车》和《身后》四首诗)的解读竟然长达数十页,洋洋数万言,这三篇文章加起来便占据了全书三分之一的篇幅。布罗茨基在文中不止一次提醒听众(他当时的学生和听众以及如今作为读者的我们),他在对这些诗作进行"逐行"解读:"我们将逐行分析这些诗,目的不仅是激起你们对这位诗人的兴趣,同时也为了让你们看清在写作中出现的一个选择过程,这一过程堪比《物种起源》里描述的那个相似过程,如果你们不介意的话,我还要说它比后者还要出色,即便仅仅因为后者的最终结果就是我们,而非哈代先生的诗作。"他在课堂上讲解弗罗斯特的诗时,建议学生们"特别留意诗中的每一个字母和每一个停顿"。他称赞里尔克德语诗的英译者利什曼,因为后者的译诗"赋予此诗一种令英语读者感到亲近的格律形式,使他们能更加自信地逐行欣赏原作者的成就"。其实,布罗茨基并不止于"逐行"分析,他在很多情况下都在"逐字地",甚至"逐字母地"解剖原作。他这样不厌其烦,精雕细琢,当然是为了教会人们懂诗,懂得诗歌的奥妙,当然是为了像达尔文试图探清人类的进化过程那样来探清一首诗或一位诗人的"进化过程",但与此同时他似乎也在告诉他的读者,他心目中的最佳诗人和最佳诗歌究竟是什么样的。布罗茨基称哈代为

"理性的非理性主义者",他认为"正是这种理智较之于情感的优势使哈代成了英语诗歌中的先知","他的耳朵很少好过他的眼睛,但他的耳朵和眼睛又都次于他的思想,他的思想强迫他的耳朵和眼睛服从于他的思想","他并非和谐之天才,他的诗句很少能歌唱。他诗歌中的音乐是思想的音乐,这种音乐独一无二。……其诗歌的形式因素很少能派生出这种驱动力,它们的主要任务即引导思想,不为思想的发展设置障碍"。在关于弗罗斯特《家葬》一诗的分析中,布罗茨基给出了全文乃至全书具有点题性质的一段话:"那么,他在他这首非常个性化的诗中想要探求的究竟是什么呢?我想,他所探求的就是悲伤与理智,当这两者互为毒药的时候,它们便会成为语言最有效的燃料,或者如果你们同意的话,它们便会成为永不褪色的诗歌墨水。弗罗斯特处处信赖它们,几乎能使你们产生这样的感觉,他将笔插进这个墨水瓶,就是希望降低瓶中的内容水平线;你们也能发现他这样做的实际好处。然而,笔插得越深,存在的黑色要素就会升得越高,人的大脑就像人的手指一样,也会被这种液体染黑。悲伤越多,理智也就越多。人们可能会支持《家葬》中的某一方,但叙述者的出现却排除了这种可能性,因为,当诗中的男女主人公分别代表理智与悲伤时,叙述者则代表着他们两者的结合。换句话说,当男女主人公的真正联盟瓦解时,故事就将悲伤嫁给了理智,因为叙述线索在这里取代了个性的发展,至少,对于读者来说是这样的。也许,对于作者来说也一样。换句话说,这首诗是在扮演命运的角色。"

在布罗茨基看来,理想的诗人就应该是"理性的非理性主义者"(rational irrationalist),理想的诗歌写作就应该是"理性和直觉之融合"(the fusion of the rational and the intuitive),而理想的诗就是"思想的音乐"(mental music)。《悲伤与理智》中的每篇散文都是从不同的侧面、以不同的方式对诗和诗人的观照,它们彼此呼应、相互抱合，构成了一曲"关于诗歌的思考"这一主题的复杂变奏曲。在阅读《悲伤与理智》时我们往往会生出这样一个感觉，即布罗茨基一谈起诗歌来便口若悬河，游刃有余，妙语连珠，可每当涉及历史、哲学等他不那么"专业"的话题时，他似乎就显得有些故作高深，甚至语焉不详。这反过来也说明，布罗茨基最擅长的话题，说到底还是诗和诗人。

更为重要的是，《悲伤与理智》中的散文不仅是关于诗的散文，它们也是用诗的方式写成的散文。布罗茨基在评说茨维塔耶娃的散文时指出："在她所有的散文中，在她的日记、文学论文和具有小说味的回忆录中，我们都能遇到这样的情形：诗歌思维的方法被移入散文文体，诗歌发展成了散文。茨维塔耶娃的句式构造遵循的不是谓语接主语的原则，而是借助了诗歌独有的技巧，如声响联想、根韵、语义移行，等等。也就是说，读者自始至终所接触的不是线性的（分析的）发展，而是思想之结晶式的（综合的）生长。"布罗茨基这里提到的诗性的散文写作手法，这里所言的"诗歌思维的方法被移入散文文体，诗歌发展成了散文"的现象，我们反过来在散文集《悲伤与理智》中也随处可见。

首先，《悲伤与理智》中的散文都具有显见的情感色彩，具有强烈的抒情性。据说，布罗茨基性情孤傲，为人刻薄，他的诗歌就整体而言也是清冽冷峻的，就像前文提及的那样，较之于诗人的"悲伤"情感，他向来更推崇诗文中的"理智"元素。无论写诗还是作文，布罗茨基往往都板起一副面孔，不动声色，但将他的诗歌和散文作比，我们却不无惊讶地发现，布罗茨基在散文中似乎比在诗歌中表现出了更多的温情和抒情。与文集《小于一》的结构一模一样，布罗茨基也在《悲伤与理智》的首尾两处分别放置了两篇抒情色彩最为浓厚的散文。在《小于一》一书中，首篇《小于一》和尾篇《在一间半房间里》都是作者关于自己的童年、家庭和父母的深情回忆；在《悲伤与理智》一书中，第一篇《战利品》是作者关于其青少年时期自我意识形成过程的细腻回忆，而最后一篇则是对于其诗人好友斯蒂芬·斯彭德的深情悼念。作者特意将这两篇抒情性最为浓重的散文置于全书的首尾，仿佛给整部文集镶嵌上了一个抒情框架。在《悼斯蒂芬·斯彭德》一文中，他深情地将斯彭德以及奥登和麦克尼斯称为"我的精神家庭"，他这样叙述他与斯彭德的最后告别："我吻了吻他的额头，说道：'谢谢你所做的一切。请向温斯坦和我的父母问好。永别了。'我记得他的双腿，在医院里，从病号服里伸出老长，腿上青筋纵横，与我父亲的腿一模一样，我父亲比斯蒂芬大六岁。"这不禁让我们想起《在一间半房子里》的一段描写："在我海德雷住处的后院里有两只乌鸦。这两只乌鸦很大，近乎渡鸦，我每次开车离家或回来的时候，首先看到的就是它们。它俩不是同时出现的：第一只出现在两年之前，在我母亲去世的时候；第二只是去年出现的，当时我的父亲刚刚去世。"身在异国他乡的布罗茨基，觉得这两只乌鸦就是父母灵魂的化身。布罗茨基在大学课堂上给学生们讲解哈代的诗歌，他一本正经，不紧不慢，可在谈到哈代《身后》一诗中"冬天的星星"的意象时，他却突然说道："在这一切的背后自然隐藏着那个古老的比喻，即逝者的灵魂居住在星星上。而且，这一修辞方式具有闪闪发光的视觉效果。显而易见，当你们仰望冬日的天空，你们也就看到了托马斯·哈代。"我猜想，布罗茨基这里的最后一句话甚或是出乎他自己意料的，说完这句话，他也许会昂起头，做仰望星空状，同时也是为了不让学生们看见他眼角的泪花。在布罗茨基冷静、矜持的散文叙述中，常常会突然出现此类感伤的插笔。布罗茨基以《悲伤与理智》为题分析弗罗斯特的诗，又将这个题目用作全书的总题，他在说明"悲伤与理智"就是弗罗斯特诗歌乃至一切诗歌的永恒主题的同时，似乎

布罗茨基的"诗散文"

也在暗示我们,"悲伤"和"理智"作为两种相互对立的情感元素,无论在诗歌还是散文中都有可能相互共存。他的散文写法甚至会使我们产生这样一种感觉,即一般说来,诗是"悲伤的",而散文则是"理智的",可布罗茨基又似乎在将两者的位置进行互换,在刻意地写作"理智的"诗和"悲伤的"散文,换句话说,他有意无意之间似乎在追求诗的散文性和散文的诗性。这种独特的叙述调性使得他的散文别具一格,它们与其说是客观的叙述不如说是主观的感受,与其说是具体的描写不如说是抒情的独白。

其次,《悲伤与理智》一书以及书中每篇散文的结构方式和叙述节奏都是典型的诗歌手法。关于布罗茨基的散文结构特征,研究者们曾有过多种归纳。洛谢夫发现,布罗茨基的散文结构和他的诗作一样,"有着镜子般绝对对称的结构",洛谢夫以布罗茨基的俄文诗作《威尼斯诗章》和英文散文《水印》为例,在这一诗一文中均找出了完全相同的对称结构。《水印》共51节,以其中的第26节为核心,文本的前后两半完全对称。前文提及布罗茨基两部散文集均以两篇自传性抒情散文作为首篇,也是这种"镜子原则"的体现。这一结构原则还会令我们联想到纳博科夫创作中的"俄国时期"和"美国时期"所构成的镜像对称关系。彼得堡大学教授伊戈尔·苏希赫在对布罗茨基的散文《伊斯坦布尔旅行记》的诗学特征进行分析时,提出了布罗茨基散文结构的"地毯原则",他认为布罗茨基的散文犹如东方的地毯图案,既繁复细腻,让人眼花缭乱,同时也高度规整,充满和谐的韵律感。帕鲁希娜在考察布罗茨基散文的结构时,除"镜子原则"和"地毯原则"外还使用了另外两种说法,即"'原子'风格结构"和"音乐—诗歌叙事策略"。温茨洛瓦在对布罗茨基的散文《伊斯坦布尔旅行记》进行深入分析时发现,布罗茨基的散文由两种文体构成,即"叙述"和"插笔"。无论"镜子原则"还是"地毯原则",无论"原子结构"还是"音乐结构",无论"叙述"还是"插笔",这些研究者们都不约而同地观察到了布罗茨基散文一个突出的结构特征:随性自如却又严谨细密,一泻而下却又字斟句酌,形散而神聚。与这一结构原则相呼应的,是布罗茨基散文独特的章法、句法乃至词法。《悲伤与理智》中的 21 篇散文,每一篇都不是铁板一块的,而均由若干段落或曰片断组合而成,这些段落或标明序号,或由空行隔开。即便是演讲稿,布罗茨基在正式发表时也一定要将其分割成若干段落。一篇散文中的章节少则五六段,多则四五十段;这些段落少则三五句话,多则十来页。这些章节和段落其实就相当于诗歌中的诗节或曰阕,每一个段落集中于某一话题,各段落间却往往并无清晰的起承转合或严密的逻辑递进,它们似乎各自为政,却又在从不同的侧面诉诸某一总的主题。这种结构方式是典型的诗歌、更确切地说是长诗或长篇抒情诗的结构方式。这无疑是一种"蒙太奇"手法,值得注意的是,布罗茨基多次声称,发明"蒙太奇"手法的并非爱森斯坦而是诗歌,这也从另一个角度告诉我们,布罗茨基是用诗的结构方式为他的散文谋篇布局。《悲伤与理智》中的句式也别具一格,这里有复杂的主从句组合,也有只有一个单词的短句,长短句的交替和转换,与他的篇章结构相呼应,构成一种独特的节奏感和韵律感。布罗茨基喜欢使用词句的排比和复沓。他在《一个和其他地方一样好的地方》一文中这样写道:"其结果与其说是一份大杂烩,不如说是一幅合成影像:如果你是一位画家,这便是一棵绿树;如果你是唐璜,这便是一位女士;如果你是一位暴君,这便是一份牺牲;如果你是一位游客,这便是一座城市。"排比句式和形象对比相互叠加,产生出一种很有压迫感的节奏。《致贺拉斯书》中有这么一段话:"对于他而言,一副躯体,尤其是一个姑娘的躯体,可以成为,不,是曾经成为,一块石头,一条河流,一只鸟,一棵树,一个响声,一颗星星。你猜一猜,这是为什么?是因为，比如说，一个披散长发奔跑的姑娘就像一条河流的侧影？或者，躺在卧榻上入睡的她就像一块石头？或者，她伸开双手，就像一棵树或一只鸟？或者，她消失在人们的视野里，从理论上说便是无处不在，就像一个响声？她或明或暗，或远或近，就像一颗星星？"布罗茨基钟爱的排比设问，在这里使他的散文能像诗的语言一样流动起来。在这封信中，布罗茨基还不止一次坦承他在用"格律"写"信"："无论如何，我常常对你做出回应，尤其在我使用三音步抑扬格的时候。此刻，我在这封信中也在继续使用这一格律。""我一直在用你的格律写作，尤其是在这封信中。"帕鲁希娜曾对《水印》中单词甚至字母的"声响复沓"现象进行细致入微的分析，找出大量由多音字、同音字乃至单词内部某个构成头韵或脚韵、阴韵或阳韵的字母所产生的声响效果。可以毫不夸张地说，布罗茨基在他的散文中使用了除移行之外的一切诗歌修辞手法。

最后，使得《悲伤与理智》一书中的散文呈现出强烈诗性的一个重要原因，就是布罗茨基在文中使用了大量奇妙新颖的比喻。布罗茨基向来被视为一位杰出的"隐喻诗人"，他诗歌中的各类比喻之丰富，竟使得有学者编出了一部厚厚的《布罗茨基比喻词典》。帕鲁希娜曾将布罗茨基诗中的隐喻分门别类，归纳出了"添加隐喻"、"比较隐喻"、"等同隐喻"和"替代隐喻"等多种隐喻方式。在《悲伤与理智》一书中，"隐喻"（metaphor）一词出现不下数十次。布罗茨基曾称里尔克具有"一种非同寻常的隐喻热望"，其实他自己无疑也是具有这种"热望"的，在他的散文中，各类或明或暗、或大或小的比喻更是俯拾皆是。这是他在《一个和其他地方一样好的地方》中的一段写景："几条你青春记忆中的林荫道，它们一直延伸至淡紫色的落日；一座哥特式建筑的尖顶，或是一座方尖碑的尖顶，这碑尖将它的海洛因注射进云朵的肌肉。"他在《第二自我》中写道："显而易见，一首爱情诗就是一个人被启动了的灵魂。"他在《致贺拉斯书》中说："一个人如果从不使用格律，他便是一本始终没被打开的书。"他在《向马可·奥勒留致敬》中说纪念碑就是"在大地上标出"的"一个惊叹号"。他在《九十年之后》中写道："书写法其实就是足迹，我认为足迹就是书写法的开端，这是一个或居心叵测或乐善好施、但一准去向某个地方的躯体在沙地上留下的痕迹。"他在《一件收藏》中给出了这样一串连贯的比喻："不，亲爱的读者，你并不需要源头。你既不需要源头，也不需要叛变者的证词之支流，甚至不需要那从布满卫星的天国直接滴落至你大腿的电子降雨。在我们这种水流中，你所需要的仅为河口，一张真正的嘴巴，在它的后面就是大海，带有一道概括性质的地平线。"这里所引的最后一个例子，已在一定程度上显示出了布罗茨基散文比喻手法的一个突出特征，即他善于拉长某个隐喻，或将某个隐喻分解成若干小的部分，用若干分支隐喻来共同组合成一个总体隐喻，我曾经将这一手法命名为"组合隐喻"或"贯穿隐喻"。试以他的《娜杰日达·曼德施塔姆：一篇讣告》一文的结尾为例："我最后一次见她是在1972年5月30日，地点是她莫斯科住宅里的厨房。当时已是傍晚，很高的橱柜在墙壁上留下一道暗影，她就坐在那暗影中抽烟。那道影子十分的暗，只能在其中辨别出烟头的微光和两只闪烁的眼睛。其余的一切，即一块大披巾下那瘦小干枯的躯体、两只胳膊、椭圆形的灰色脸庞和灰白的头发，全都被黑暗吞噬了。她看上去就像是一大堆烈焰的遗存，就像一小堆余烬，你如果拨一拨它，它就会重新燃烧起来。"在这里，布罗茨基让曼德施塔姆夫人置身于傍晚的厨房里阴暗的角落，然后突出她那里的三个亮点，即"烟头的微光和两只闪烁的眼睛"，然后再细写她的大披巾（据人们回忆，曼德施塔姆夫人终日围着这条灰色的披巾，上面满是香烟灰烧出的孔洞，她去世后身体上覆盖的也是这条披巾），她的"灰色脸庞和灰白的头发"，布罗茨基的"诗散文"

然后再点出这个组合隐喻的核心,即"她就像一堆阴燃的灰烬",这个隐喻又是与布罗茨基在此文给出的曼德施塔姆夫人是"文化的遗孀"(widow to culture)之命题相互呼应的。再比如,布罗茨基在《悼斯蒂芬·斯彭德》一文中这样描写他第一次见到的斯彭德:"一位身材十分高大的白发男人稍稍弓着腰走进屋来,脸上带着儒雅的、近乎道歉的笑意。……我不记得他当时具体说了些什么,可我记得我被他的话语之优美惊倒了。有这样一种感觉,似乎英语作为一种语言所具的一切高贵、礼貌、优雅和矜持都在一刹那间涌入了这个房间。似乎一件乐器的所有琴弦都在一霎那间被同时拨动。对于我和我这只缺乏训练的耳朵来说,这个效果是富有魔力的。这一效果毫无疑问也部分地源自这件乐器那稍稍弓着的框架:我觉得自己与其说是这音乐的听众,不如说是它的同谋。"布罗茨基突出了斯彭德"十分高大的"身材、"稍稍弓着"的腰背、"儒雅"的神情和惊人的"优美"的话音,这一切都是为了最终组合成一个总的隐喻,即"斯彭德=竖琴"。布罗茨基在此书中曾多次提及"竖琴"(lyres),他仔细分析了哈代诗中"竖琴"形象的文本内涵以及里尔克诗中俄耳浦斯所持"竖琴"的象征意义,在他的心目中,竖琴似乎就是诗和诗人的同义词。有了这层铺垫,我们就能对布罗茨基这里的"斯彭德=竖琴"的组合隐喻之深意和深情有一个更深的理解,而这样一种贯穿全文,甚至全书的隐喻,也往往能使有心的读者获得智性的和审美的双重阅读快感。绵延不绝的此类隐喻还有一个功能,它能使布罗茨基的散文张弛自如,用帕鲁希娜的话来说就是:"布罗茨基稠密的隐喻使他可以随意调节其叙述的速度和方向。"借助联想和想象推进的散文文本,自然能够获得更大的自由度和更多的张力。

各种文学体裁之间原本就无太多严格清晰的界线,一位既写散文也作诗的作者自然会让两种体裁因素相互渗透。只不过在布罗茨基这里，在《悲伤与理智》中，诗性元素对散文的渗透表现得更为突出罢了，他自己诗歌创作中的主题和洞见，灵感和意象，结构和语法，甚至具体的警句式诗行和押韵方式，均纷纷被引入其散文；只不过在布罗茨基这里，他借鉴诗歌元素进行的散文创作，"用诗歌的花粉为其散文授精"，取得了更大的成功。布罗茨基在体裁的等级体系中向来是褒诗歌而贬散文的，他在收入此书的题为《怎样阅读一本书》的演讲中又说："散文中的好风格，从来都是诗歌语汇之精确、速度和密度的人质。作为墓志铭和警句的孩子，诗歌是充满想象的，是通向任何一个可想象之物的捷径，对于散文而言，诗歌是一个伟大的训导者。它教授给散文的不仅是每个词的价值，而且还有人类多变的精神类型、线性结构的替代品、删除不言自明之处的本领、对细节的强调和突降法的技巧。尤其是，诗歌促进了散文对形而上的渴望，正是这种形而上将一部艺术作品与单纯的美文区分了开来。无论如何也必须承认，正是在这一点上，散文被证明是一个相当懒惰的学生。"可是，布罗茨基自己的散文却并非此等"懒惰的学生"，他用诗歌的手段写成的散文或许就是诗歌和散文的合体，是这两种体裁之长处的合成。

诗歌和散文之间的过渡体裁被人们称为"散文诗"（prose poem; стихотворение в прозе）或"韵律散文"（rhythmical prose; ритмическая проза）等，而布罗茨基"诗化散文"（poeticise prose）的尝试之结果则被帕鲁希娜归纳为"散文长诗"（poem in prose），或许，我们可以更确切地将布罗茨基的散文定义为"诗散文"（poem prose; проза в стихах）。布罗茨基在谈及茨维塔耶娃的散文时曾套用克劳塞维茨关于"战争是政治的继续"的名言，说茨维塔耶娃的散文"不过是她的诗歌以另一种方式的继续"。布罗茨基的散文大多以诗为主题，均用诗的手法写成，均洋溢着浓烈的诗兴和诗意，它们的确是诗性的散文，但是，如果仅仅把这些散文视为布罗茨基的诗歌创

布罗茨基的"诗散文"

作以另一种体裁形式的继续,这或许是对布罗茨基散文的主题和体裁独特性的低估,甚至是某种程度的"贬低"。布罗茨基的确将大量诗的因素引入了其散文,可与此同时他也未必没将散文的因素引入其诗歌,也就是说,在布罗茨基的整个创作中,诗和散文这两大体裁应该是相互影响、相互交融的,两者间似乎并无分明的主次地位或清晰的从属关系。至少是在布罗茨基来到西方之后,一如俄文和英文在布罗茨基语言实践中的并驾齐驱,布罗茨基曾自称为语言的"混血儿",散文和诗歌在布罗茨基的文学创作中也始终是比肩而立的,就像是一对"双胞胎"。布罗茨基曾称弗罗斯特的《家葬》一诗为"真正的仿芭蕾双人舞";布罗茨基在阅读哈代的诗歌时感觉到一个乐趣,即能目睹哈代诗歌中"传统语汇"和"现代语汇""始终在跳着双人舞",而在布罗茨基的散文中,我们也同样能看到这样的"双人舞",或曰二重奏,只不过两位演员换成了他的诗歌语汇和散文语汇。以《悲伤与理智》一书为代表的布罗茨基散文创作所体现出的鲜明个性,所赢得的巨大成功,使得我们有理由相信,布罗茨基的散文不仅是其诗歌的"继续",更是一种"发展",甚至已构成一种具有其独特风格和自在意义的"存在"。与诗歌一样,散文也成为布罗茨基表达其诗性情感和诗歌美学的主要方式之一。布罗茨基通过其不懈的诗性散文写作,已经跨越了诗歌和散文这两种文体间的分野甚或对峙;布罗茨基借助其英文散文的写作,已经让诗人和散文家的名分在他身上合二为一。布罗茨基的散文无疑是堪与他的诗歌媲美的又一文学高峰,两者相互呼应,相互补充,构成了布罗茨基文学创作的有机统一体。

布罗茨基的《献给约翰·邓恩的大哀歌》解读[*]

《献给约翰·邓恩的大哀歌》是布罗茨基的成名作，它的俄文原题是 "Большая элегия Джону Донну"，英文译作 "Elegy for John Donne"，此诗写于 1963 年。首先不得不提醒大家一句，我们在阅读、欣赏布罗茨基的《献给约翰·邓恩的大哀歌》时一定要持有充分的耐心，甚至要付出相当的毅力，因为俄文原诗标题中的 "大"（большая）字可不是平白无故地添加上去的。但是，只要大家静下心来，从头到尾啃完这首诗，那么就一定能够加深你们对于布罗茨基的诗、对于当代俄语诗歌乃至整个诗歌的理解和认识。

首先让我们来认识一下这首诗的作者。约瑟夫·布罗茨基是一位俄裔美籍诗人，他 1940 年出生在列宁格勒、也就是今天圣彼得堡的一个犹太人家庭，15 岁时由于身为犹太人而感觉到来自周围环境的压力，他主动从中学退学，浪迹社会，做过司炉工、太平间看守、地质勘探队工人、铣工等多种工作。1964 年，他因 "不劳而获" 的罪名被提起公诉，被判流放苏联北疆 5 年，后在阿赫马托娃等人的斡旋下提前获释。1972 年，他被苏联当局驱逐出境，先到奥地利，受到英语诗歌大师奥登的热情接待，与奥登一同出席了在英国召开的国际诗歌大会，然后前往美国，担任密歇根大学的 "住校诗人"。1977 年，布罗

---

[*] 2011 年 10 月 31 日在香港中文大学的演讲。

茨基加入美国国籍，在勤奋写作的同时，他先后在马萨诸塞的"五大学院"、纽约的哥伦比亚大学等美国高校任教，教授诗歌和俄国文学课程。1987年，47岁的布罗茨基获得诺贝尔文学奖，成为该奖历史上最年轻的获得者之一。1991年，他被推举为美国的"桂冠诗人"。布罗茨基的主要作品有：诗集《长短诗集》(1965)、《旷野中的停留》(1970)、《美好时代的终结》(1977)、《话语的部分》(1977)、《献给奥古斯都的新章》(1982)、《乌拉尼亚》(1988)等，散文集《小于一》、《水印》和《悲伤与理智》等。

写作《献给约翰·邓恩的大哀歌》时的布罗茨基，年仅23岁。20世纪中期，苏联社会就整体而言继承了俄国所谓的"文学中心主义"传统，文学在社会生活中扮演着重要角色，被视为一种教育工具或思想武器。正因为如此，文学在享有崇高地位的同时也受到了严密的监督和控制，一切不符合主流意识形态的文学内容和范式都会受到压制。在"冷战"的国际大背景下，大多数西方文学及其潮流也成了反面对象。于是，以解构官方文学、接轨西方现代派文学为主要追求的所谓"地下文学"便应运而生。在文学和文化传统，尤其是白银时代的诗歌传统十分深厚的列宁格勒，出现了许多热衷诗歌写作的文学青年，他们拜白银时代的诗歌大师阿赫马托娃等人为师，千方百计地汲取国内外一切诗歌营养，将继承和发扬俄语诗歌史中的"彼得堡传统"当作自己的追求和使命。布罗茨基就是这些青年诗人中的一位，而且是最为突出、最被阿赫马托娃看重的一位。

这首诗是献给英国诗人邓恩的。约翰·邓恩是英国17世纪的一位诗人，曾是伦敦圣保罗大教堂的教长，同时也是一位杰出的诗人，著有《长短歌集》和长诗《灵魂的进程》等诗歌作品。以他的创作为代表的玄学派诗歌，是17世纪英国文学中一个重要的文学流派。该派诗人并没有组成过一个文学团体，是他们诗歌风格上的某些相近之处，才使得当时及后代的批评家们将他们归为一个派别。玄学派诗人注重"奇想",善于用哲理思辨的方式来写诗,把一些截然不同的意象结合在一起,从外表绝不相似的事物中发现隐在的相似,他们的诗作深奥、严谨,主题大多是信仰上的疑虑和探求,生活中的苦闷和思索。玄学派诗歌在文学史中地位原本不高,只是到了以艾略特为代表的英美"新批评"兴起之后,玄学派诗人才得到广泛的推崇。可以说,在布罗茨基之前,英国玄学派在苏联也是默默无闻的。布罗茨基对邓恩的兴趣,很可能来源于当时在苏联家喻户晓的海明威的小说《丧钟为谁而鸣》,因为海明威这部小说的题目就引自邓恩的诗。在对英语诗歌的广泛阅读中,布罗茨基发现,邓恩以及英国玄学派的诗歌非常符合他的诗歌趣味,当时英文并不出色的他借助词典,蚂蚁啃骨头般地翻译起邓恩等人的诗作来,他甚至与苏联国家文学出版社签订了一份翻译英国玄学派诗集的合同,该书后因故未能出版,但与邓恩等人的"神交",却促使年轻的布罗茨基写下了他的这首成名之作。

这首诗以"哀歌"(элегия,elegy)为题。在布罗茨基的诗歌遗产中,我们注意到,他的许多诗作都是直接以某一诗歌体裁命名的,如"斯坦斯"、"十四行诗"、"罗曼司"、"歌"、"献诗"和"牧歌"等,他大约是想以这样的题目来获得一种关于诗的概括意义。"哀歌"这一抒情诗歌体裁在古希腊罗马时期就已出现,其篇幅和句式通常较长,节奏和韵律比较舒缓低沉,多用来抒发哀伤、孤独、不幸和静思等情感。自欧洲文学中的感伤主义和浪漫主义文学潮流兴起之后,哀歌创作一度非常兴盛,那一时期的欧洲大诗人几乎都写有哀歌名篇。在18和19世纪的俄国文学中,许多诗人也都创作过哀歌,其中最突出的代表可能要数茹科夫斯基。20世纪初的俄国白银时代诗人如阿赫马托娃、曼德施塔姆等,也对哀歌体裁情有独钟。而到了布罗茨基开始创作的时代,这种体裁所固有的情绪内涵显然有些不合时宜

布罗茨基的《献给约翰·邓恩的大哀歌》解读

了。然而，布罗茨基却不止一次地写作哀歌，如《哀歌》（"亲爱的女友……"）、《哀歌》（"一次这南方的小镇……"）、《准哀歌》、《罗马哀歌》和《哀歌》（"等我忆起你的嗓音……"）等（前三首写于20世纪60年代，后两首写于80年代上半期），布罗茨基完全可以被称之为20世纪下半期俄语诗歌中的"哀歌诗人"。这首《献给约翰·邓恩的大哀歌》（简称"大哀歌"）是布罗茨基的第一首"哀歌"，而且是一首"大哀歌"。用"大"来修饰哀歌，在布罗茨基之前似乎还没有先例。这里的"大"字，当然是指篇幅，此诗全长208行，对于一首抒情诗而言，这样的篇幅实在是"大"的；然而，这里的"大"也许还另有含义，联想到中国古代关于"大羊"为"美"的审美判断，以及孟子关于"大"的论述，我们感到，布罗茨基的这个诗题仿佛在论证这样一个公式：哀歌＋大＝美和崇高。

诗人自己把这首诗划分为四个段落，但在我们看来，它大致还是由两个部分构成的，即：1—92行的第一个段落，诗人对邓恩"安睡"环境的描绘，或者说是邓恩灵魂的"翱翔"；93—208行的三段诗，则是邓恩与其灵魂的对话，以及抒情主人公与邓恩的对话。

诗的第1行就开宗明义地写道："约翰·邓恩睡了，周围的一切睡了。"这一行中的"一切"一词是一个"纲"，因为之后的诗句几乎都是对这个"一切"所做的说明和补充，是对它的进一步具体化和细节化。在接下来的九十余行诗中，诗人列举了近两百个名词，从物到人，从动物到风景，从具象物体到抽象名词，构成了一个"漫长的罗列"。这种"过度的冗长"，不厌其烦的堆砌，初看上去简直让人难以卒读的重复，这种对读者的忍受力构成巨大挑战的一意孤行，难道就是诗吗？在俄语中，"罗列"（перечисление）一词还有"清单"、"一览表"之类的意思，布罗茨基似乎在恶作剧似的给我们列出一张"清单"，难怪另一位当代俄语作家利蒙诺夫曾经颇为不屑地称布罗茨基

217

为"会计诗人"。然而，至少是在这一首诗里，布罗茨基的"罗列"是很有用意的，是很艺术的，或者说，此诗的艺术合理性和美学价值，可能就恰恰在于这样的"会计手法"。在我们看来，布罗茨基的用意至少有如下几个：

文学创作，尤其是诗的创作，历来就是一个"语不惊人死不休"的事情。诗歌写作像任何一门手艺、任何一门艺术一样，当然有着其特定的规律和规则，它们都是无数前人世世代代探索、总结出来的，是后来人必须学习、尊奉的金科玉律，比如诗要有韵律，要有形象的比喻，要力求精练，要避免重复，等等。布罗茨基的这首"大哀歌"当然有韵律，而且很严谨，符合欧洲传统哀歌的规范，也有形象，而且很生动，不动声色的名词往往会给出一个充满意外的比拟，可是"精练"和"不重复"却是无论如何也谈不上的。然而，此诗的这种不合规矩，却又恰恰构成了它的最显著特色，也就是其创新之处。这一点或许可以给我们这样一个启示，在以创新为追求、为价值、为生命的诗歌和文学创作中，对传统范式的有意突破可能是一条捷径，甚至是一条必由之路，任何一部彪炳于文学史的佳作，都是对传统文学规则或大或小、或有意或无意的"突破"。对各种艺术法则的有意违反，往往就是艺术上的大手笔，敢为天下先，对于艺术创作而言是最为可贵的。当然，这不能是一种"无知者无畏"的鲁莽举动，其中必须暗含着有艺术说服力的逻辑。

布罗茨基这里的"罗列"就不是杂乱无章的，而是一个精心营造的和谐结构。首先，在第 1 行中出现的"一切"（всё）一词，后来又分别在第 5、16、17、21、28、49、53、85 行多次出现，如果再加上该词的变化形式 весь（第 19、39 行）、все（第 50、67、70〈两处〉、77、81、87 行）和 всею（第 89 行），这个"关键词"在九十余行的诗句中竟然重复出现了近 20 次，平均每四行多一点就出现一次，这个词的复沓所造成的类似排比的修辞手段，产生了某种一咏三叹的韵律效果，使这首"哀歌"真的像是一种绵延的倾诉。同时，这种不变中的变化，或者说变化中的不变，似乎也能在一定程度上降低我们在阅读和接受时的排斥心理。

其次，这段诗是布罗茨基一个独特修辞手法的鲜明体现。据说，在布罗茨基刚刚开始学写诗的时候，他的诗友莱茵曾向他传授一个写诗"秘诀"，即尽量少地使用形容词。诗人自己后来在总结这一手法时这样说道："你如果想写好一首诗，就要避免形容词，要坚决推崇名词，甚至不惜因此牺牲动词。想象你面前有一张写满诗句的纸。如果用一张神奇的布盖住这首诗，让所有的动词和名词都隐去，等你揭开魔布，这张纸上还应该是黑的，因为那上面写满了名词。"看来，在写作这首"大哀歌"时，布罗茨基是不折不扣地执行了莱茵的建议和他本人的这个诗歌处方。

最后，如果更细心一些地阅读这段诗，便能够感觉到布罗茨基这里的"罗列"是层层递进的：前 16 行，是对第一个 всё 的具体描摹，我们发现，无论是"墙壁"、"地板"，还是"扫帚"、"拖鞋"，其实都是房间内的东西，即所谓的"内景"；从"一切在熟睡。/ 熟睡着一切"这富有韵味的跨行诗句起，以落满积雪的"窗户"为突破口，诗人的目光转向了室外，写到了"邻居的屋顶"和"整个街区"；到了第 33 行，以"鼠类在睡，人类在睡"的奇特并列为开端，诗歌的视线变得更为开阔了，展现在我们眼前的是整个酣睡的伦敦城，是在梦里呓语的大海，直到海天相交的地平线。于是，诗人看到了，"整座岛在睡"，"英格兰的旷野一片寂静"，也就是说，诗人，或者说是邓恩的灵魂，已经飞翔在空中，在俯瞰着英伦三岛，因此，下面关于天使、上帝之沉睡的描写就显得很自然了；最后是抽象的概括："善与恶相拥抱"着在睡，"书籍"和"话语"在睡，"圣徒，恶魔，上帝"也都在酣睡，"整个世界再没了别的动静"。就这样，由里到外，由近及远，从地上到天空，从具体到抽象，布罗茨基完成了一个关于梦的世界的诗意归纳和再现。诗人有一次在接受采访时曾谈到此诗的结构方式和原则，将这称为"一首诗的离心运动"："促使我写作此诗的主要原因，就是一首诗能够进行离心运动的可能性……渐渐地扩展，这更像是一种电影手法，是啊，就像镜头从中心摇起……先从邓恩的卧室开始，镜头逐渐扩大。先是房间，然后是街区，整座岛屿，大海，然后是世界之中的处所。"诗人的这段话，对于我们理解此诗前半段的结构应该是有所帮助的。

从第93行的"但是，你听？听见了吗？"这个问句开始，"大哀歌"进入了第二部分。与第一部分的"名词罗列"不同，这一部分主要由对话构成。第一段是邓恩的发问。他在寒冷的黑暗中依稀听到了那像针一般纤细的哭泣，于是他一次又一次地问道："是你吗，我的天使？"——没有回答。"是你们吗，智慧天使？"——一片沉默。"是你吗，保罗？"——迎面飞来的只有寂静。"是你吗，我的主？"——沉默。寂静。"是你吗，大天使加百利？"终于，他听到了回答："不，这是我，约翰·邓恩，是你的灵魂。"第二段则完全由邓恩灵魂的独白构成：我孤身一人在高天受难，在高空俯瞰，可是"我注定要返回到这些墓碑中去"，"好用自己的肉体缝补，缝补分离"，或许正是由于这种"缝补"，邓恩的灵魂才在这段话的末尾突然对邓恩说道："不是我在恸哭，约翰·邓恩，是你在哭泣。"从第181行开始的最后一段诗，是抒情主人公的话语：邓恩"像一只鸟儿，睡在他自己的巢里"，而他的灵魂则像一颗星星，"是她在久久把你的世界守望"。

在这一百余行的诗句中，我们能清晰地听到三个声音，即邓恩、邓恩的灵魂和抒情主人公。然而，我们在诗中却又分明能感觉到某种"混淆"，也就是邓恩与其灵魂声音的混淆，以及邓恩灵魂的声音和抒

布罗茨基的《献给约翰·邓恩的大哀歌》解读

情主人公声音的混淆。大家要特别关注的，就是"不是我在恸哭，约翰·邓恩，是你在哭泣"一句所包含着的结论性意味，以及最后一段开头处的"像一只鸟儿，他睡在自己的巢里"这一行中由代词"他"构成的突转。在高天飞翔了一圈的邓恩灵魂，最终返回了邓恩的睡梦，与邓恩一起"哭泣"，这种灵与肉的结合，同时也象征着邓恩的升天，在岛与海、天与地之间的徘徊和俯瞰，邓恩的形象从而被高度地抽象化了，成为布罗茨基心目中诗人的化身和象征；另一方面，最后一段中频繁出现的代词"他"，说明了抒情主人公的出场和在场，可是他在发表了一通议论之后，却突然在结尾一行改用了代词"你的"："是她在久久把你的世界守望"。也就是说，他把自己的话语"偷换"成了邓恩灵魂的话语，或者说，他取代了邓恩灵魂的位置，在向灵与肉合体的邓恩说话。沉睡的诗人和飞翔的诗人，肉体的诗人和灵魂的诗人，历史的诗人和现实的诗人，就这样相互纠缠、交织起来，构成了一个布罗茨基心目中"大写的诗人"，于是，献给邓恩的哀歌，也就成了一首献给大写的诗人、献给整个诗歌的献词。

"大哀歌"的后半部分由三段构成，似乎就是一部交响乐的三个乐章。与这一整体结构形成呼应的，还有这一部分的内在递进方式。如果说，此诗第一部分的关键词是"一切"，那么在第二部分，发挥着相似结构作用的则是"你是鸟儿"的比喻。在第131行，邓恩的灵魂对邓恩说道："你是只鸟……"而在最后一段，"像一只鸟"的比喻又三次重复出现（第181、185、189行），产生了与第一部分中的"一切"同样的排比效果。重复出现的"一切"和"鸟儿"，和第二部分的三段式结构一样，让整首诗的推进都演变成了一种"螺旋运动"。

现在，我们再概括地来谈一谈布罗茨基的这首"大哀歌"。一首诗，尤其是一首抒情诗，不一定非得有一个明确的主题和某种表达清晰的内涵，因为有时，通过"最佳词汇的最佳排列"就能得到一首好

221

诗，一首千古流传的绝句或许也就是纳博科夫所称的"词语游戏"。当然，一首好诗也可以是有主题、有内容的。《献给约翰·邓恩的大哀歌》如果也有什么主题的话，那么这便是关于死亡与不朽、人类与存在之关系的思考。此诗第199—200行的两句："如果说生命可以与人分享，/那么谁愿意与我们分享死亡？"这一在布罗茨基诗歌中经常出现的警句，或者说是格言般的设问，可以被视为全诗的"诗眼"。绝对的孤独，存在的虚无，不仅充斥着周围的现实，甚至还渗透进了彼岸的世界。那么，是否存在着某种抗拒这一孤独和虚无的手段呢？布罗茨基的答案是肯定的：这就是艺术，就是诗歌。诗歌就像是"大哀歌"中的"睡梦"，能将两个世界联结、沟通起来。布罗茨基自己在他那篇评说曼德施塔姆的散文名篇《文明的孩子》中，曾将诗歌定义为"重构的时间"。衰老和死亡都是时间的"赠予"，而延缓、充填乃至重构时间，于是也就成了诗人抗拒现实、赢得永恒的唯一手段。了解到这一命题之后，我们回过头来又能感觉到，诗中那些堆砌的名词，"夜"、"黑暗"、"暗影"、"梦"等词的频繁出现，被无所顾忌地分别使用了五十余次和二十余次的"睡"（спать）和"睡着"（уснуть）两个动词及其变化形式，以及全诗漫长的篇幅、舒缓的节奏和诗句之间无处不在的语音和语义缝隙，都不仅仅是为了营造一个如梦如幻的彼岸场景，同时也是诗人布罗茨基在面对时间时采取的一个方式，一种策略，他是在试图强化停顿，延长瞬间，在历史的峭壁上凿出一个时间隧道，总之，就是在"重构时间"。

这样一种诗歌使命，很自然地派生出了这首"大哀歌"以及布罗茨基整个诗歌创作的一个突出特征，即所谓的"巴洛克风格"。"巴洛克"原指16—18世纪流行欧洲的一种风格，它主要体现在建筑、音乐和绘画方面，即一种力求繁复夸饰、富丽堂皇、气势宏大、富于动感的艺术追求。如果把欧洲文艺复兴时期的艺术看成是理性的、古典主义的，那么巴洛克风格的艺术可能就是感性的、浪漫主义的。可是到了布罗茨基这里，他却把古典主义的严谨和庄重，与巴洛克的繁复和雕琢圆满地结合在了一起，就像他在"哀歌"这一体裁里所做的"调和"一样。在"大哀歌"里，他将他从邓恩那里学到的东西，比如像艾略特所说的"情感和思想的结合"，放置在貌似十分夸张、华丽的文本语境中，与此同时，他又以冷静的思考和存在主义的绝望，冲淡了"巴洛克哀歌体"可能带来的伤感和矫情。就这样，思想与情感的共生，激情与冷静的交织，古典巴洛克与现代哀歌的混成，共同组合出了"大哀歌"的整体诗歌风格。

这首诗写得很克制，甚至连比喻都很少，但是其中那些充满睿智和意外的诗行，却往往能让我们心里一动。阅读文学作品，尤其是一首诗，了解其内容和风格固然重要，但最珍贵的阅读体验却往往就是那不经意间的触动和感动，某一句诗突然引起了你的共鸣，或是联想，或是赞叹，或是……瞪大的眼睛，合不拢的嘴巴。比如，诗中的这样一些句子，就应该能让我们有所心动："一颗星在闪耀。一只老鼠在忏悔。"（第48行）"暗白的落雪/在空间寻找罕见的黑色斑迹。"（第83—84行）"声音那般纤细！纤细得像一枚针。"（第97行）"生活，就像你的岛屿。"（第137行）"岁月没有被耕种。世纪没有被耕种。"（第150行）"用梦境用雪花缝制的空间，/隔离着灵魂和熟睡的肉体。"（第191—192行）"只有天空/时而在昏暗中拿起裁缝的针。"（第204行）当然，能让人心动的诗句或意象绝不仅仅这些，每位读者感到心动的地方或许并不一致，但是一首诗里至少要有一处或几处让你心动的地方，否则就只有两种可能性了：要么这首诗本身就是一首平庸之作；要么，你自己或许是一个糟糕的诗歌读者。

布罗茨基的《献给约翰·邓恩的大哀歌》是一首不是长诗的长诗，一部不是史诗的史诗，这首既肃穆庄严又哀婉绵密的长篇抒情诗，是一次历史与现实的交谈，生者对逝者的造访，灵魂与肉体的对话。在布罗茨基本人的创作中，《献给约翰·邓恩的大哀歌》具有重要的意义，这实际上是布罗茨基在诗歌征途上迈出的第一步。

此诗写成之后在诗友们中间传阅，受到普遍肯定，据说曾得到阿赫马托娃的盛赞。此后，布罗茨基多次在公众场合朗诵此诗，均引起了热烈的反响，他的朋友奈曼曾在回忆录中写到布罗茨基在列宁格勒铁路客运售票处的一次成功朗诵。后来，此诗在列宁格勒的地下文学刊物上刊出，不久传到国外。由于它是以一位英国诗人为对象的，因而更容易为西方读者所接受。布罗茨基从此在国外获得了一定的声誉，在写作此诗后不久，西方一家出版社就在他不知情的情况下出版了他的第一部诗集《长短诗集》(1965)。可以说，就是凭借这首"大哀歌"，布罗茨基登上了国际诗坛。在20世纪的俄语诗歌，乃至整个世界的诗歌中，这首诗也具有特定的意义。这首诗与传统的俄语诗歌的确有很大的不同，从选题到写法，从形象到情绪，它在当时都让人耳目一新。在俄语诗歌的范畴内来说，这首诗对自普希金开始形成的"简单和明晰"的俄语诗歌传统产生了一定的冲击，却对接了自康捷米尔、罗蒙诺索夫、杰尔查文和巴拉丁斯基直到斯卢茨基和帕斯捷尔纳克这样一条诗歌线索，即严谨的形式、冷静的态度、深刻的思想、奇异的比拟等一切的合成，并将这一传统进一步"现代化"了，从而开启了20世纪俄语诗歌，乃至整个俄语文学中所谓的"青铜世纪"。或许正因为如此，布罗茨基自己和他的一些同时代人都将此诗视为"一部划时代的作品"，换句话说，布罗茨基的这首诗以及他之后的创作，在俄语诗歌中实际上起到了某种转变诗风的作用。俄国当下出现的"从普希金到布罗茨基"的说法，在努力拔高布罗茨基、试图将他与普希金并列的同时，其中或许还暗含了一种欲将两者对比、对立的微妙用意。就整个世界诗歌而言，布罗茨基从这首诗开始便体现出的那种

布罗茨基的《献给约翰·邓恩的大哀歌》解读

欲将古典诗歌遗产与现代诗歌潮流、俄语诗歌范式与英语诗歌风格相互结合的刻意追求,后来也都获得了丰硕的回报,产生了广泛、深远的影响。

附:献给约翰·邓恩的大哀歌

约翰·邓恩睡了,周围的一切睡了。
睡了,墙壁、地板、画像、床铺,
睡了,桌子、地毯、门闩、门钩,
整个衣柜、碗橱、窗帘、蜡烛。
一切都睡了。水罐、茶杯、脸盆,
面包、面包刀、瓷器、水晶器皿、餐具,
壁灯、床单、立柜、玻璃、时钟,
楼梯的台阶、门。夜无处不在。
无处不在的夜:在角落,在眼睛,在床铺,
在纸张间,在桌上,在欲吐的话语,
在话语的措辞,在木柴,在火钳,
在冰冷壁炉中的煤块,在每件东西里。
在上衣,在皮鞋,在棉袜,在暗影,
在镜子后面,在床上,在椅背,
又是在脸盆,在十字架,在被褥,
在门口的扫帚,在拖鞋。一切在熟睡。
熟睡着一切。窗户。窗户上的落雪。
邻居屋顶白色的斜面。屋脊
像台布。被窗框致命地切割,
整个街区都睡在梦里。睡了,

225

拱顶，墙壁，窗户，一切。
铺路的卵石和木块，栅栏，花坛。
没有光在闪亮，没有车轮在响动……
围墙，雕饰，铁链，石墩。
睡了，房门，门环，门把手，门钩，
门锁，门闩，门钥匙，锁栓。
四周寂静，不闻絮语、悄音和敲击声。
只有雪在絮语。一切在熟睡。黎明尚远。
睡了，监狱，要塞。鱼铺的
磅秤在睡。肉铺的猪胴在睡。
正房，后院。拴着的公狗在睡。
地窖的母猫在睡，耳朵耸立。
鼠类在睡，人类在睡。伦敦在酣睡。
港湾的帆船在睡。船体下
落了雪的海水在梦里呓语，
与熟睡的天空在远处融为一体。
约翰·邓恩睡了。海与他睡在一起。
白垩崖睡在大海之上。
整座岛在睡，被同样的梦抱拥。
每个庭院都用三道门闩封住。
睡着，槭树，松树，榆树，冷杉和云杉。
睡着，山坡，坡上的溪流，山路。
狐狸，狼。熊爬上了床。
堆积的落雪把洞口封堵。
鸟儿在睡。听不到它们的歌唱。
不闻乌鸦聒噪，夜，不闻猫头鹰的

冷笑。英格兰的旷野一片寂静。

一颗星在闪耀。一只老鼠在忏悔。

一切都睡了。所有的死者

都躺在棺材里。静静地安睡。

活人睡在床上,置身睡衣的海洋。

单个地酣睡。或搂抱着睡。

一切都睡了。睡着,森林,山川,河流。

睡着,野兽,鸟类,死人的世界,活着的

一切。只有白色的雪在夜空飞舞。

但在那儿,众人的头顶,也是一片安睡。

天使们在睡。圣徒们真该惭愧,

睡梦里他们把不安的尘世抛在脑后。

地狱在睡,美妙的天堂也在睡。

这一时辰谁也未步出家门。

上帝睡了。大地此刻显得陌生。

眼睛不再观看,听觉不再接受痛苦。

恶魔在睡。敌意与他一同

沉睡在英格兰原野的积雪里。

骑士们在睡。天使长手持号角在睡。

马儿在睡,梦境里悠然摆动身躯。

智慧天使们挤作一团,拥抱着

在保罗教堂的穹顶下安睡。

约翰·邓恩睡了。诗句也在酣睡。

所有的形象,所有的韵脚。孰强孰弱,

难以区分。恶习,愁郁,罪过,

一样地静谧,枕着自己的音节。

诗句与诗句间像是亲兄弟,
彼此偶尔低语一句:别太挤。
但每行诗句都如此远离天国的门,
都如此可怜,绵密,纯净,形同一个整体。
所有的诗行在熟睡。抑扬格严谨的穹顶
在睡。扬抑格在睡,像东倒西歪的警卫。
忘川之水的幻影在诗行中安睡。
荣光也在酣睡,跟随幻影。
所有的灾难在睡。悲痛在酣睡。
各种恶习在睡。善与恶相拥抱。
先知们在睡。暗白的落雪
在空间寻找罕见的黑色斑迹。
一切都睡了。一排排的书籍在酣睡。
词语的河流在睡,覆盖遗忘的冰层。
所有的话语在睡,带着其全部的真理。
话语的链条在睡;链上的环节轻轻作响。
一切都在酣睡:圣徒,恶魔,上帝。
他们凶恶的仆人们。他们的友人和子孙。
只有雪在道路的阴暗中低语。
整个世界再没有别的动静。

但是,你听!听见了吗?有人
在寒冷的黑暗中哭泣,在恐惧地低语。
那儿有人面对整个的寒冬。
他在哭泣。有个人在那儿的昏暗里。
声音那般纤细!纤细得像一枚针。

布罗茨基的《献给约翰·邓恩的大哀歌》解读

而线却没有……他孤身一人
在雪中浮游。四处是黑暗,是寒冷……
将黑夜缝上黎明……多么崇高!
"谁在那儿恸哭?是你吗,我的天使,
是你在积雪下等候,像等候夏季般地
等我爱情的回归?……你在黑暗中回家。
是你在阴霾中呼喊?"没有答复。
"是你们吗,智慧天使?这泪的交响
让我忆起那忧郁的合唱。你们是否
已决定突然离开我这沉睡的教堂?
是你们吗?是你们吗?"一片沉默。
"是你吗,保罗?真的,你的声音
已被严厉的话语磨得如此粗糙。
是你在黑暗中垂着花白的头,
在那儿哭泣?"迎面飞来的只有寂静。
"是那只无处不在的巨手吗,
在黑暗中把视线遮挡?
是你吗,我的主?尽管我的思绪古怪,
可那儿确有一个崇高的声音在哭泣。"
沉默。寂静。"是你吗,大天使加百利,
是你吹响了号角?是谁在高声狂吠?
为何只有我一人睁着眼睛,
当骑士们把马鞍套上马背?
一切在沉睡。在浓密黑暗的拥抱中。
猎犬已成群地逃离天空。
是你吗,加百利,是你手持号角,

229

在这冬季的黑暗里孤独地恸哭?"

"不,这是我,约翰·邓恩,是你的灵魂。
我孤身一人,受难在这高天之上,
因为我用自己的劳动创造了
这锁链般沉重的感情和思想。
荷着这重负,你竟能完成
穿越激情穿越罪过的更高飞翔。
你是只鸟,你随处可见你的人民,
你在屋顶的斜面上翻飞。
你见过所有的大海,所有的边疆。
你见过地狱,先是在自身,然后在实境。
你也见过显然明亮的天堂,
它镶着所有激情中最悲哀的欲望。
你看见:生活,就像你的岛屿。
你与这一汪海洋相遇:
四周只有黑暗,只有黑暗和呼啸。
你飞越了上帝,又急忙退去。
这重负不让你高飞,从高处看,
这世界不过是无数座高塔
和几根河流的飘带,居高俯视,
末日的审判也完全不再可怕。
在那个国度,水土不变。
自高处,一切像是困倦的残梦。
自高处,我们的主只是遥远房屋的窗口
透出的光,穿过雾夜的朦胧。

田地静卧。犁没有翻耕田地。
岁月没有被耕种。世纪没有被耕种。
同样的森林在四周墙一般站立,
只有雨水在硕大的草地上跳动。
第一个樵夫骑一匹瘦马向那边跑去,
在密林的恐惧中迷了路,
爬上松树,他突然看见火光
燃烧在他静卧远方的山谷。
一切,一切在远方。此处是迷蒙的区域。
安详的目光在远处的屋顶滑动。
此处太明亮。听不到狗叫。
更不闻教堂钟声的响鸣。
他将明白,一切都在远方。
他会猛然策马跑向森林。
于是,缰绳,雪橇,夜,他和他可怜的马,
都将立即成为圣经般的梦境。
瞧,是我在哭泣,在哭泣,没有出路。
我注定要回到这些墓碑中去。
肉体的我,无法走向那里。
我只能做逝者向那边飞去。
是的,是的,只能做逝者。忘却你,
我的世界,在潮湿的地下,永远地忘记,
追随着游向枉然欲望的痛苦,
好用自己的肉体缝补,缝补分离。
但是,你听!当我在这里用哭泣
惊扰你的安睡,雪花不融不化,

正飞向黑暗，在这里缝补我们的分离，
像一枚针在上下翻飞，针在翻飞。
不是我在恸哭，约翰·邓恩，是你在哭泣。
你孤独地躺着，在碗橱里安睡，
当雪花向沉睡的宫殿飘飞，
当雪花从天国向黑暗飘飞。"

像一只鸟，他睡在自己的巢里，
自己纯净的道路和美好生活的渴望
都永远地托付给了那颗星星，
那星星此刻正被乌云遮挡。
像一只鸟，他的灵魂纯净；
世俗的道路虽然也许有罪，
却比筑在一堆空巢之上的
乌鸦窝更合乎自然的逻辑。
像一只鸟，他将在白天醒来。
此刻他却在白床单下安睡，
用梦境用雪花缝制的空间，
隔离着灵魂和熟睡的肉体。
一切都睡了。但有三两句诗
在等待结尾，它们龇牙咧嘴，
说世俗之爱只是歌手的义务，
说精神之爱只是神父的情欲。
无论这水流冲击哪片磨轮，
它在这世上都碾磨同样的食粮。
如果说生命可以与人分享，

那么谁愿意与我们分享死亡?
织物上有洞。想要的人都在撕扯。
人来自四面八方。去了。再回头。
又撕扯了一把!只有天空
时而在昏暗中拿起裁缝的针。
睡吧,邓恩。睡吧,别折磨自己。
上衣破了,破了。挂起来很是忧伤。
你看,有颗星在云层里闪亮,
是她在久久把你的世界守望。

(1963年)

布罗茨基的诗《狄多与埃涅阿斯》赏析[*]

大家都是学习俄语和俄国文学的，应该知道约瑟夫·布罗茨基，他是一位俄裔美籍犹太族诗人，出生在彼得堡，后来流亡到美国，在美国的大学做文学教师，1987年获得了诺贝尔文学奖。他同时用俄语和英语写作，但是多用英文写作散文，用俄语写作诗歌。我们今天来介绍一下他的一首俄文诗作，题目叫《狄多和埃涅阿斯》，俄文是"Дидона и Эней"，这首诗写于1969年，属于布罗茨基的早期诗作，但是，布罗茨基后来诗歌创作的主题和风格在这首不长的诗作中却有着典型的体现。

请大家先看一看这首诗的原文以及我的译文：

> Великий человек смотрел в окно,
> а для нее весь мир кончался краем
> его широкой, греческой туники,
> обильем складок походившей на
> остановившееся море.
>   Он же
> смотрел в окно, и взгляд его сейчас
> был так далек от этих мест, что губы

---

[*] 2011年12月23日在北京第二外国语学院的演讲。

布罗茨基的诗《狄多与埃涅阿斯》赏析

застыли, точно раковина, где

таится гул, и горизонт в бокале

был неподвижен.   А ее любовь

была лишь рыбой — может и способной

пуститься в море вслед за кораблем

и, рассекая волны гибким телом,

возможно, обогнать его... но он —

он мысленно уже ступил на сушу.

И море обернулось морем слёз.

Но, как известно, именно в минуту

отчаянья и начинает дуть

попутный ветер. И великий муж

покинул Карфаген.   Она стояла

перед костром, который разожгли

под городской стеной ее солдаты,

и видела, как в мареве его,

дрожавшем между пламенем и дымом,

беззвучно рассыпался Карфаген

задолго до пророчества Катона.

伟大的男人远眺窗外，
而对于她，整个世界的终端
就是他宽大希腊外衣的边缘，
那外衣布满一道道皱褶，

就像凝固的大海。
　　　　　他却
远眺窗外,他此时的目光
离此地如此遥远,双唇
冷却成一只贝壳,其中
潜伏着呼啸,酒杯中的地平线
静止不动。
　　　而她的爱
只是一尾鱼,它或许能够
跃进大海跟随那船,
用柔软的身体劈开波浪,
有可能超越它……然而他,
他沉思着已踏上滩头。
大海于是成为眼泪的大海。
但众所周知,正是
在绝望的时刻,吹起
一阵顺风。于是伟大的丈夫
离开了迦太基。
　　　她伫立,
面对她的士兵在城墙下
燃起的一堆篝火,
火焰和青烟之间颤抖着幻象,
她在篝火的幻象中看见
迦太基无声地倾塌,

比卡托的预言早了许久。

布罗茨基的诗《狄多与埃涅阿斯》赏析

这首诗的情节基础是这样一则在西方家喻户晓的神话故事：埃涅阿斯是特洛伊城的英雄，是安基塞斯王子和爱神阿芙洛狄忒的儿子，特洛伊城沦陷后他成功逃出，后建立罗马城。在失去家园后的漂泊中，埃涅阿斯一行在迦太基登陆，迦太基女王狄多爱上埃涅阿斯，要他留下来统领迦太基，可埃涅阿斯在众神之首朱庇特所派遣的使者墨丘利的提醒下毅然决然地离开迦太基，伤心绝望的狄多为自己搭起一座火葬台，登上火堆后用一把尖刀刺入自己的心脏，自杀殉情。这个故事最早见于维吉尔的《埃涅阿斯纪》和荷马史诗《伊利亚特》，后来，这个既浪漫又壮烈的爱情悲剧又在欧洲的多种艺术形式中得到再现，其中最著名的，当属英国作曲家普赛尔创作的歌剧《狄多与埃涅阿斯》（1689）和英国画家透纳创作的油画《狄多与埃涅阿斯》（1814）。布罗茨基无疑熟悉这两部在西方艺术史上鼎鼎有名的艺术杰作，但他仍然敢于用同样的题目来创作，来写诗，这不仅表现出了他试图"推陈出新"的艺术勇气，同时或许也是一种"向经典致敬"的举动，或者也是一种"戏仿"的后现代手法。布罗茨基之前的欧洲同题创作中，大多描写埃涅阿斯怕狄多伤心，是趁她熟睡时悄悄离开的，但布罗茨基在这首诗中特意详尽地描写了他俩分手时的场景，以强化两种因素相互对峙时的张力。布罗茨基之前的欧洲同题创作中，大多会渲染这个故事的浪漫色彩或悲剧色彩，可布罗茨基在这首诗中却给出一种十分冷静克制的调性，以营造出一种强烈的反差，或者给出一位20世纪中叶人的冷静旁观。比如，普赛尔的歌剧以巴洛克风格见长，而同样曾被人称为"巴洛克诗人"的布罗茨基，却在他的这首诗中表现出了与普赛尔歌剧完全不同的调性，普赛尔歌剧结尾处著名的"狄多哀歌"（Dido's Lament）《当我躺在尘土之下》（又译成《当我命丧黄泉》，英文原文为"When I am laid in earth"，俄文译成"Когда меня положат в землю"）唱道："贝林达，伸出你的手吧。

黑暗已笼罩在我的眼前，让我在你的怀中安息吧，死亡如今是受欢迎的宾客。当我被埋葬时，但愿我所犯下的错误不会扰乱你的心，记住我，但是，哦！忘掉我遭遇的命运。"随后，由悲伤的合唱来结束全剧："来吧，翅膀低垂的丘比特，将玫瑰花洒在她的遗体上，那花瓣如她的心一样柔弱而又高贵。"可是在布罗茨基的这首同题诗里，我们是绝对看不到这样的"煽情"场面的。

这首诗很短，只有26行，133个单词。现在让我们逐字逐句地分析一下这首诗：

前五行构成第一句，给出一个男女主人公相互对峙的紧张场景："伟大的男人远眺窗外"，"而对于她，整个世界的终端／就是他宽大希腊外衣的边缘。"这是一个非常戏剧化的场面，充满张力，与此同时，这里又有着雕塑般的纹丝不动。矛盾和冲突从全诗的一开始就借助一系列的强烈对比被凸显出来：一边是"伟大的男人"，另一边是"她"；一位在"远眺窗外"，另一位却将"外衣的边缘"当作"世界的终端"；他的目光是由近及远的，是向远处看的，而她的目光则是由远及近的，眼中只有他，只有他的外衣，甚至只有他外衣的边缘，我们或许可以想象，她是跪倒在他脚下的。这里有男女两个角色的对立，还有内外的对比，也就是窗外和室内，有大小的对比，也就是大海和室内；有远近的对比，也就是远方和脚下。接下来的一个比喻，也就是布满外衣的"一道道皱褶""就像凝固的大海"，使现场的气氛变得更加凝重，连大海都凝固了，凝固得就像大理石雕像上的衣服皱褶。

由"他却"开始的这个移行，是这首诗的独特手法之一，布罗茨基打破古典诗歌的传统移行手法，在诗句的中间移行，请大家注意之后的两个同样性质的移行，分别是以"而她的爱"和"她伫立"完成的，也就是说，布罗茨基是在用隔断诗句这样一种"强制"手法来明示场景的转换和角色的交替。"远眺窗外"是对第一行中男主人公动作的再次重复,在这次复沓之后,又出现了两个意味深长的隐喻,一个是"双唇冷却成一只贝壳",一个是"酒杯中的地平线/静止不动"。在第一个隐喻中,恋人的"双唇"原本应该是用来絮语缠绵的,是用来热吻的,可此刻,他的双唇却"冷却成一只贝壳"!也就是说,它是聋哑的,它是冰冷的,它是死死咬合着的。但这并不表示它是僵死的,冷漠的,因为"其中潜伏着呼啸",也就是说,这个紧咬牙关的男人其实原本是有满腹的热情话语要倾吐的。在第二个隐喻中,"酒杯中的地平线"静止不动,一如远方海天交界处的静止不动,两条地平线一短一长,一小一大,只是颜色有所不同,一红一蓝,但都是令人窒息的现场氛围之状描,或者说是在预示着动荡的即将来临,这脆弱的平衡和静止极易被打破。

果然,诗中的形象在接下来就动了起来,而且这动作还是由一个奇特的比喻完成的:"而她的爱/只是一尾鱼"。用一条鱼来形容她的爱情,这的确很妙,尤其是把它与下文的"柔软的身体"、"跃进大海"、"跟随"并有可能"超越"他的航船联系起来看,更能感觉这个意象的鲜活,当然,也更能感觉到女主人公及其爱情的无助和悲壮。于是,在"他沉思着已踏上滩头"之后,"大海于是成为眼泪的大海"。这无疑是一个夸张的手法,可以与李白的"燕山雪花大如席"相媲美,更为重要的是,这个夸张手法里还具有某种通感作用,也就是说,眼泪和海水都是咸味的。她的泪水绵延不绝,汇成了一汪大海;或者,大海荡漾起它苦涩的海水,在感召那位正走向大海的男人,他依然在"沉思",这沉思有可能是一种毅然决然的态度,也可能是一种犹豫不决的表现,这使我们意识到,如果没有随后吹起的"一阵顺风",结局还不定怎样呢。

顺风吹来,"于是伟大的丈夫/离开了迦太基",而她命士兵燃起篝火，准备跳入火堆自尽，用这种最极端的方式向他示爱，同时也是在向他发出诅咒，对他进行复仇。篝火也是一个值得注意的意象，在这首诗中，重复出现的名词只有三个，即"大海"、"窗口"和"篝火"，其中"大海"（море）出现四次，"窗口"（окно）和"篝火"（костёр）分别出现两次。在欧洲文学中，篝火往往被当作无望爱情的象征物，这里的"篝火"显然也有这层文学内涵，与此同时，篝火作为她的感情的最终喷发和爆发，也构成了全诗的情感高潮，在篝火映照出的幻象中，"迦太基无声地倾塌"。诗的最后一行是一个时间状语，它被分开排列，造成一种割裂感和距离感。卡托是古罗马的执政官，极端仇视迦太基，可迦太基的灭亡却在卡托死后。但这里所说的"早了许久"，并不一定是指真实的历史时间。是狄多的"幻象"，或者说是她的爱情和绝望，最终导致迦太基的灭亡，因此是"早了许久"。

现在，我们来对这首诗做一个整体性的理解。首先，从主题上看，这首诗写的是一个神话故事，是狄多和埃涅阿斯之间的一场爱情悲剧，通过两个主人公，也就是狄多和埃涅阿斯的对立，布罗茨基试图揭示诸多对立因素的并立，比如女人与男人，阴与阳，柔软与坚硬，近处与远方，现实与理想、爱与责任、情感与义务，等等，如此一来，布罗茨基便将狄多和埃涅阿斯的对立和冲突抽象化了，普遍化了。狄多和埃涅阿斯的爱情悲剧并非是狄多一个人的悲剧，埃涅阿斯也未能幸免；更进一步，他俩的爱情悲剧说到底就是相互之间的不理解，就是两种对立元素的持续作用，就这一意义而言，他俩的悲剧也许也是我们每个人的悲剧，是整个人类的悲剧，这也就是人类的存在主义悲剧。值得注意的是，除了在标题上写明了"狄多与埃涅阿斯"之外，布罗茨基在诗中只用"他"和"她"，诗人的目的或许就是让这首诗的所指更具概括意义，暗示我们每个人都可能成为这对男女中的某一位。

　　布罗茨基的这首《狄多与埃涅阿斯》很容易使人联想到弗罗斯特的《家葬》一诗。许多年之后，布罗茨基在美国的大学任教时曾在课堂上详尽地分析过《家葬》一诗，他的讲稿后来加工成他著名的散文《悲伤与理智》。他认为，弗罗斯特那首以男女主人公的情感冲突为描写对象的诗作，就是一段双人芭蕾，是一曲复调音乐。他是这样归纳弗罗斯特《家葬》一诗的主题的："那么，他在他这首非常个性化的诗中想要探求的究竟是什么呢？我想，他所探求的就是悲伤与理智，当这两者互为毒药的时候，它们便会成为语言最有效的燃料，或者如果你们同意的话，它们便会成为永不褪色的诗歌墨水。弗罗斯特处处信赖它们，几乎能使你们产生这样的感觉，他将笔插进这个墨水瓶，就是希望降低瓶中的内容水平线；你们也能发现他这样做的实际好处。然而，笔插得越深，存在的黑色要素就会升得越高，人的大脑就像人的手指一样，也会被这种液体染黑。悲伤越多，理智也就越多。人们可能会支持《家葬》中的某一方，但叙述者的出现却排除了这种可能性，因为，当诗中的男女主人公分别代表理智与悲伤时，叙述者则代表着他们两者的结合。换句话说，当男女主人公的真正联盟瓦解时，故事就将悲伤嫁给了理智，因为叙述线索在这里取代了个性的发展，至少，对于读者来说是这样的。也许，对于作者来说也一样。换句话说，这首诗是在扮演命运的角色。"读到这段文字，我们便能对《狄多和埃涅阿斯》的主题有了一个更深入、更明确的理解了；我们甚至可以推论，写作此诗时的布罗茨基，可能已经熟读了弗罗斯特，尤其是后者的《家葬》一诗。

　　其次，从手法上看，布罗茨基这首诗可以说是典型的阿克梅派诗作。阿克梅诗派作为俄国白银时代最重要的三大诗歌流派之一，曾推出了古米廖夫、曼德施塔姆、阿赫马托娃等大诗人，在 20 世纪的俄语诗歌史乃至世界诗歌史中留下了深刻的烙印。但在布罗茨基开始写作的 20 世纪 60 年代，阿克梅派的诗歌遗产和整个白银时代的诗歌遗产、文化遗产一样，还处于一个被封闭的状态，布罗茨基因为是阿赫马托娃的诗歌学生，也有可能接近这份遗产，并在自己的诗歌创作中有意识地继承这份宝贵的诗歌遗产，正因为如此，布罗茨基后来才被称为"最后一位阿克梅派诗人"和"彼得堡诗派的传人"。阿克梅诗派有两个突出的特征：一是曼德施塔姆在回答"什么是阿克梅主义"的问题时给出的著名回答——"是对世界文化的眷念"；一是对诗歌造型功能的追求，既对诗歌的绘画性、雕塑感和建筑般实在质感的追求，以有别于追求音乐性、缥缈感的象征主义诗派。这两个特征在布罗茨基的这首诗中都不难辨认出来：他像曼德施塔姆一样，喜欢从古希腊罗马的文化遗产中采掘诗歌素材；而我们前面提到的移行等具体手法，以及他诗歌中强烈的画面感，都是阿克梅派传统手法的当代显现。

我们在前面提到布罗茨基创作的巴洛克风格，这首诗在这一方面也是一个很好的例证。这首诗是一件跨体裁、超体裁的艺术品，除了前面提到的绘画性和雕塑感外，这里还有戏剧的手法，如同古希腊悲剧一般的庄严和规整；这里还有芭蕾的手法，就像布罗茨基本人对弗罗斯特《家葬》一诗的定性一样；这里还有电影的手法，就像在两位主人公之间、内景和外景、远景和近景之间来回切换的蒙太奇。更为重要的是，这首写于 20 世纪 60 年代的诗作既是对白银时代阿克梅派诗歌遗产的有意继承，同时也在有意或无意之间体现出了某种后现代特征。比如：此诗尽管用较为严格的五音步扬抑格写成，但却不用严格的韵脚，也就是所谓的无韵诗（белый стих）；此诗的语言有着很强的散文化特征，全诗实际上由若干散文句式构成，诗人为了突出这一效果，还有意在诗中采用散文中的大小写原则，也就是在一个完整句的开头才用大写字母,而不是像在诗中那样每一行的开头字母都大写;再比如前面提到的移行,再比如他在诗中插入的口语化句式"众所周知"(как известно),等等。更为重要的是,此诗不仅具有题材上的戏仿性质,而且也带有某种调侃的口吻和嘲讽的调性。

最后,从写作的时间上看,这首诗是年轻的布罗茨基的试笔之作之一,但是它却写得很老到,很成熟。我有一次在香港与诗人北岛谈起这首诗,他认为这首诗写得有些做作,过于匠气,此话不无道理。但是,布罗茨基后来整个诗歌创作的主要特征,比如深邃的历史感和立体的雕塑感、激烈的内在冲突和冷峻的抒情态度、对白银时代诗歌遗产的用心继承和调侃一切的诗歌态度等对立元素的和谐统一,在这首诗中无疑已经获得了充分的体现,就这一意义而言,《狄多与埃涅阿斯》无疑是布罗茨基诗歌创作的标志性作品之一。值得称奇的是,布罗茨基写作此诗时的年龄是29岁,只比在座的同学们稍大一些,如此一想,作为他后代里的同龄人,你们更应该去细细地揣摩和品味这首诗中的奥秘和韵味了。

格罗斯曼的"生活与命运"*

我们对于外国文学的阅读，其中包括对俄苏文学的阅读，长期以来总是或多或少受到"外国人"的影响，甚至左右。比如，对于苏联文学，我们长期以来一直受到苏联官方文学意识形态的影响，将高尔基和马雅可夫斯基视为最高经典，将苏联学者编写的文学史当成真正的"教科书"，言必称苏联。我们的老一辈学者中，经常有人用这样的对话来结束争论：人家苏联人都已经这样说啦！你还有什么可质疑的？！不知自何时起，我们对俄语文学的阅读又开始受西方同行的左右了，在西方受到热捧的俄语作家，比如陀思妥耶夫斯基，比如巴赫金，比如布罗茨基，似乎往往都能在我们这里得到追捧，只是时间或有早晚。这部《生活与命运》似乎又要再次重复这样的"命运"，其实它早在20多年前就已经从俄文译成中文出版了，但一直没有引起广泛的关注，直到如今才引起我们的重视，而且，是在西方予此书以极大的关注和极高的评价之后！我们在对俄苏文学的取舍上，在对俄语文学作品的阅读上，是否应该如此地贴近西方话语，是否应该完全从西方读者的立场上去理解我们的阅读对象？我们不能希望有朝一日，西方人也能跟着我们的取舍去阅读俄语文学，但是我们希望我们能有我们中国人自己的读法，从包括俄语文学在内的外国文学中读出我们

---

* 2015年9月26日在北京单向空间书店的演讲。

格罗斯曼的"生活与命运"

自己的感受,并将这样的感受表达出来,甚至影响到其他国家和民族的读者。

关于《生活与命运》的最高评价,也是最为流行的评价,也是让出版者、发行者最喜欢听的一句话,就是被印在这部译作腰封上的这句话:"当代的《战争与和平》。"格罗斯曼和他的这部小说,无疑完全受用得起这句评语。俄国人善于用文学记录俄罗斯民族的重大历史事件,1812年抗击拿破仑的卫国战争在托尔斯泰的《战争与和平》中得到恢宏再现,十月革命后的国内战争在肖洛霍夫的《静静的顿河》中获得壮阔描摹,于是,人们在第二次世界大战结束后不久便开始翘首以待:一部新的《战争与和平》会在何时出现呢?20世纪的俄语战争文学先后出现"三次浪潮",涌现许多杰作名著,却无一部能与《战争与和平》相提并论。时间到了20世纪80年代末,亦即苏联解体前两三年,一部反映苏联反法西斯卫国战争的史诗巨作横空出世,这就是瓦西里·格罗斯曼的长篇小说《生活与命运》。

瓦西里·格罗斯曼本名约瑟夫·格罗斯曼,他,或者是他的家人,后来将典型的犹太人名约瑟夫改为俄罗斯人常用的瓦西里,大约也是意在掩饰他的犹太出身。他1905年出生在乌克兰顿巴斯矿区的别尔季切夫城,父亲是化学工程师,母亲是中学法语教师。父母离异后,他于1912年随母亲去瑞士,在日内瓦、洛桑等地上学,1914年返回基辅,中学毕业后考入莫斯科大学数理系化学专业,1929年回顿巴斯矿区的一家研究所工作,1933年来到莫斯科,在铅笔厂做化学工程师。格罗斯曼从20世纪20年代末开始文学创作,1934年在《文学报》发表处女作《在别尔季切夫城》,受到高尔基、巴别尔等人重视,后来加入苏联作家协会,并在1935年到1937年间连续出版三部中短篇小说集——《幸福》、《四天》和《故事集》,成为知名作家。这些小说或写国内战争,或写矿区生活,都属于当时苏联文学中典型的

"内战主题"和"生产主题",但是,在创作之初便有意靠拢巴别尔、普拉东诺夫和布尔加科夫等人的格罗斯曼还是逐渐显现出了他的写作风格,比如奇特化的细节描写、冷静的主观态度和智性的叙事文字等。

1941年,格罗斯曼应征入伍,担任《红星报》的战地记者。他经历了整个卫国战争,在斯大林格勒会战期间亲历巷战,置身枪林弹雨,是这场会战自始至终的见证人。他在战时写出大量报道、特写和小说,这些文字后来以《战争岁月》为题结集出版。格罗斯曼还是第一批进入纳粹集中营的记者,他1944年写出的《特雷布林卡地狱》第一个把纳粹建立死亡集中营的骇人罪行公之于世,使"大屠杀"的真相终于大白于天下,格罗斯曼因此也被全世界犹太人视为以笔作为武器的民族英雄。战后,格罗斯曼又与同为犹太人的苏联作家爱伦堡一同编成《黑皮书》,收录了更多关于纳粹屠杀犹太人的证据和实录。

1949年,格罗斯曼写出长篇小说《为了正义的事业》,并将小说投给《新世界》杂志,经过漫长的三年"编辑",小说才于1952年在杂志上连载。尽管这是一部比较"标准的"苏联战争文学作品,但作者在其中体现出的个性化思考还是引起苏联官方不满,《真理报》、《文学报》和《共产党人》杂志等报刊相继刊出批判文章,苏联作家协会主席团甚至专门做出决议,对报刊上的批判文章表示支持和肯定,认为格罗斯曼"偏离了党的文学的立场","对卫国战争历史进程的认识是非马克思列宁主义的",表现出了"非常错误的思想创作观"和"资产阶级唯心主义哲学"。经历了这场疾风暴雨的格罗斯曼并未消沉和畏缩,他写出小说的续篇,也就是后来的《生活与命运》,他深知这部续篇短时间里无法面世,反而放开了手脚,任由自己的所思所想自由地倾吐。《生活与命运》写了将近十年才完工。文学史家通常将《生活与命运》与《为了正义的事业》合称"两部曲",其实,就格罗斯曼思想的一贯性及其艺术表现方式的统一性而言,我们还应该将他后来写作的绝笔之作《一切都在流动》也添加进来,这三部小说构成了一部真正的"三部曲"。

1964年9月14日,格罗斯曼因肾癌在莫斯科病逝,死后葬在莫斯科特洛耶库罗夫墓地。格罗斯曼的身份原本不是问题,可是随着苏联的解体和乌克兰的独立,随着犹太社团和犹太裔作家国际影响的增大,他的身份认同也在发生微妙的变化,从一名地道的苏联作家演变为俄语作家、犹太作家、乌克兰作家这一切的混成。新近主张独立的顿涅茨克地区,更将格罗斯曼视为其文学和文化代言人,在格罗斯曼工作过的当地医学院大楼的墙上,就新挂起一面格罗斯曼的纪念牌。

1960年10月,格罗斯曼将完稿的《生活与命运》投给《旗》杂志,该刊主编很快便主动地将手稿上交。次年2月14日,秘密警察带着搜查证闯入格罗斯曼家,抄走这部小说的底稿。格罗斯曼原来以为自己也会被捕,却发现他面对的是只查抄书稿、不逮捕人这一罕见的情形。九天之后,也许是心存侥幸,也许是孤注一掷,格罗斯曼直接上书赫鲁晓夫,他在信中写道:"我请求您还我的书以自由,我请求让编辑、而非国家安全委员会的特工来谈论我的手稿,来与我争论……我如今人身自由,可我花费毕生心血写成的书却在坐牢,这既无道理,也无意义,要知道此书是我写的,要知道我过去和现在都与此书脱不了干系……我仍旧认为,我写的是真相,我是怀着对人的爱和信仰写作此书的。我请求给我的书以自由。"从这封信的口吻来看,当时的政治环境还是比较宽松的。还必须考虑到这样一个情况,即最终拒绝格罗斯曼请求的赫鲁晓夫却在一年之后亲自拍板让《新世界》杂志发表了索尔仁尼琴的中篇小说《伊凡·杰尼索维奇的一天》。或许是经赫鲁晓夫授意,当时苏共中央政治局主管意识形态的高官苏斯洛夫约见格罗斯曼,称归还手稿的事情"绝无商量余地",说这部小说"两三百年之后才能在苏联出版"。或许作家早就对这部小说可能遭遇的"命运"心有预感,他将两份复写件存放在其他地方,并将其中一份托付给自己的朋友、著名诗人利普金。20世纪70年代中期,利普金在萨哈罗夫等人帮助下,将手稿拍成微缩胶卷送到境外,格罗斯曼这部遗作终于在1980年于瑞士洛桑出版。随后,此书迅速被译成欧洲各大主要语种,在世界各国相继面世。但在苏联,此书直到改革时期才得以面世。2011年,英国广播公司将《生活与命运》改编为广播连续剧,节目播出后,《生活与命运》英译本曾位居英美畅销书排行榜榜首。2012年,根据这部小说改编的电视连续剧在俄国国家电视台播放。近20年间,各种版本的《生活与命运》在俄国不断出现,可以说,《生活与命运》已成为被阅读最多的20世纪俄语长篇小说之一。2013年7月25日,俄联邦国家安全局正式将《生活与命运》的手稿转交俄联邦文化部,最终为格罗斯曼这部小说奇特的"命运"画上一个意味深长的句号。

长篇小说《生活与命运》以第二次世界大战中著名的斯大林格勒战役为故事情节发生地,以沙波什尼科夫一家及其亲朋好友的生活为描写对象,再现极端环境中人的"生活"和"命运"。小说虽然聚焦于1942年9月到1943年2月之间的斯大林格勒,可作者却用沙波什尼科夫一家串联起众多人物的过去和现在。亚历山德拉·沙波什尼科娃革命前毕业于高等女子学院,在丈夫死后做过女教师、化学工程师,她有三个女儿和一个儿子。大女儿柳德米拉的第一任丈夫阿巴尔丘克死于苏联劳改营,他们的儿子托里亚1942年死于战场,第二任丈夫维克多·施特鲁姆是一位犹太裔物理学家,苏联科学院通讯院士,他一直在从事与原子弹相关的研究,他似乎面临着这样一个选择,是继续从事斯大林看重的研究以暂保性命,还是放弃"助纣为虐"而被消灭。维克多在德国的亲戚朋友被关进纳粹集中营,他的母亲则死于纳粹在占领区对犹太人实施的大屠杀,顺便插一句,格罗斯曼的母亲也在战时死于别尔季切夫,是纳粹屠杀行为的遇害者;二女儿玛露霞死于战时,她的女儿维拉在战地医院工作,后来结识负伤的飞行员维克多,两人结婚;小女儿叶尼娅爱上坦克部队军官诺维科夫,可是被关进卢比扬卡监狱的丈夫克雷莫夫却让她牵肠挂肚;儿子米佳和妻子在大恐怖时期被捕,他们的儿子谢廖沙一直跟外婆生活,后来参加斯大林格勒会战。除沙波什尼科夫一家外,作者还设置了另一组人物,即老布尔什维克莫斯托夫斯科伊、军医索菲亚·列文顿和司机谢苗诺夫,他们在战时被关进德国集中营。谢苗诺夫途中被怜悯他的德国人释放,为一位乌克兰妇人所救;莫斯托夫斯科伊在狱中坚贞不屈,最后遇害;索菲亚因是犹太人而被送入死亡集中营。通过这两组人物,作者不仅再现了斯大林格勒战役的全景,同时也用文学的手法将20世纪诸多残酷史实一一记录在案,如苏联的集体化运动、1933年乌克兰大饥荒、1937年至1938年的大清洗、德国的死亡集中营,等等,从而使《生活与命运》成为一部记录20世纪俄罗斯民族苦难乃至整个人类苦难的艺术史诗。

《生活与命运》自20世纪80年代在西方面世以来,在世界各国赢得诸多好评,如:英国历史学家、作家安东尼·比弗称它是"20世纪最佳俄国小说";法国历史学家弗朗索瓦·福雷认为格罗斯曼因为《生活与命运》而成为"本世纪最深刻的见证人之一";德国作家海因里希·伯尔称此书"是一部蕴含着多部长篇的长篇,一部拥有其独特历史的作品"。但是,能给人留下最深刻印象的评语大约还是前面提到的那句话,也就是:"一部当代的《战争与和平》。"它和《战争与和平》之间的确有太多的可比之处。

首先,《生活与命运》这个书名在句法上便与《战争与和平》构成呼应,这两个均由两个名词组成的并列结构书名具有极强的归纳和概括意义,如果说"战争"与"和平"是国家、民族等集体所面对的两种常态，人类社会就是在这两种状态的交替中延续下来的，那么，"生活"和"命运"则是个人存在的两个主要范畴。《生活与命运》手稿的保存者利普金曾这样谈起他对这一书名的理解："阅读此书时我并未立刻意识到，生活与命运之间还存在着另外一种比我之前想象的更为复杂的关联。我们的理性无法理解这种关联。命运无法改变，命运是生活孕育出来的，而生活就是上帝。"

其次，这两部小说都是其作者长期写作体验的厚积薄发。与托尔斯泰的史诗一样，《生活与命运》也是对于"战争"与"和平"的描写，也是关于这两种生活状态的思考。托尔斯泰在《战争与和平》之前写作的自传三部曲和《塞瓦斯托波尔故事》，分别从贵族生活积累和战争体验这两个方面为托尔斯泰写作《战争与和平》做了厚实的铺垫；同样，格罗斯曼在20世纪30年代创作的三卷本长篇小说《斯捷潘·科尔楚金》以及他以斯大林格勒战役为主题写作的大量报道、特写和小说，也为他最终在《生活与命运》中将这两类写作体验合而为一创造了前提。

第三，这两部小说都是现实主义风格的史诗巨著。《战争与和平》由四部构成，译成中文约120万字；《生活与命运》也有三部，译成中文约80万字。两部史诗都人物众多，线索复杂，自战场到家庭来回穿梭。值得注意的是，《战争与和平》写了四大家族，《生活与命运》虽然仅以沙波什尼科夫一家为主要描写对象，却也是以他们家的四个小家庭及其相互关系为叙事线索的。两位作家笔下的形象有虚构的普通人，也有真实的历史人物。托尔斯泰写到了拿破仑、库图佐夫、亚历山大等，格罗斯曼也描写了斯大林、希特勒、日丹诺夫等，但他们着重塑造的人物却都是那种始终处于精神和道德探索中的人，叶尼娅·沙波什尼科娃就像是娜塔莎·罗斯托娃，而施特鲁姆和莫斯托夫斯科伊等也重走了彼埃尔和安德烈的心路历程。两部小说都有广阔的格罗斯曼的"生活与命运"

时空构架,《战争与和平》从莫斯科和彼得堡写到奥地利和法国,时间跨度达15年之久,从1805年到1820年;《生活与命运》虽然集中描写斯大林格勒战役,可作者通过主人公们的前史和回忆,将叙述的时空拓展开来,写到了十月革命、集体化运动、1937年肃反运动等,叙事时间甚至超出《战争与和平》,叙事空间则同样在国内和国外、城市和乡间往复穿梭。两部小说都可以说是俄国某一特定历史阶段民族生活的文学全景图。

最后,两部小说同样是壮阔的叙事、强烈的抒情和深邃的思索这三者的有机结合,将"和平"时期的"生活"和"战争"时期的"命运"勾连在一起,是其作者关于生与死、爱与恨、善与恶、罪与罚、个人与历史、自由与专制等永恒问题的深刻思考。

我们将《生活与命运》与《战争与和平》做比较,既是因为托尔斯泰的史诗对格罗斯曼的小说产生了直接的影响,也由于《生活与命运》这部小说自身的巨大意义。两部创作时间相距百年的长篇小说,相互之间居然存在着如此紧密的渊源关系,这构成一个饶有兴味的文学史话题。然而,将《生活与命运》与《战争与和平》相提并论,并不是为了搜寻两部小说的"互文性"关系,更不是在暗示格罗斯曼创作的"模仿性"。与此同时,我们也不应忽略这两部作品之间的某些差异,比如两部小说在总体调性上的差异。就总体风格而言,《战争与和平》可以说是乐观的,正面的,是凯旋的教谕;而《生活与命运》则是悲剧的,是具有反省、申诉意味的思考。写作《战争与和平》时的托尔斯泰年在三十五六岁,而写作《生活与命运》时的格罗斯曼已年近六旬;《战争与和平》是托尔斯泰的第一部长篇小说,而《生活与命运》则是格罗斯曼的最后一部大型作品;两位作家所处的生活时空、他们进行创作的时代和社会语境也大不相同,而作家所处的文化时空往往能在一定程度上决定作家的创作态度和创作内容,并进而影响到其风格和调性。对这两部伟大作品的比较，能让我们更清晰地意识到这一点。不过，这些差异不仅没有拉大这两部小说之间的距离，反而让它们更为相近了，因为它们都是所表现的那个时代之真实可靠的、不可替代的文学记录。

《生活与命运》的核心命题就是专制制度下人的自由的问题。专制和战争这两个极端环境的相互叠加，使小说中的人物遭遇着命运的摆布。然而，在面临厄运的时候如何保持人的生活，这才是作家思索的重点。核物理科学家施特鲁姆得到器重，可他却感觉到"一种欲使他沦为奴隶的力量在不断增强"，他不断地做出自觉的抵抗，就像契诃夫在写给苏沃林的信中所说的那样，在"一点一滴地从自己的身上挤出奴性"，最终获得了内在的精神自由；落入集中营的托尔斯泰主义者伊康尼科夫，在牺牲自己和参与屠杀，哪怕是间接地、不会承担任何责任地参与屠杀这两者之间做出了抉择；他宁愿被处死也不去修建毒气室；索菲娅的医生身份本可以使她暂时躲开死神，只要她在纳粹军官点名时上前一步，可她却毅然决然地与其他犹太人一同走进毒气室……诸如此类的选择并不仅仅只出现在那个特定时期，在人类历史的不同阶段，在不同的国家，人们都有可能面临如此艰难的抉择，即个人自由与环境胁迫的对立，而这又几乎是有史以来许多文学杰作诉诸的重要主题之一。后来，在《生活与命运》的姐妹篇《一切都在流动》中，格罗斯曼继续并深入了他关于自由的思考。

在《生活与命运》这部抒情哲理史诗中，与深刻的思考构成双璧的是浓烈的抒情。这是一种辽阔厚重的抒情，也是一种悲凉沧桑的抒情，它与作者力透纸背的思想力量相互交织，营造出醇厚的史诗感。德国集中营里的俄国囚犯看到下雪："天快亮时下了一场雪，直到中午也没有化。俄罗斯人感到又欢喜又悲伤。这是俄罗斯在思念他们，将母亲的头巾扔在他们的苍白而痛楚的脚下，染白了棚屋顶，远远看格罗斯曼的"生活与命运"

去,一座座棚屋很像家乡的房屋,呈现出一派乡村气象。"柳德米拉清晨在伏尔加河上的轮船上醒来,她看到:"黎明渐渐近了。夜雾在伏尔加河上飘荡,似乎一切有生命的东西都沉没在雾中。忽然跃出一轮红日,好像又迸发出希望。蓝天倒映在水中,阴郁的秋水呼吸起来,太阳也好像在浪花上雀跃。……大地是辽阔的,大地上的森林看上去也是无边无际的,其实既能看到森林的头,又能看到森林的尾,可大地是无穷无尽的。像大地一样辽阔、一样长久的,是痛苦。"小说第二部的结尾是这样的:"死去的飞行员在积雪覆盖的小丘上躺了一夜。寒风凛冽,星光灿烂。黎明时的小丘变成粉红色,飞行员躺在粉红色的小丘上。后来吹起贴地的搅雪风,尸体渐渐被雪埋住。"而在整部小说的最后,叶丽娅和诺维科夫挽着手走在宁静的森林里,"在这种宁静中,会想起去年的树叶,想起过去的一场又一场风雨,筑起又抛弃的窠巢,想起童年,想起蚂蚁辛辛苦苦的劳动,想起狐狸的狡诈和鹰的强横,想起世间万物的互相残杀,想起产生于同一心中又跟着这颗心死去的善与恶,想起曾经使兔子的心和树干都发抖的暴风雨和雷电。在幽暗的阴凉里,在雪下,沉睡着逝去的生命——因为爱情而聚会时的欢乐,四月里鸟儿的悄声低语,初见觉得奇怪、后来逐渐习惯了的邻居,都已成为过去。强者和弱者、勇敢的和怯弱的、幸福的和不幸的都已沉睡。就好比在一座不再有人住的空了的房子里,在和死去的、永远离开这座房子的人诀别。但是在寒冷的树林中比阳光明丽的平原上春意更浓。在这宁静的树林里的悲伤,也比宁静的秋日里的悲伤更沉重。在这无言的静默中,可以听到哀悼死者的号哭和迎接新生的狂欢……"

所有这些抒情的段落写得好,译得也好。善于再现悲剧抒情风格的翻译家力冈先生的功力和风格,在《生活与命运》的译文中体现得淋漓尽致,炉火纯青!力冈老师是我上大学时的文学课老师,本名王桂荣。如今读着这些不朽的译文,我仿佛还能看见王老师的音容笑貌,今天看到这么多人坐在一起讨论他的译著,我想王老师在天之灵一定会感到无比欣慰的。译完这本书后,很少为译著写序的王老师还为这部译著写了一篇很有力度的译序。一位翻译家,只要他的译作还能出版,还能被人阅读,这位翻译家就还活着。前些年,我的一位研究生还以力冈的文学翻译为题完成了她的学位论文。一部好的译作,无疑就是译者的生命之延续。

最后,再对格罗斯曼的《生活与命运》做一点总结:这部小说史诗般地记录、再现了20世纪特定历史阶段俄罗斯民族乃至整个人类的命运。仅仅将《生活与命运》视为一部反极权制度的作品,这其实在一定程度减弱了这部巨作的普遍意义和恒久价值。纵观格罗斯曼的整个创作,我们不难看到一个有良知的儿子从懵懂逐渐走向清醒的经历,不难听到真理的声音从模糊而逐渐清晰起来的过程;细读他的《生活与命运》,我们不难感觉到,格罗斯曼的想象和思考均具有超越时空的全人类意义。如今我们应该意识到,单就小说创作而言,格罗斯曼无疑是出类拔萃的,他应与高尔基、肖洛霍夫、帕斯捷尔纳克、布尔加科夫、普拉东诺夫和索尔仁尼琴等人并列,被视为20世纪最伟大的俄语小说家之一。

读《曼德施塔姆夫人回忆录》*

任何一种文学,说到底都是记忆的结晶和产物;任何一种文学,也注定是两种性别记忆的合成,尽管在不同的历史时代,男性记忆和女性记忆在文学中所占的比例或许有所不同。女性记忆与俄国文学,或者说是俄国文学中的女性记忆,是一个饶有兴味的文学史话题。俄国女性的声音很早就响彻在俄国文学当中,比如《伊戈尔远征记》中伊戈尔的妻子雅罗斯拉夫娜在普季夫尔城头发出的"哭诉",《乌莉雅尼娅·奥索里英娜的故事》中女主人公的音容笑貌,大司祭阿瓦库姆的《生活纪》中阿瓦库姆的妻子对丈夫的相随之举和激励之言,等等。到了叶卡捷琳娜在位时期,在这位爱好文学、标榜开明的女皇的"恩准"和支持下,俄国文学中的"女性写作"正式出现,叶卡捷琳娜本人实际上就可以被视为俄国文学史上的第一位女性作家。然而,在俄国19世纪辉煌的现实主义文学中,女性作家的身影却一直被从普希金、莱蒙托夫和果戈理到陀思妥耶夫斯基、托尔斯泰和契诃夫等一大批男性文学巨人所遮蔽,构成世界文学史中三大高峰之一的19世纪中后期俄国批判现实主义文学,就其创作主体而言似乎就是一种"男性文学"。直到俄国文学和文化中的"白银时代"兴起之后,随着吉比乌斯、阿赫马托娃、茨维塔耶娃、苔菲等杰出女性文学家的涌现,俄

---

* 2014年10月28日在复旦大学的演讲。

国文学中的性别构成才开始发生改变。在整个20世纪乃至苏联解体之后的俄国文学中，无论是作为创作的主体还是作为描写的对象，女性都越来越突出地显示了她们的存在。

综观俄国女性文学的发展历程，我们发现，与其他民族的女性写作者一样，俄国女性的创作优势主要体现在抒情诗、戏剧和短篇小说等体裁领域，但是，作为一个群体的她们似乎也很擅长另一种写作形式，也就是回忆录。回忆录作为一种文学样式，其最主要的体裁特征恐怕就在于"回忆"，在于"记忆"。回忆录属于纪实文学和自白文学范畴，它介乎于自传体小说和书信日记等纯纪实文字之间，表现为社会政治和文学文化生活的参与者或见证人关于往昔历史、人物事件的追忆和叙述、思考和评说。这一写作方式以史实性和客观性为基础，同时也要求表达上的画面感和文学性。"回忆录"在俄语中称为"воспоминания"，有时也叫作"мемуары"，后一种说法更像是外来词，"回忆录"一词在俄语中多以复数形式出现，单数形式则表示"记忆"、"想起"等义，它在英语中的对应形式至少有五个，也就是 remembrances, recollections, reminiscences, memoirs 和 memorials，这或许也从另一个侧面表明，俄国文学中的"回忆录"形式是含义丰富、甚至包罗万象的。俄国作家在写作回忆录时往往不再另拟题目，而直接冠以"воспоминания"、也就是"回忆录"的字样，他们或许以为，这样的书名最能概括他们纷繁多样的记忆和感受。

从19、20世纪之交时起，俄国女性作家开始与男性作家平起平坐，逐渐在抒情诗等短小体裁领域占得半壁江山，而在大型体裁领域，回忆录则是她们最为擅长的形式，她们在这一方面表现出了足以与男性作家相匹敌的创作能力和实绩。俄国文学史上最早的女性回忆录作家或许就是娜塔莉亚·鲍里索夫娜·多尔戈鲁科娃，她本意是写给自家子孙们看的《亲笔手记》（1767）后于1810年在杂志上公开

读《曼德施塔姆夫人回忆录》

发表，在俄国社会引起广泛的阅读兴趣。俄国文学史上最早的女性文学回忆录名作，则或许是帕纳耶娃那部写于19世纪80年代、面世于1889年的"Воспоминания"，中文译名为《帕纳耶娃回忆录》。由帕纳耶娃奠定的"俄国女性文学回忆录"传统在20世纪大放异彩，结出累累硕果。它们或是女作家、女诗人本人的自传性文字，如茨维塔耶娃的《我的普希金》、苔菲的《我的编年史》和阿赫马托娃的《自传随笔》等，或是他人关于女作家、女诗人的描写，如丽季娅·楚科夫斯卡娅的《阿赫马托娃札记》等，但更多的女性文学回忆录则是女作家们主观体验和客观见闻这两种成分的合成，作者们既写自己也写他人，既展示历史场景也袒露个人情感。20世纪的俄国女性文学回忆录名篇还有吉比乌斯的《鲜活的面孔》、丽季娅·金兹堡的《险峻的道路》、奥多耶夫佐娃的《涅瓦河畔》和《塞纳河畔》、别尔别罗娃的《着重号为我所加》以及艾玛·格尔施泰因的《回忆录》等，这些作品或前后衔接，或相互呼应，共同构建出一座俄国女性文学记忆的金色宫殿。在这座文学宫殿中，《曼德施塔姆夫人回忆录》无疑也占有一个重要位置。这部回忆录的写作和发表、内容和风格、传播和影响均具有十分典型的意义，在一定程度上概括地体现了女性记忆在俄国文学中的作用和意义、功能和影响。

娜杰日达·雅科夫列夫娜·曼德施塔姆是俄国诗人曼德施塔姆的妻子。奥西普·埃米利耶维奇·曼德施塔姆是俄国白银时代阿克梅诗派的最重要代表，也被视为20世纪俄国乃至世界范围内最伟大的诗人之一。他与古米廖夫、阿赫马托娃并列，被视为阿克梅诗派的"三驾马车"。他在20世纪20年代发表的作品，比如诗集《忧伤集》、回忆录《时代的喧嚣》、文论集《论诗歌》等，具有极高的文学史价值。1933年，曼德施塔姆写了一首影射斯大林的诗，因此被捕，被判处三年流放。在流放地沃罗涅日，曼德施塔姆迎来另一个诗歌创作高峰，他写在三个"沃罗涅日笔记本"中的诗作后被妻子和朋友们保存下来，成为20世纪俄语诗歌中的珍品。1938年，曼德施塔姆再次被捕，被流放至苏联远东地区，最后于1938年底死于海参崴附近的一座集中营。

娜杰日达·曼德施塔姆出嫁前姓哈津娜，她于1899年10月30日生于萨拉托夫，与曼德施塔姆一样出身犹太家庭，父亲是律师，母亲是医生。20世纪初，哈津一家迁居基辅，1909年，娜杰日达进入基辅一家私立女子中学读书，其间曾随父母多次旅行德、法、瑞士等国。中学毕业后，娜杰日达考入基辅圣弗拉基米尔大学法律系，但未及毕业，便转入著名画家埃克斯特尔的画室学画。1919年5月1日，娜杰日达在基辅一家咖啡馆结识曼德施塔姆，由此开始了一位著名诗人和一位年轻女画家之间的罗曼史，三年后他俩结婚。但是，这位著名的诗人带给他妻子的却是无尽的磨难，她一生中仅与丈夫共同生活了16年，其中的最后4年还是在流放地度过的。在曼德施塔姆死后，娜杰日达独自一人又活了40余年，在其中相当长一段时间里，她始终居无定所，一无所有，像个逃犯一样东躲西藏。第二次世界大战期间，娜杰日达·曼德施塔姆依靠阿赫马托娃的帮助被疏散至苏联中亚地区，后在一些外省城市的大学教授英语。1958年，娜杰日达·曼德施塔姆退休后迁居塔鲁萨，在莫斯科远郊的这个小镇上，娜杰日达·曼德施塔姆开始写作她的《回忆录》。1965年，随着政治气候的逐渐宽松，她终于回到莫斯科，并得到一间一居室住宅。在之后的十几年时间里，她虽然深居简出，可她位于莫斯科城乡接合部的那间小屋却成了莫斯科的地下文化中心之一，西尼亚夫斯基、沙拉莫夫和阿赫马杜琳娜等著名作家和诗人是这里的常客，爱好曼德施塔姆诗歌以及白银时代俄语诗歌的人将这里当成一块"朝觐之地"，许多俄国境外的斯拉夫学者也时常慕名前来造访这位诗人遗孀。1980年12月29

读《曼德施塔姆夫人回忆录》

日，娜杰日达·曼德施塔姆在莫斯科去世。

曼德施塔姆夫人在20世纪俄国文学史中的名声和地位，主要就源自她的回忆录，换句话说，就源自身为遗孀的她关于其丈夫的回忆，源自她关于她所处时代的文学和社会的文学记忆。她相继出版的回忆录共有三部，即1970年出版的《回忆录》、1972年出版的《第二本书》和1978年出版的《第三本书》，这三本书合称为"回忆录三部曲"（мемуарная трилогия）。我们今天给大家重点介绍的，就是她的第一部《回忆录》。总括地看，《曼德施塔姆夫人回忆录》主要由两个部分的内容构成，其一是关于诗人曼德施塔姆及其诗歌的回忆，其二是对作者所处时代及其本质的反思。

曼德施塔姆是俄国诗歌白银时代最重要的诗人之一，但他在十月革命后却逐渐失声，1938年死去后，他更是在文学史中销声匿迹了。他的一些诗作后来在"解冻"时期陆续发表，国外也相继有他的作品和关于他的文字面世，但是，真正为曼德施塔姆在文学上"恢复名誉"的，还是曼德施塔姆夫人及其回忆录。在曼德施塔姆重新被接受的过程中，曼德施塔姆夫人及其回忆录发挥了至关重要的作用。在曼德施塔姆被捕的那个夜晚，曼德施塔姆夫人就暗暗为自己确立了一个终生为之奋斗的目标："但在那个5月之夜，我还明确了这样一个任务，我过去和现在都是为这一任务而活的：我无力改变奥·曼的命运，但我保全了他的部分手稿，背诵了他的很多东西，只有我能挽救这一切，值得为此保持体力。"曼德施塔姆夫人最终完成了这一使命：在丈夫被捕之后，她将藏匿、保存丈夫的诗作当成生活的主要意义；在丈夫被流放后，她始终陪伴在他身边，两人共同整理曼德施塔姆的新旧诗作；在丈夫去世之后，支撑她活下去的信念就是有朝一日能出版并宣传曼德施塔姆的诗歌遗产；而在时代相对宽松、生活相对稳定之后，她又开始撰写以曼德施塔姆为"主人公"的回忆录。

在自己的回忆录中，曼德施塔姆夫人调动、翻拣、整理并归纳她的记忆，为我们还原出一个活生生的曼德施塔姆。在这本书中，我们能看到曼德施塔姆的特征和形象，能获悉曼德施塔姆的行为和性格，也能了解曼德施塔姆的友人和交际圈，能理解曼德施塔姆的诗歌观和世界观，其结果，就像布罗茨基在他的散文《文明的孩子》一文中所说的那样："这两本回忆录当然是阅读曼德施塔姆诗歌的指南，但是其意义不仅于此。任何一个诗人，无论他写作了多少作品，从实际的或统计学的角度看，他在他的诗中所表现出的至多是他生活真实的十分之一。……奥西普·曼德施塔姆遗孀的回忆录正好涵盖了其余的十分之九。这些回忆录驱走了黑暗，填补了空白，矫正了误解。其总体效果'近乎一次复活逝者的举动'，那害死诗人、比诗人存在得更久并仍继续存在、更为普遍的一切，也在这些书页中得到再现。由于这些材料的致命力量，诗人的遗孀在处理这些成分时如拆卸炸弹一般小心。由于这样的精心，由于这部伟大的散文是用曼德施塔姆的诗歌、用他的死亡过程和他的生命质量写成的，因此，一位哪怕没有读过曼德施塔姆任何一句诗的人也能立即明白，这些文字再现的确实是一个伟大的诗人，仅凭那朝向他的恶所具有的数量和能量。"

在上引这段布罗茨基的话中，有两个词组应该引起我们的关注，即布罗茨基认为曼德施塔姆夫人的回忆录是一部"伟大的散文"，"近乎一次复活逝者的举动"。也就是说，曼德施塔姆夫人用自己的记忆复活了自己的丈夫，复活了一位诗人；更为重要的是，她通过曼德施塔姆又复活了一个诗歌时代，甚至复活了一个历史时代。通过诗人曼德施塔姆的个人遭遇来折射俄国知识分子在20世纪的悲惨命运，来反衬当时社会的反人道、反文化本质，曼德施塔姆夫人于是成了一个大恐怖时代的文学见证人。正是在这层意义上，1978年诺贝尔文学奖获得者、波兰裔美籍作家辛格评论此书道："这是一部最为严肃、最引人入胜的书。它道出了假借进步等美好字眼而展开大规模屠杀的痛苦真相。这是社会学和人类行为学方面的深刻一课。"

《曼德施塔姆夫人回忆录》(简称"回忆录")是一份历史的证词,更是一段文学的记忆,是20世纪俄语文学中所谓"遗孀文学"的最典型体现之一。"遗孀文学"的概念,俄语叫"Литературное вдовство",英文是"Widows' Literature",最早是由何人在何时提出的,我还没有查明,但是我先后看到了这样几个出处:一是布罗茨基在《娜杰日达·曼德施塔姆》(1981)一文中的说法:"在知识分子圈子里,尤其是在文学知识分子圈子里,成为一位伟人的遗孀在俄国几乎已是一种职业,这个国家在30—40年代制造出如此之多的作家遗孀,到了60年代中期,她们的人数已足以组成一个行业工会。"与此构成呼应的,是曼德施塔姆夫人自己在她的"回忆录"中的《档案和声音》一节中发出的一声质问:"我们这种偷偷在夜间背诵死去丈夫话语的女人,究竟有多少位呢?"二是密歇根大学教授普罗菲尔1987年出版的一部英文专著,题目就是《俄国遗孀暨其他作品》(The Widows of Russia and Other Writings);三是最近在网上读到的一篇关于《曼德施塔姆夫人回忆录》的俄文书评,题目是"«Литературное вдовство» как профессия и служба «его» творчеству",汉语的意思是《作为一种职业以及服务于"他"的创作之事业的"文学遗孀"》。

《曼德施塔姆夫人回忆录》无疑就是20世纪俄国"遗孀文学"的最典型体现。英国斯拉夫学者布朗在他为英文版《曼德施塔姆夫人回忆录》所写的序言中提到,曼德施塔姆夫人曾告诉他,说她善于在有人需要的时候"扮演'诗人遗孀'的角色",布朗进而写道,曼德施塔姆夫人对这一角色的扮演如此投入,竟使得《曼德施塔姆夫人回忆录》实际上不是一部"她的"回忆录,而是一部关于"他"的书,"她自己、她的个性和她个人的生活情况都令人奇怪地完全缺失。她的书其实就是一部她丈夫的书"。曼德施塔姆夫人并非一位传统意义上的贤妻良母，她相貌平平，生活能力不强，似乎也不善表达柔情，据说她与曼德施塔姆在生活中也时有争吵。然而，曼德施塔姆夫人却无疑具有俄国女性传统的献身精神。俄国女性，尤其是一些俄国男性伟人的妻子，常以对丈夫及其事业的奉献和捍卫为己任，并因此而自豪，从阿瓦库姆的妻子到十二月党人的妻子，从陀思妥耶夫斯基的遗孀到布哈林的遗孀，莫不如此。曼德施塔姆夫人无疑也是这些忍辱负重、甘愿牺牲的俄国女性中的一员，但与众不同的是，她并不仅仅是"诗人的遗孀"，而且自身也成了一位"诗人"，即用语言来固化记忆、结晶情感的人。布罗茨基甚至断言，曼德施塔姆夫人的所作所为发挥了"延缓民族文化崩溃"的巨大历史作用，正是在这一意义上，他称曼德施塔姆夫人为"文化的遗孀"。

《曼德施塔姆夫人回忆录》体现了20世纪俄国"遗孀文学"的几个主要特征：首先，是作者的遗孀身份，这类作品大多写于作者的丈夫去世之后，是孤独中的寡妻们回忆往事、记忆亡夫的途径和结果；其次，此类作品的内容几乎全都是关于逝去丈夫的，它们作为一种回忆录体裁所体现出的形式特征，即它们大多并非自传，而是"他传"；最后，则是此类作品中所渗透着的作者的奉献和牺牲精神，女性作者们写作此类作品的目的大多仍在于为亡夫树碑立传，或正名申冤。但与此同时，"遗孀文学"毕竟出自女性之手，是女性声音、女性情感、女性视角和女性意识的集中体现，"文学遗孀们"借助自己的记忆和写作完成了某种意义上的自我释放和自我塑造，或者像曼德施塔姆夫人这样，成长为一位真正的作家，可以说，她的回忆录在"复活"曼德施塔姆的同时，也促成了作为一位杰出回忆录作家的曼德施塔姆夫人的诞生。《曼德施塔姆夫人回忆录》在西方面世时，恰逢女性主义文学运动方兴未艾，欧美一些学者也曾试图用女性主义文学理论来解读这

读《曼德施塔姆夫人回忆录》

部女性回忆录,但是,这部作品乃至整个俄国"遗孀文学"所具有的复杂性或曰矛盾性,即纯粹的女性文学表达与毫无保留的女性奉献精神这两者的混成,却使得那些评论家们有些困惑和茫然,于是,一位论者便颇为无奈地将《曼德施塔姆夫人回忆录》的作者称为一位"下意识的女性主义者"。其实,赋予《曼德施塔姆夫人回忆录》和20世纪的俄国"遗孀文学"以价值和意义的或许并非某种清晰的女性立场和女权意识,而是作为作者的遗孀们所具有、所体现出的这样几种特质:第一,她们是以亡夫生活中的患难与共者、精神上的志同道合者为自我定位的,就像曼德施塔姆夫人在她的《遗嘱》中所说的那样:"我有表达意愿的权利,因为我一生都在捍卫一位逝去诗人的那份诗作和散文。这并非一位遗孀和女继承人的庸俗权利,而是一位黑暗岁月的同志所拥有的权利。"第二,她们对包括亡夫的文学遗产在内的整个文学和文化抱有崇高的责任感和使命感。第三,她们普遍具有高深的文学修养和文字能力,能使她们的回忆录具有相当水平的文学性和艺术性。

《曼德施塔姆夫人回忆录》于20世纪70年代在西方风靡一时,自然与当时东西方之间依然持续的意识形态"冷战"的大背景不无关系;这部回忆录"回归"俄国后至今长盛不衰,大约也和人们对曼德施塔姆乃至白银时代俄国诗歌和文化的强烈兴趣有所关联。但是,这部回忆录在世界范围内得到广泛、持久阅读的首要原因无疑仍在于它自身的价值,其价值不仅在于它所包含的内容,同时也在于其风格和表达方式。写作回忆录时的曼德施塔姆夫人,几乎是"白手起家"的,因为她之前并未写过任何真正称得上文学作品的文字,这部回忆录实际上是她的"文学处女作"。然而,这部"处女作"却如此的出手不凡,成为历久弥新的文学杰作,布罗茨基将个中原因解释为两位大诗人,也就是曼德施塔姆和阿赫马托娃对曼德施塔姆夫人的影响，是伟大的俄国诗歌传统将她"踹进了"散文："她的文字所具有的明晰和无情反映了其智性的典型特征，而她明晰而又无情的文风，也同样是那塑造了这一智性的诗歌所必然导致的风格后果。无论就内容还是就风格而言，她的书实质上都只是一种崇高的语言形式之附言，这种崇高的语言形式就是诗歌，仰仗对丈夫诗句的反复背诵，娜杰日达·雅科夫列夫娜使这种语言形式成了自己的肉体。"与曼德施塔姆的相濡以沫，与阿赫马托娃的终生友谊，当然会加深她对诗歌的理解，丰富她的文学修养，但曼德施塔姆夫人能写出一部文学杰作，更重要的前提恐怕仍在于她个人的艺术禀赋，在于她对生活遭际的记忆和思索。作为白银时代俄国知识分子的一员，曼德施塔姆夫人不仅接受过良好的教育，而且也像她那个时代的绝大多数文化人一样，对文学艺术怀有深刻的"眷念"；作为20世纪俄国知识分子命运的见证者和体验者，她在长达数十年的逃亡和独处中所获得的感受和思索，以及此类感受之独特和此类思索之深刻，或许是其他人所无法想象的。此外，她精通数种欧洲语言，有着数十年的外语教学经验，这无疑也会强化她对语言的感受和使用能力；她为了糊口而进行的为数甚多的翻译工作，或许也锤炼了她的文字表达能力；她手不释卷，据说书和香烟、咖啡一同构成了她的三大"依赖"，巨大的阅读量让她很早就体会到了写作的真谛；她在莫斯科的家后来成为一个地下文化中心，作为"沙龙女主人"的她既表达又倾听，更易于对她那一代人的思想情感进行概括和总结。所有这一切都为曼德施塔姆夫人写作一部出色的回忆录奠定了坚实的基础，曼德施塔姆夫人反过来也为我们提供了一部具有很高阅读价值的真正的文学作品。

《曼德施塔姆夫人回忆录》由84个章节构成，各章节没有编号，每个章节似乎都是一个可以独立成篇的散文或特写，但它们之间又不乏承接和呼应关系。此书主要回忆曼德施塔姆夫妇1934—1938年间

读《曼德施塔姆夫人回忆录》

的生活，但其间也穿插有关于曼德施塔姆早年生活和作者其后境遇的某些叙述。全书大致由这样几个大的段落构成，即曼德施塔姆第一次被捕（第1—9节）、切尔登流放（第10—22节）、沃罗涅日流放（第23—45节）、结束流放（第46—59节）、被逐出莫斯科（第60—76节）和曼德施塔姆再度被捕、死亡（第77—84节），各个大的段落大致由十个左右的章节构成，只有沃罗涅日流放时期和被逐出莫斯科后的流浪时期占有较多篇幅。各大段落中的不同章节或写事，或写人，或集中进行评述和思辨。这样的整体结构既收放自如，又浑然一体。《曼德施塔姆夫人回忆录》的另一个突出结构特征就是夹叙夹议，作者用来表达自己的思考和思想的文字几乎与她叙事写人的篇幅一样大。与大多为叙事和转述的《帕纳耶娃回忆录》做一比较，《曼德施塔姆夫人回忆录》的"政论"特征就越发醒目了。总之，丰富独特的叙事内容与音乐的结构和政论的风格相互交织，使曼德施塔姆夫人的这部书成了一部"不止于"回忆录的文学作品，一部富有史诗韵味的特殊时代的编年史。《曼德施塔姆夫人回忆录》的独特之处还在于其感性和理性相互结合的叙述基调。这是一篇满含血泪的控诉和声讨，但我们却听不到作者的哭泣和哀怨，而只能感觉到作者的坚韧和坚强；这部作品中既有纳博科夫的自传《说吧，记忆》一般的细腻和繁复，也有近乎托尔斯泰的檄文《我不能沉默》那样的愤怒和力量。作为一部女性回忆录，这部作品也充满女性的体验和感受，细腻而又深刻。但与此同时，作为女性的作者却在这部作品中体现了强大的理性力量，她透过其所处时代的种种表象，试图深入地剖析这些现象出现的原因及其后果，显示了极高的理论概括能力和思维判断能力。这从她设置的一些章节的题目便可感觉出一二，比如她在曼德施塔姆被捕后的那段"晨思"，她对所谓"社会舆论"的分析，她仿效赫尔岑再次提出的"谁之罪"问题，她对所谓"价值重估"的"重估"，她对"社会结构"的透视，她关于"偶然性"和"必然性"的思考，等等。在此书的《别杀人》一节中，她也曾以"一个理性的人"自称。

在这一方面，她关于俄国知识分子及其在20世纪的演变、角色和责任等的思考最具代表性。在《投降》、《新生活的使者》等章节中，曼德施塔姆夫人对知识分子问题做了这样几点思考：首先，什么叫知识分子？她写道："无人能给知识分子下一个定义，并确定他们与受教育阶级的区别究竟何在。这是一个历史概念，这个概念出现在俄国，又从我们这里传到了西方。知识分子有很多特征，但即便将这些特征总括起来，也依然无法给出一个完满的定义。知识分子的历史命运暗淡而又飘忽，因为这一称谓常用来针对那些没有任何权利的阶层。那些技术专家和官场人士难道能被称为知识分子吗，即便他们怀揣一份大学毕业证书，或是正在写作长篇小说和长诗？在普遍投降时期，真正的知识分子受到嘲讽，他们的名称却为投降者所盗用。究竟什么人叫知识分子呢？""知识分子阶层的任何一个特征都并非他们独有，它同时也属于其他社会阶层，比如特定的受教育程度、批评思维以及随之而来的忧患意识、思想自由、良心、人道主义……这些特征如今显得尤为重要，因为我们已经目睹，随着这些特征的消失，知识分子阶层自身也将不复存在。知识分子是价值体系的承载者，只要稍稍尝试对价值体系进行重估，知识分子阶层便会立即发生脱胎换骨的变化，或者不复存在，就像在我们国家出现的情况。但是要知道，捍卫价值体系的不仅是知识分子。即便在所谓文化上层人士业已抛弃价值体系的最黑暗时期，这些价值仍能在民间保持其力量……问题或许在于，知识分子阶层并不稳定，价值体系在他们手中会获得一种前驱力。"其次，在给俄国人民带来巨大灾难的20世纪的俄国革命中，后来成了革命对象的俄国知识分子自身也难逃干系。"知识分子既热衷发展也嗜好自我毁灭。完成革命并在20年代大展身手的那些人就属于

读《曼德施塔姆夫人回忆录》

此类知识分子,他们抛弃一种价值体系,为的是建立另一种他们认为更为崇高的价值体系。这就是在转向自我毁灭。"正是19世纪的俄国激进知识分子曾主张以暴力的方式诉诸现实中的不合理现象,以大多数人的幸福为借口消灭另一部分人,以最终的目的来论证手段的合理性。20世纪的俄国革命,实际上是数代俄国知识分子的革命理论及其实践的直接产物。再次,自20世纪20年代起,俄国知识分子中间出现了一个"普遍投降"的过程,"人民尚未缄默不语,而在静静地准备过好日子,知识分子在闲暇时分忙于价值重估,这是一个大众化投降的时期"。"使所有人在心理上趋向投降的原因即害怕陷入孤独,害怕置身于一致的运动之外,甘愿接受那种可运用于一切生活领域的所谓完整、有机的世界观,相信眼下的胜利坚不可摧,相信胜利者会永坐江山。但最为主要的一点,还在于这些投降主义者内心的一无所有。"也就是说,作为一个整体的俄国知识分子曾在有意无意之间扮演了帮凶的角色。在这里,曼德施塔姆夫人也将自己包括在内,认为自己与她那一代知识分子一样也负有历史责任,她的《第二本书》的俄文版序者因此感叹道:"她的谴责从自责开始。"最后,真正的俄国知识分子的特征往往就表现为他们对诗歌和文学的爱好和忠诚。曼德施塔姆夫人想起了丈夫的一段话:"奥·曼有一次问我,更确切地说是问他自己,究竟是什么能使人变成一位知识分子。他当时并非使用'知识分子'这个词,这个词在那些年间被偷换了概念,遭到冷嘲热讽,后来又被用来指所谓'自由职业'的官僚阶层。不过,他的意思是明确的。'是大学吗?'他问道,'不是……是古典中学?……不是……那是什么呢?或许是对文学的态度?……或许是,但是也不尽然……'当时,他便将一个人对于诗歌的态度作为一个关键特征提了出来。"(《新生活的使者》)也就是说,在那个特殊的年代,对于诗歌的态度竟成了检验一个人是否具有知识分子精神和气质的试金石;而在那个

267

时代,对于诗歌和文学的爱好也的确造就了一代新型知识分子,即曼德施塔姆夫人所言的"新生活的使者"。

《曼德施塔姆夫人回忆录》体现出了其作者深厚的文字功底和文学表现力,我们至少可以在以下三个方面感觉出这部回忆录的"文学性":首先是口语风格和诗性语言的结合。这部书的语言是标准的回忆录语言,作者像拉家常一样娓娓道来,自然而又平缓,故有人将此书的体裁特征概括为"餐桌边的谈话"。与此同时,在阅读这部回忆录时,我们却时时处处能感觉到其作者是一个遣词造句的高手,一个在用诗的语言写作散文的作家。比如她写道,若是失去了自己的语言,"我们就会变得比水还静,比草还低"。比如,她这样描写曼德施塔姆构思诗句时的场景:"我不止一次看到奥·曼试图摆脱这种曲调,想抖落它,转身走开……他摇晃着脑袋,似乎想把那曲调甩出来,就像甩出游泳时灌进耳朵的水珠。"再比如,她这样形容自己探监时的感受:"如此一来,探监时的我便似乎成了一张唱片,侦查员和奥·曼都迫不及待地把他们对事件的解释刻录在这张唱片上,好让我带出去告诉大家。"

其次,这是一部苦难之书,但其中却又不乏释然和幽默,这种"苦中作乐"的情绪调性当然首先是建立在对于人类社会和历史发展的乐观主义信念之上的,或许就源自有人在曼德施塔姆身上发现的那种"基督徒式的欢乐",也就是对人类道德救赎的坚定希望。在苦难中不放弃信念和希望,在回忆苦难时表现出释然和幽默,这也是许多艺术家在遭遇并再现生活磨难时所持的立场,这或许就是一种面对不幸命运的审美态度。更何况,曼德施塔姆夫人这部书中的"幽默"所体现的往往正是当时日常生活中的荒谬。比如,他们夫妇在流放地难以度日,"在对各种个人生存手段进行一番思忖之后,奥·曼说道:'养头母牛!'于是我们便开始幻想母牛,直到后来我们才知道,母牛需要

读《曼德施塔姆夫人回忆录》

吃干草。"比如，一位名叫列日涅夫的小作家很走运，"他的一本谁都不愿出版的书（虽然此书并不次于其他人的书）却被斯大林读到，斯大林很欣赏此书，甚至给列日涅夫打来电话，可列日涅夫却不在家。在这次来电之后，列日涅夫期待电话再来，便在家里守了整整一个星期，寸步不离电话机。他期待奇迹再现，可是众所周知，奇迹不会重复。一个星期后有人通知他，不会再有第二次电话了，但事情已经安排妥当，他的书会被出版，他也被吸收入党，入党介绍人就是斯大林本人，他还获得一项任命，去负责《真理报》的文学部"。再比如，乌里扬诺夫斯克师范学院院长在斯大林死后仍在继续执行那项将犹太人排挤出大学的政策，"院长未能在斯大林生前完成既定任务，因此在领袖死后便继续干下去，要知道，每赶走一个人都要履行一套相应的手续。他最终赶走26个人，而且其中不仅有犹太人，也有其他民族的可疑知识分子。就在他们打算赶走曾出面反对李森科的生物学家留比舍夫教授时，院长被解职了"。

最后，无论写人还是叙事，《曼德施塔姆夫人回忆录》采用的主要是一种白描式语言，但是书中却又不乏大段大段深刻的心理描写。在《另一边》一节中作者写道，自从她踏进前往流放地的列车车厢，整个世界就分裂成两半，作者对她此时心理活动的捕捉和描写十分饱满深刻。《委屈的房东》一节里有这么一段话："乘坐大车、汽车或电车穿过苏联的一座座大城市，我时常计数着那一扇扇灯火闪烁的窗户，心生诧异：这些窗户为何没有一个是属于我的呢？我做过一些荒唐的梦：一道道宽阔的走廊，就像盖有天棚的街道，两边是一扇又一扇的房门。房门正在打开，我将为自己挑选一个房间。有时发现，这些房间里住的是我去世的亲友。我生气了：原来你们都在这里，全都在一起，那我干吗还要四处流浪呢？有哪位弗洛伊德敢于对这些梦境做出解释呢？补偿情结？压抑的性情感？俄狄浦斯胡扯或是其他善良的暴行？"这样一些深刻的心理描写与书中不时穿插进来的哲理思考和抒情文字相互呼应，共同交织成一种起伏跌宕、浑然天成的有机文体。

记忆是任何一部回忆录的母题，纳博科夫的自传以《说吧，记忆》为题，就最好不过地揭示了记忆和回忆录之间的这样一种必然联系。纳博科夫最初设想的书名是《说吧，摩涅莫绪涅》，但他被告知"小老太太们不会想要一本她们读不出书名的书"，于是只好改用后来的书名。摩涅莫绪涅就是希腊神话中的记忆女神，值得注意的是，九位文艺女神，即缪斯全都是她的女儿，这似乎就是在最直接、最形象地告诉我们：记忆即文艺之母。《曼德施塔姆夫人回忆录》中有这样一段话："俄国历史的一个基本的、恒久的、常在的特征就是，无论是对武士还是非武士而言，每一条道路都充满死亡的威胁，行路人只能凭运气偶然地摆脱死亡。让我感到惊讶的并非这一点，而是另一种现象，即这些羸弱的人的确有人成了武士，他们不仅保住性命，而且还保持着杰出的智慧和记忆。"保持着"杰出的智慧和记忆"的曼德施塔姆夫人，以文学和艺术的手段诉诸曼德施塔姆、曼德施塔姆的诗歌遗产和曼德施塔姆所处的时代，从而为我们留下了一部真正的文学作品。借助对于曼德施塔姆的回忆，曼德施塔姆夫人让人们也记住了她本人。作为诗人的曼德施塔姆少年得志，而作为回忆录作家的曼德施塔姆夫人则大器晚成，但是如今，人们更多地是在将他们两人相提并论：人们称曼德施塔姆为"世纪的孤儿"（сирота века），也称曼德施塔姆夫人为"世纪的女儿"（дочь века）；布罗茨基称曼德施塔姆为"文明的孩子"（сын цивилизации），也称曼德施塔姆夫人为"文化的遗孀"（вдова культуры）。于是，在基辅咖啡馆里相遇的那两位文艺青年，在切尔登和沃罗涅日流放地相互搀扶的那对落难夫妻，最终化身为20世纪俄国文学史上相互映衬、比肩而立的两个伟岸身影。

米尔斯基的《俄国文学史》[*]

我最近已经完成了米尔斯基英文版《俄国文学史》的翻译工作，并写了一篇比较长的译序，现在就以这篇译序为底本，向各位同行和同事介绍一下这部在英语读书界乃至整个西方斯拉夫学界影响深远的俄国文学史著。

关于米尔斯基的《俄国文学史》，有这样两段脍炙人口的话。第一段话出自纳博科夫之口。20世纪40年代末，一位希望重印"米尔斯基文学史"的美国编辑致信纳博科夫，希望后者写一份建议再版此书的推荐信，纳博科夫并未同意，他在回信中这样写道："是的，我十分欣赏米尔斯基的这部著作。实际上，我认为这是用包括俄语在内的所有语言写就的最好的一部俄国文学史。不幸的是，我必须放弃举荐此书的荣幸，因为这位可怜的学者如今身在俄国，由我这样一位反苏作者所写的推荐意见定会给他造成相当大的麻烦。"第二段话来自牛津大学教授史密斯的专著《米尔斯基：俄英生活（1890—1939）》，他在书中这样写道："俄国境外所有的俄国文学爱好者和专业研究者均熟知米尔斯基，因为他那部从源头写至1925年的文学史仍被公认为最好的一部俄国文学史。这部杰作起初以两卷本面世，后以单卷缩略本再版。这部著作始终在英语世界保持其地位，逾七十年不变，这或许

---

[*] 2012年8月25日在中国社会科学院外国文学研究所的演讲。

创下了同类著作的一项纪录。"纳博科夫所说的"用包括俄语在内的所有语言写就的最好的一部俄国文学史"（the best history of Russian literature in any language including Russian），以及史密斯所说的"或许创下了同类著作的一项纪录"（may will be a record for this kind of book），无疑是令人印象深刻的。

米尔斯基的全名是德米特里·彼得罗维奇·斯维亚托波尔克-米尔斯基（Дмитрий Петрович Святополк-Мирский），他是一位著名的文学史家、批评家和文艺学家，同时也是重要的俄国政论作家和社会活动家，他同时用俄英两种语言著书撰文，是20世纪二三十年代西欧和苏联文学界、知识界极为活跃的人物之一，他充满突转的生活经历和坚忍不拔的文学活动构成当时文坛的一段传奇，甚至是那一代俄国知识分子之命运的一个缩影和一种象征。米尔斯基出身显赫，其先祖据说可追溯至公元9世纪应斯拉夫人之邀入主罗斯的留里克王，他的父亲彼得·德米特里耶维奇·斯维亚托波尔克-米尔斯基是沙皇麾下的高官，曾任骑兵上将、侍从将官和省长，最后官至内务部长，著名的1905年革命就爆发于他父亲的任期，据后人判断，"流血的星期日"之发生与这位内政部长的疏忽、优柔寡断甚至"善良"不无关系。德米特里·米尔斯基于1890年9月9日（旧历8月22日）生于乌克兰哈尔科夫省，童年和少年时期接受过良好的家庭教育，通过家庭教师熟练地掌握了英、法、德等欧洲主要语言。少年米尔斯基曾在莫斯科的贵族中学短暂求学，后转至彼得堡第一古典中学。1908年，米尔斯基考入彼得堡大学东方语言系，学习汉语和日语。1911年，米尔斯基应征入伍，次年出版第一部诗集。1917年革命爆发后，米尔斯基加入邓尼金的白卫军与布尔什维克作战，1920年和许多战败的俄国贵族一样流亡国外，先波兰后希腊，最终落脚英国伦敦，期间经常往返伦敦和巴黎之间，探望他侨居法国的家人和朋友。从1920年10月起，身

米尔斯基的《俄国文学史》

在雅典的米尔斯基开始给《伦敦信使》投稿，先后开设"俄国来信"和"国外新书"等栏目，为该刊撰稿长达十余年。1922年春，米尔斯基担任伦敦大学国王学院的俄语讲师和该院刊物《斯拉夫评论》的编辑。米尔斯基旺盛的工作激情和写作能量十分惊人，他仅活到49岁，这短暂的一生还充满求学和教学、革命和战争、流亡和囚禁、旅行和奔波，可他却笔耕不辍。据统计，从1920年底到1937年，米尔斯基发表各类文章或著作共400种，其中包括九部著作，如《俄国抒情诗选》、《现代俄国文学》、《普希金》、《当代俄国文学（1881—1925）》、《俄国文学史（自远古至陀思妥耶夫斯基去世〈1881〉）》、《俄国史》、《俄国社会史》和《列宁传》等，随着这些著作的相继面世，米尔斯基迅速成为英语世界乃至整个西欧学界最负盛名的俄国和俄国文学专家。20世纪20年代末，米尔斯基的政治态度逐渐发生变化，开始同情社会主义和共产主义。1928年，他前往意大利索伦托拜访高尔基，与高尔基的长谈更促进了米尔斯基世界观的转变。1931年，米尔斯基加入英国共产党。之后，米尔斯基的思想迅速趋于"左倾"，1931年6月30日，他在英文报纸《工人日报》上发表《我为何成为一名马克思主义者？》一文，公开亮明其政治身份，可他在归纳这一转变的原因时，却出人意料地将苏维埃文学所取得的成就对他产生的震撼作用列于首位。此后，他直接求助高尔基，请后者出面帮他获得苏联国籍并安排他返回苏联，他在这一时期给高尔基的一封信中写道，他之所以写作《列宁传》一书，就是为了"不两手空空"返回苏联，他愿意献身于"列宁的事业"。1932年，米尔斯基返回苏联。

回到苏联后，原本希望在政治和社会领域大展一番宏图的米尔斯基很快便意识到自己的另类身份，于是退回文学界。他研究普希金，评论当代文学，同时译介英语文学，但是即便在文学界，他的阶级出身和海外经历也时常引起猜疑。1934年，米尔斯基加入苏联作家协会。与其"英国时期"相比，米尔斯基"苏联时期"的文字越来越多"庸俗社会学"色彩，如他参加写作的歌功颂德之作《斯大林运河》。在米尔斯基的"庇护人"高尔基于1936年去世后，在苏联肃反运动愈演愈烈的情势下，米尔斯基终于在劫难逃。1937年7月2/3日深夜，米尔斯基被秘密警察逮捕，后以间谍罪被判处八年劳改，被流放至苏联远东地区。1939年6月6日，米尔斯基死于马加丹市附近的"残疾人劳教所"。

米尔斯基的一生可以被截然划分成三个阶段，即沙皇时期、英国时期和苏联时期，他似乎善于顺风行船，如一位英国记者所调侃的那样："米尔斯基居然能成为三种制度的食客，即沙皇制度下的公爵，资本主义制度下的教授，共产主义制度下的文人。"然而，米尔斯基的一生仿佛又构成一个巨大的悖论：世袭的贵族和激进的自由派，文人和武士，白卫军官和共产党员，反苏流亡者和社会主义者，社会活动家和文学家，他往往会先后、甚至同时扮演这些截然不同的角色，他获得的"红色公爵"（Красный князь; Red Prince）或"公爵同志"（Товарищ князь; Comrade Prince）的绰号，似乎正是这种矛盾组合之概括；他在西欧和俄国、东方与西方、文化和政治、俄国文学和英语世界等不同领域间往来穿梭，形成一座沟通和交流的桥梁。

米尔斯基在1924年开始动笔写作他的这部《俄国文学史》，其动机既有在伦敦大学斯拉夫学院教授俄国文学课程以及履行与克诺普夫出版社所签合同的实际需要，也有向英语世界乃至整个西欧推介俄国文学的强烈冲动。米尔斯基的《俄国文学史》并非英语世界中关于俄国文学的最早史著，在它之前早已有过多部同类著作，米尔斯基的《俄国文学史》后所附长长的参考文献目录便是一个证明。米尔斯基写作这部文学史的"条件"似乎也并不理想，他身在异国，所能利用的研究资料和文学作品相对有限，他在下卷序言中就曾抱怨，他"最大的困难是难以读到1914—1918年间出版的图书",因为"苏联当局禁止出口革命前出版的图书,这也造成巨大不便",他甚至无法参阅《布罗克豪斯和艾弗隆新百科全书》和温格罗夫的《19世纪俄国文学史》等不可或缺的工具书和参考资料,他承认他的写作遭受的"最大的影响即传记资料不足"。再者,米尔斯基是在用英语表述他对俄国文学的解读,他的英语水平再高,也不得不用另外一套话语来阐释他的感受和思想,至少要将大量的概念、标题和引文译成英语。但就在这种种不利条件下,他却在短短两年多的时间里便写出了厚厚两大卷的文学史著。

米尔斯基文学史的写作和出版,是在一个特殊的历史和社会语境中完成的。首先,在第一次世界大战期间以及十月革命爆发之后,西欧列强出于地缘政治、外交等方面考虑,开始对俄国和俄国问题表现出空前关注。俄国作为一个欧洲后起的大国,其历史和文化对于许多西欧国家而言还是一个尚待开发的未知地域。以英国为例,无论是在历史文化还是政治经济方面,它与德、法等国的关系都远远超出它与俄国的关系。于是,对于包括俄国文学在内的俄国之一切的认识和理解,便成了当时西欧列强所面临的迫切的现实任务。其次,十月革命后流亡西欧的大量俄国侨民,尤其是其中为数甚多的俄国知识分子和文化人,在俄国境外构成一个茨维塔耶娃所谓的"喀尔巴阡的罗斯",也就是一个俄国境外的俄国小社会,这进一步强化了西欧人对俄国的兴趣和关注,而这个以文化精英为主体的"小社会"所体现出的旺盛的文学、文化创造力和影响力,更让西欧人感到惊讶甚或震撼。最后,更为重要的是,在米尔斯基向西欧读者介绍俄国文学时,当时的整个欧洲已开始被19世纪下半期的俄国文学所"征服",欧洲广大文学读者对俄国文学的兴趣迅速增长,他们大量阅读俄国文学作品,谈起果戈理、屠格涅夫、陀思妥耶夫斯基、托尔斯泰和契诃夫来津津乐道，许多作家学者开始以俄国文学为题写书撰文。新近有俄国学者"精确"地将俄国文学在西欧的"崛起"确定在1881年，即陀思妥耶夫斯基去世的一年，顺便提一句，这与米尔斯基文学史上、下两卷的分期完全一致！总之，在米尔斯基动笔写作《俄国文学史》时，整个西欧正处于欲了解俄国却又云里雾里、欲阅读俄国文学却又不甚了了的关键时期，米尔斯基的这部文学史著可谓生逢其时。

然而，米尔斯基这部文学史的脱颖而出，首先自然仰仗其作者自身所具有的某些特质和因素。米尔斯基出身世袭大贵族，像那一阶级的大多数人一样，他也对他的国家、民族和文化怀有强烈的责任感和使命感，以俄国及其历史为骄傲；与此同时，他又自视为新近崛起的伟大的俄国文学之代表，因自己是陀思妥耶夫斯基和托尔斯泰的同胞而感到无比自豪。因此，他虽为一位背井离乡的流亡者，伦敦一所大学里的"讲师"，可他却如赫尔岑等人一样，在面对所谓"市民化的"西欧时毫无自卑，却反而持有某种文化和精神上的优越感。米尔斯基在西欧学界游刃有余，当然还得益于他杰出的语言天赋和关于西欧文学文化的渊博知识。米尔斯基精通德、法、英等主要欧洲国家的语言，其英语水平更是非同寻常，用牛津大学史密斯教授的话来说，就对英语的精通而言，米尔斯基"在俄国作家中除纳博科夫外再无敌手"。无论是在文字里还是演讲中，他谈起西欧诸国的文学来头头是道，如数家珍，而相形之下，他的西欧同行们对俄国文学的了解却显得相当粗浅，这么一来，米尔斯基的自信和优越感便不言而喻了。总之，俄国人固有的"弥赛亚"意识，俄国知识精英的文学优越感，以及由于深谙西欧语言和文化而获得的自信，这三者相互结合，便赋予《俄国文学史》作者一种指点江山的豪气和舍我其谁的霸气。在这部文学史中，米尔斯基论及某位作家的风格时常常使用"调性"一词。我们若反过来用这一概念归纳米尔斯基的文学史，便可将其特殊"调性"确定为自信和个性化。种种主客观因素的结合，使米尔斯基成了在当时的社会和历史语境中向西方推介俄国文学的最合适人选。这位满怀自信而又富有个性的俄国文学布道者，在俄国文学登上世界文学之巅时分来以责无旁贷的气势激扬文字，在西欧为西方的俄国文学接受定下了基调。

若是要用一个概念来归纳米尔斯基的《俄国文学史》所体现出的文学史观，或许就是"折中主义"，也就是若干貌似相互对立的美学观和文学观之调和或者说是融合。

首先，是社会学批评和美学批评的并立。俄国文学，至少是19世纪中期之后的俄国文学，常被视为一种社会政治色彩很浓的文学，对这一文学的解读自然也难以避免社会历史语境的描述以及相关的文化批评。米尔斯基在其《俄国文学史》上卷序言中便写道："笔者诉诸的是一个其历史在境外鲜为人知的国家之文学，因此，笔者始终受到一种诱惑之左右，即扩展那些宽泛的历史和文化话题。"因此，他在论及每一文学时代时便会首先概括地交代那一时代的社会文化背景，他在书中提及"罗斯受洗"、俄国早期书刊出版业、19世纪中期的斯拉夫派和西方派对峙、19和20世纪之交的俄国宗教哲学、欧亚主义运动、"艺术世界派"的活动等，他甚至专门辟出两个"插入的章节"来介绍20世纪初爆发的两次俄国革命。但是，米尔斯基虽然注重探讨文化和思想因素在俄国文学史中的重要作用，可他却明确反对将文学史等同于思想史："在知识分子间占统治地位的那些思想之历史已被多次描述，为知识分子修史的学者常试图将知识分子的思想史等同于俄国文学史，这是一种极大歪曲。"米尔斯基辟出相当大的篇幅讨论恰达耶夫、索洛维约夫、列昂季耶夫、舍斯托夫等"思想家"，却拒绝为布尔加科夫和别尔嘉耶夫列专章，理由便在于这两人的"思想史意义大于他们的文学史意义"，"他俩并非重要的文学家"。也就是说，米尔

277

斯基还是想写一部"纯粹的"文学史,"文学的"文学史。在这部文学史的字里行间,米尔斯基似乎始终在刻意排除各种"非文学"因素,他在下卷序言中这样申明其写作立场:"我并不试图掩饰自己的政治立场,对俄国现实有所了解的人能轻而易举地看出我的好恶。但我得申明,我将使我的文学良心远离政治倾向,以同等的批评公正面对所有作家,无论是保守作家列昂季耶夫、自由派索洛维约夫还是布尔什维克高尔基,无论是'白卫军'布宁还是共产党员巴别尔。我的评价和批评或许是'主观的'、个人的,但它们均系文学和'美学'偏见之结果,而非政治派别情感之产物。我还有一个有利条件:我相信我的趣味在一定程度上代表我这一代文学人的美学观,我的评价就整体而言不会让内行的俄国读者感觉悖论。"米尔斯基是在强调,俄国文学也有其"非政治"的时段和侧面,即便在诉诸高度政治化、社会化的俄国文学时,他倚重的仍是自己的"文学良心"和"美学偏见"。

其次,米尔斯基的文学史观是客观批评和主观批评的统一。在前引的下卷序言中,米尔斯基曾自称"我的评价和批评或许是'主观的'、个人的",而史密斯教授却发现,米尔斯基始终视自己为一位"客观的批评家"。的确,客观态度和主观立场,翔实的事实和武断的结论,严谨的推论分析和口无遮拦的嬉笑怒骂,这一切相互穿插,共同织就米尔斯基《俄国文学史》中这种颇为奇特的批评风格。米尔斯基在下卷序言中写道:"向英语读者介绍当代俄国文学,我试图尽可能地诉诸事实,而特意回避概括。"他的这部《俄国文学史》的确注重文学史实,无论是重要的文学运动和文学事件,还是重要作家的身世和作品,他均一一做出可信交代。在给出一条清晰的俄国文学发展脉络的同时,他还注重提供一些生动具体的文学史细节,甚至具有演义性质的"故事"。米尔斯基这样叙述费特一生的终结:"费特深受叔本华影响,成为一位坚定的无神论者和反基督教者。因此,在他72岁时,

米尔斯基的《俄国文学史》

当哮喘病的折磨让他越来越难以忍受时,他很自然地试图用自杀来了结痛苦。他的家人自然竭尽全力阻止他这样做,寸步不离地守着他。但是,费特却始终没有放弃计划。一次,他抓住一个独处机会,操起一把钝刀,但就在他举刀自尽之前,却因心力衰竭而亡(1892)。"他如此介绍罗扎诺夫婚姻的幸福与不幸:"他无法与她成婚,原因是前妻的拒不合作,这在很大程度上可用来解释,他谈论离婚问题的所有文字为何均满含苦涩。他的第一次正式婚姻多么不幸,这第二次'非正式'婚姻便多么幸福。"米尔斯基在写到列斯科夫时说:"据称他在去世之前曾说:'如今,人们因为我作品的优美而阅读我,但50年过后,这优美不再,人们只会因为我作品中包含的思想来阅读我的书。'"这类"据称"(be said, be reported, be declared)之类的字样在书中多次出现,可它们给人留下的印象却并非捕风捉影的"野史",因为作者给出的这些鲜活事例或引文反而能让读者更为贴切可感地触摸到俄国文学史的肌体。米尔斯基的客观态度,还表现为他的有一说一,不为名人讳。比如,米尔斯基称费特为"我们诗歌中的瑰宝",但他也毫不掩饰地写道:"在与沙皇一家的交往中,费特厚颜无耻,以势利和卑躬为原则。"米尔斯基承认涅克拉索夫是"一位天才的编辑",却又直截了当地指出:"所有人都认为他既冷酷又贪婪。像当时所有出版家一样,他会利用其作者的大度尽量少付报酬给他们。他的个人生活也超出激进派清教主义的标准。他经常豪赌,他将大把金钱撒在牌桌上和他的女人们身上。他始终自视高人一等,喜欢与那些社会上流人士交往。在其许多同时代人看来,所有这一切与其诗歌的'仁慈'、民主特征并不相符。不过,尤其让人反感他的还是他在《现代人》被查封前夜的懦弱行为,当时,为了保护他自己和他的杂志,他编出一首赞颂当权者穆拉维约夫伯爵的诗并当众朗诵,而那位伯爵却是一个最冷血、最坚定的反动分子。不过,尽管屠格涅夫、赫尔岑以及大多数同时代人都仇恨涅克拉索夫,那些不得不与他一起工作的激进派却欣赏他,毫无保留地爱戴他,宽恕了他不检点的私生活,乃至他的社会罪责。"能被写入文学史的作家无疑都是大家,一般的文学史家对其所评介对象大多恭敬有加,米尔斯基却无所顾忌,在彰显个性的同时却又体现出尊重文学史实的可贵态度。谈到米尔斯基文学史写作中的主观和客观两种因素的并存,我们还发现了这样一个有趣的现象,即被批评客体对作为写作者的主体之影响。比如,在写到以冷嘲热讽见长的果戈理时,米尔斯基的文字似乎也不由自主地冷嘲热讽起来,他称果戈理在普希金死后突然意识到,"他如今已是俄国文学之首领,天已降大任于他",《死魂灵》"是果戈理文学事业之巅峰,实际上亦为其文学创作事业之终结"。他认为《死魂灵》第二部"显然在走下坡路",果戈理的"成功之处仅在于,他失去了其力量感",于是,"在一阵自我羞辱状态中,他销毁了包括《死魂灵》第二部在内的部分手稿。他后称这是一个错误,实为魔鬼与他开的一个玩笑。"写到屠格涅夫的小说,米尔斯基的叙述仿佛顿时细腻、抒情起来;谈起陀思妥耶夫斯基的创作,他的阐释便也变得深刻而又复杂了;而米尔斯基关于托尔斯泰的论述,则似乎具有某种宏大叙事的史诗感。米尔斯基的文风,似乎在随着被论述对象的变换而变换,呈现出某种起伏和飘忽。

最后,米尔斯基的文学观既传统又现代。史密斯教授将米尔斯基称为"批评家中的贵族",就米尔斯基对文学现象和作家作品做出判断时所依据的标准来看,他的确是一位古典主义色彩很浓的批评家。比如,他挂在嘴边的几个褒义词即"节制"(restraint)、"分寸"(measure)和"精致"(refinement),他最乐意用这几个概念来评价他最为中意的作家和作品。试以"节制"为例:他认为普希金短哀歌"充满优美的节制和流畅的表达",他断言,"在普希金那里可以学到的最好课程便是节制";他在雅济科夫的"语言洪流中仍可感觉到节制,感觉到一位大师的把握";他认为黄金世纪之后俄国诗歌的衰落,其表现即丧失了"从茹科夫斯基至维涅维季诺夫等伟大诗人所具有的和谐、高贵、节制和无暇技艺";而他在谈到布宁、罗扎诺夫等作家的美中不足时,往往点到的就是"缺乏节制";在关于巴别尔的一节中,米尔斯基更对"缺乏节制已成为普遍美德的当下"发出了抱怨。米尔斯基的文学"等级观"也相当传统,在他的《俄国文学史》中,我们隐约能感觉到一部文学题材史和文学体裁史的存在,在题材方面,米尔斯基显然不将通俗文学放在眼里,而在体裁方面,他又不时流露出诗歌优于散文的"古典偏见"。他对激进派功利主义美学的不屑和反感,在很大程度上就源自他关于文学的传统认识。

与此同时,米尔斯基的《俄国文学史》又显然是一部写在当下的文学史,充满鲜明的现代感。这里不乏新鲜的材料,成为他论述对象的某些作品在米尔斯基动笔写作这部文学史时才刚刚发表,如巴别尔的小说、曼德施塔姆的某些诗作,乃至托尔斯泰新发表的遗作《被污染的家庭》等。在率先发表的此书下卷中,米尔斯基更是前无古人地将许多新内容放入一部大型俄国文学史,如俄国宗教哲学、俄国侨民文化、欧亚主义学说、"艺术世界"团体、象征主义等现代诗歌运动和俄国形式主义理论等,从而赋予此书以强烈的新意和现实意义。他对其所处时代俄国境内外俄语文学的把握如此全面合理,似乎在白银时代尚未告一段落时便给出了一部俄国白银时代的文学断代史!

米尔斯基热衷并善于在其评论对象处发现某种"对立的统一",或者说是"双重人格"。在谈到丘赫里别凯尔时,米尔斯基写道:"他虽为德国后裔,却是最热烈的俄国爱国者;他虽实为一位最彻底的浪漫主义者,却坚持认为自己是极端的文学保守派,希什科夫元帅的支持者。"米尔斯基认为波戈金"是现代俄国历史中最奇特、最复杂的人物之一",因为后者"集诸多截然相对的特性于一身:病态的吝啬与其对古代俄国的无私之爱;高度的文化修养与原封不动的外省商人心态;天生的胆小鬼与真正的公民勇气"。米尔斯基发现屠格涅夫"留给外国人的印象与他留给俄国人的印象迥然不同":"外国人总觉得他温文尔雅,为人真诚。面对俄国人他却傲慢自负,即便那些对他心怀英雄崇拜的俄国来访者,亦无法对这些令人不快的性格特征熟视无睹。他身材高大,举止彬彬有礼,可他的声音却既尖又细,与其狮子般的身躯很不相称,给人留下一种奇异印象。"米尔斯基认为费特也是"一位典型的拥有双重生活的诗人",具有某种"奇异的两面性":"一面是其自然诗歌之非物质主义的独立特性,一面是散文般的贪得无厌;一面是其晚年那种严肃刻板、秩序井然的生活,一面是他后期抒情诗作的饱满激情,其基础是对被压抑的理想情感之充分、公正的诗歌剥削。"在索洛维约夫的"极其复杂的个性"中,米尔斯基同样"目睹如此之多的变体和矛盾","这种奇特混成":"这里既有高度的宗教和道德虔诚,又有对荒诞幽默的热烈追求;既有极其强烈的东正教感受,又有对不可知论和无羁神秘主义的深刻癖好;既有同样强烈的社会正义感,又有其争论性文字的缺乏公正;既有对个人不朽的深刻信仰,又有其欢快的怀疑论虚无主义之流露;既有其早年的禁欲主义,也有后来获得病态发展的色情神秘主义。"谈到梅列日科夫斯基时,米尔斯基调侃梅列日科夫斯基具有一个"热衷对称的大脑",称其著作是"对立双方的几何学跷跷板",或"精心编织的诡辩之网"。其实,米尔斯基自己的这部文学史或多或少也体现出这样的"双重人格",政治与文学,社会学批评和美学批评,史实和己见,客观批评和主观批评,传统与先锋,经典标准和新潮理论,也在其中构成某种既饶有兴味、又发人深省的对峙,而米尔斯基似乎有意巧妙而又小心地在这些对立的因素之间维系平衡,谋求融合。

米尔斯基的《俄国文学史》

从具体的写作风格和结构方式上看,米尔斯基的《俄国文学史》也很有特色,其突出之处至少有如下几点:首先,结构灵活,起承转合相当自如。这是一部俄国文学"通史",从俄国文学的起源一直写到作者动笔写作此书的1924年,将长达千年的文学历史纳入一部两卷本著作,这显然需要结构上的巧妙设计。米尔斯基采用的方法是兼顾点线面,在理出一条清晰的文学史线索的同时,通过若干概论给出关于某个文学时代、某种文学环境、某一文学流派或体裁等的关键截面,再将六十余位作家列为专论对象,对他们的生活和创作进行详略不等的论述和评价。米尔斯基在搭建结构时似乎并不追求表面上的工整:他的章节长短不一,每一章节所涵盖的时间跨度亦不相等,他将他心目中的"文学衰落期"一笔带过,而对"现实主义时代"和"象征主义"等则着墨甚多;他不像其他文学史家那样为最重要的作家辟专章,而"一视同仁"地将重要作家均置于某一专节,但他的作家专节之篇幅却差异悬殊,在英文原文中短者不满一页,长的多达二十余页(关于托尔斯泰有两个专节,加起来近五十页!)。米尔斯基似乎在有意利用这种结构上的"不匀称"来表明他对不同文学时代和作家作品的"厚此薄彼"。为了更为连贯地展现俄国文学的发展历程,他甚至不惜将叙述对象一分为二,如关于陀思妥耶夫斯基的两段文字,托尔斯泰更是被分别置于上下两卷;为了表现俄国文学史中不同体裁的此起彼伏,他也将普希金、莱蒙托夫、屠格涅夫等"两栖"作家的创作按不同体裁分隔开来加以叙述。所有这些均表明,米尔斯基的文学史结构原则,对某一时代、某一作家的文学价值评估,都更多地依据米尔斯基本人的文学取向和美学偏好。

其次,文字生动形象,充满"文学感"。米尔斯基《俄国文学史》开篇的第一句话就是:"自11世纪初至17世纪末,俄国文学的存在与同一时期拉丁基督教世界的发展毫无关联。与俄国艺术一样,俄国文学亦为希腊树干上的一根侧枝。它的第一把种子于10世纪末自君士坦丁堡飘来，与东正教信仰一同落在俄国的土地上。"在下卷谈及俄国象征派的开端时，作者写道："空气中弥漫着诸多新思想，新思想的第一只春燕于1890年飞来，这便是明斯基的'尼采式'著作《良心的烛照》。"诸如此类的美文句式在书中俯拾皆是，与它们相映成趣的是作者那些形象的概括、机智的发现和幽默的调侃。他称俄国早期虚构的宗教教谕小说"犹如传统圣徒传记之树上长出的一个新枝，与此同时，其他类型的虚构作品也发芽抽枝，向四面八方伸展"；他为我们描绘出这样一幅克雷洛夫的肖像："他以慵懒、不修边幅、好胃口和机智刻薄的见解而著称。他肥胖迟缓的身影经常出现于彼得堡的客厅，他整晚整晚坐在那里，并不开口，一双小眼睛半眯着，或盯着空处看，有时则在椅子上打瞌睡，脸上挂有一丝厌恶和对周围一切的无动于衷。"他在谈到柯里佐夫诗歌时说："典型的俄国式忧伤，即对自由、奇遇和旷野的渴慕。"他这样形容《安娜·卡列尼娜》的结局："随着故事向结局的不断推进，这种悲剧氛围越来越浓。……这部小说犹如沙漠旷野中一声恐惧的呼号，在渐渐地隐去。"米尔斯基还喜欢以某种形象的比喻，甚至色彩来概括诗人的风格。他说纳德松的诗平滑柔软，是"水母般的诗歌"；他认为安德烈耶夫的做作的散文，"其色调为花哨的黑与红，无任何明暗过渡"；他说扎伊采夫纤弱甜腻的小说"如牡蛎一般柔软"，"粉色和灰色是其中的主色调"，而巴里蒙特"最好的诗作绚丽灿烂，均为金色和紫色，其最糟的诗作则花哨俗丽"；他认为沃罗申的诗歌"颇具金属感，冷光闪烁，其光彩夺目一如珠宝，或似彩色玻璃"，"充满干薰衣草的芳香"。阅读这样的文字，我们不时感觉，这部文学史仿佛出自一位作家之手，一位诗人之手。

再次，充满洞见，提出许多精妙的结论和话题。作为一位文学史家，米尔斯基指点江山，或替作家"加冕"，或给他们定性。他称

米尔斯基的《俄国文学史》

杰尔查文是"野蛮的古典主义者",说巴拉丁斯基是"一位思想诗人";他视诺维科夫为"俄国文学出版业之父",因为"是他造就了俄国的阅读人口";他称俄国著名军事家苏沃洛夫元帅"实为俄国第一个浪漫主义作家",因为"其散文与经典散文的通行规范相去甚远,一如其战术之迥异于腓特烈或马尔波罗";他将1802年在《欧洲导报》上的发表的、茹科夫斯基翻译的格雷《哀歌》宣称为"俄国诗歌的诞生之时";他将"俄国历史之父"的桂冠戴在不甚有名的博尔京头上;他认为丘赫里别凯尔堪与基列耶夫斯基比肩,"同为黄金时代的首席批评家";他将果戈理的作品确定为"主观的讽刺","对自我的讽刺";他说赫尔岑作为"观念的发生器和思想的酵母",占据了"别林斯基去世后一直空缺的激进知识分子的领袖位置";他说果戈理和乔治桑"是俄国现实主义的父亲和母亲"。米尔斯基的一些归纳和总结,也具有很强的学术启迪意义。比如,他在冈察洛夫的小说中窥见"俄国小说的一种倾向,即置一切情节可读性于不顾",他借用哈里森的说法将之定义为"俄国小说的'未完成体'倾向";他认为以奥斯特洛夫斯基为代表的俄国现实主义戏剧,直至契诃夫颇具现代感的戏剧,其实质即"将戏剧非戏剧化";他称托尔斯泰的《忏悔录》是"俄国文学中最伟大的雄辩杰作",因为其中具有"逻辑的节奏,数学的节奏,思想的节奏";他将陀思妥耶夫斯基的小说归为"思想小说",并说陀思妥耶夫斯基"能感觉到思想","一如他人能感觉到冷热和疼痛";他发现,在19世纪60年代所谓虚无主义者中,神职人员之子人多势众:"这些新知识分子具有一个共同特征,即完全背叛一切父辈传统。他如若是神甫之子,则必定成为一位无神论者;他如若是地主之子,则必定成为一位农业社会主义者。反叛一切传统,是这一阶级的唯一口号。"他称契诃夫的小说和戏剧创作为"纯氛围营造";他接受列昂季耶夫为"俄国的尼采"的

285

说法，却发现列昂季耶夫"构成当今一个罕见现象（在中世纪倒十分常见），即一个实际上没有宗教感的人却在有意识地、心悦诚服地遵从一种既教条又封闭的宗教之严规"；他归纳出的舍斯托夫之实质，即"他技艺高超地运用逻辑和理性之武器来摧毁逻辑和理性"；他认为别雷"装饰散文"的实质即"以音乐的结构方式写作散文"；如此等等，不一而足。在米尔斯基关于每一个作家、每一部作品的分析和评说中，我们几乎都可以读到这类高见和洞见。

米尔斯基对陀思妥耶夫斯基和托尔斯泰两人所做的"比较"，无疑也是其《俄国文学史》中的亮点之一。米尔斯基将两位大作家划分为前后两个阶段加以论述，无论在谈到陀思妥耶夫斯基还是托尔斯泰时，他均会不由自主地将两者相提并论。他自己也写道："对托尔斯泰和陀思妥耶夫斯基进行比较，这在许多年间始终是俄国和外国批评家们热衷的讨论话题。"他在这一方面的做法显然受到斯特拉霍夫、梅列日科夫斯基等人的启发和影响，但是，除了一些传统的比对，如托氏的贵族出身和陀氏的平民意识、托氏撒旦般的高傲和陀氏基督徒般的恭顺、托氏的重自然与重肉体和陀氏的重精神与重灵魂等等之外，米尔斯基还使这种比较更为深刻、更加细化。比如他提出：托氏是清教徒式的现实主义，而陀氏则为象征主义；托氏否定相对性，而陀氏则更多历史感；托氏的高贵典雅是法式贵族文化之体现，而陀氏的歇斯底里则是俄国平民文化的表现之一；托氏赋予其人物"肉体和血液"，而陀氏则赋予其人物"灵魂和精神"；托氏是在诉诸"欧几里得的几何学"，而陀氏"所面对的则是流动价值之难以捉摸的微积分"；托氏的心理分析是"解剖"，陀氏的则是"重构"；托氏的问题永远是"为什么"，而陀氏则为"是什么"，等等。米尔斯基关于陀思妥耶夫斯基"五种解读方式"（社会解读、宗教解读、心理解读、娱乐解读和思想解读）的提法，也似乎是对陀氏接受史的一个简约概括。米尔斯基在谈到格林卡的文学遗产时曾说："他的巨大价值从未获得认可，在其晚年，他还成为年轻批评家们热衷嘲弄的靶子。他至今仍未被充分地再发现，而此类再发现便是俄国文学评判最终成熟的明证之一。"正是此类奇妙的发现和"再发现"（rediscovery），构成了米尔斯基文学史的价值和魅力之所在。

最后，将俄国文学与西欧文学相对照，具有开阔的比较视野。在关于罗蒙诺索夫的一段文字中米尔斯基曾提及，他的《俄国文学史》是"一部为非俄语读者而写的文学史"。此书某些地方的行文方式也能让我们感觉出，其中许多内容或许就来自作者本人的讲稿。面对西欧的学生和读者，米尔斯基自然会引入西欧文学的相关内容，米尔斯基关于西欧文学的渊博知识，也使他在将俄国文学与西欧文学做比时得心应手。不难看出，米尔斯基对于西欧当时的俄国文学研究水准颇不以为然，他在下卷序言中毫不客气地指出，"英美知识分子对俄国作家的评价大约滞后20年"，因此，"本书提供的某些新事实和新观点若能矫正盎格鲁-撒克逊人以及其他民族人对于我的国家所持之简单草率的结论，我便会深感欣慰"。为了让欧美读者更贴切地理解俄国文学，米尔斯基所采取的方式之一便是将俄国作家与西欧读者熟悉的作家进行比较。在谈到阿克萨科夫的"追忆似水年华"时，米尔斯基颇为自然地引入普鲁斯特做比："普鲁斯特的话用在这里很贴切，因为阿克萨科夫的情感与那位法国小说家的情感奇特而又惊人地相似，区别仅在于，阿克萨科夫健康而正常，普鲁斯特却反常且病态，奥斯曼花园街上那间密不透风住宅里沉闷死寂的氛围在阿克萨科夫书中则为广阔草原的清新空气所取代。"米尔斯基认为托尔斯泰是弗洛伊德的"先驱"，但艺术家托尔斯泰和科学家弗洛伊德之间的惊人差异却在于，这位艺术家显然比那位科学家更少想象力，而更加实事求是，客观冷静。与托尔斯泰相比，弗洛伊德就是一位诗人，一位民间故事讲述者,米尔斯基在这里还加了这样一个脚注:"在对于梦境的强烈兴趣方面,托尔斯泰也是弗洛伊德的前辈。"人们津津乐道于托尔斯泰对潜意识的亲近,其实,这一亲近不过是一位征服者对所征服土地的亲近,是一位猎人对其猎物的亲近。在谈到帕斯捷尔纳克时,米尔斯基居然会将自己的这位同辈诗人与英国17世纪的玄学派诗人邓恩做一番对比:"与邓恩的诗一样,帕斯捷尔纳克的诗亦很长时间(虽然与邓恩相比时间较短)未能出版,亦仅为诗人们所知;与邓恩一样,他亦是'诗人中的诗人',他对其追随者的影响远大于他在读者间的名声;自较为深层的特征而言,帕斯捷尔纳克与邓恩的相近之处还在于,他们均善于将巨大的情感张力与高度发达的诗歌'机智'合为一体;与邓恩一样,帕斯捷尔纳克一个主要创新之处,即引入技术性的、'粗俗'的形象以取代标准的诗歌语汇;与邓恩的诗一样,帕斯捷尔纳克的诗亦刻意回避前一时期诗歌的轻松悦耳,试图摧毁诗歌语言中的'意大利式'甜腻。"在谈到英国人不懂列斯科夫时,米尔斯基忍不住发出一通感慨:"盎格鲁-撒克逊读者对俄国作家早已形成固定期待,而列斯科夫却难以呼应这种期待。然而,那些真正想更多了解俄国的人迟早会意识到,俄国并不全都包含于陀思妥耶夫斯基和契诃夫的作品,他们如若想了解什么,首先则必须摆脱偏见,避免各种匆忙概括。如此一来,他们或许方能更接近列斯科夫,这位被俄国人公认为俄国作家中最俄国化的一位,他对真实的俄国人民有着最为深刻、最为广泛的认识。"这段感慨使我们意识到,米尔斯基不断地将俄国文学与西欧文学做比较,或许并不仅仅是为了让西方读者触类旁通,以贴近俄国文学,更不是为了向西欧读者炫耀其学识并以此镇住其受众,而是深藏着一种重塑西方人士之俄国文学史观的意愿和抱负。

米尔斯基《俄国文学史》的上、下两卷,起初是作为两部独立的著作来写作和出版的,作为下卷的《当代俄国文学(1881—1925)》

米尔斯基的《俄国文学史》

率先于 1926 年面世,而作为上卷的《俄国文学史(自远古至陀思妥耶夫斯基去世〈1881〉)》则出版于 1927 年。这两本书后在英美多次再版。1949 年,怀特菲尔德教授将两书缩编为一部,以《俄国文学史》作为书名在伦敦出版,此书面世后很受欢迎,多次重印,后来英美两国的俄国文学研究者挂在嘴边的"米尔斯基文学史"大多就是指这部"合集"。20 世纪 60 年代中后期,此书的德、意、法文版相继面世。目前,我已经完成了此书的翻译,如果不出意外,米尔斯基这部《俄国文学史》的中译本将在明年由我国的人民出版社出版,它或许将成为世界范围内"包括俄语在内"的第五种译本。

这部八十多年前的旧作,这部英文版的《俄国文学史》,对于中国当下的俄国文学研究而言或许也具有诸多现实意义。首先,国际斯拉夫学界的俄国文学研究在很长一段时间里始终存在较强的意识形态色彩,尤其是在第二次世界大战之后,西方和苏联的俄国文学研究者各执一词,相互对垒,俄国文学研究一时似乎也成了东西方"冷战"的战场。我国的俄国文学研究者向来更多地借鉴、参照苏联学界的观点,对欧美同行观点和立场的了解相对较少。在苏联存在时期,我国的俄国文学研究就整体而言是处在苏维埃美学体系、批评方法和文学史观的强大影响之下的;在苏联解体前后,我国学界曾出现过关于苏联文学乃至整个俄国文学的"反思",甚至出现过将整个俄苏文学完全翻转过来看的冲动和尝试。其实,这两种学术取向都不够科学,无疑均有偏颇。而米尔斯基的这部作为欧美俄国文学研究奠基之作的《俄国文学史》却具有某种程度的非意识形态、或曰超意识形态色彩,因为:首先,它"恰巧"写于十月革命后、二次大战前,亦即"街垒"已经筑就,而意识形态激战尚未开始之时;其次,它的作者"恰巧"是一位往来于两大思想阵营之间的学者,其"双重人格"身份反而使他有可能持一种更为冷静客观的立场;最后,即前文提及的这部

289

文学史作者对文学和文学性的注重。这部由一位身份特殊的学者在特殊历史时期写下的《俄国文学史》，或许能对我们如何更为超脱地面对俄国文学研究中的意识形态问题提供某种参照。其次，这原本就是"一部为非俄语读者而写的文学史"，我们与米尔斯基写作此书时面对的"盎格鲁-撒克逊读者"一样也是"第三者"，因此，较之那些专为俄国人而写的俄文版俄国文学史，此书或许反而更易为我们所接受和理解。我们以往所阅读、翻译的各种俄国文学史，绝大多数都是由俄国学者用俄语写给俄国读者看的著作，其作者在写作时大约很少考虑到外国读者的感受和理解力。我国学者自己也撰写了大量俄国文学史著，但作为作者的我们无论水准高低，毕竟均不曾置身于俄国文坛，都是物理意义上的俄国文学"局外人"。而由米尔斯基这样一位俄国文学生活的亲历者和参与者特为非俄语读者撰写的《俄国文学史》，就其独特的视角以及作者写作时心目中独特的接受对象而言，仿佛就是为我们量身定做的。最后，在谋得"语言霸权"的英语已成为各学科国际学术语言的背景下，了解并掌握一些与俄国文学相关的英语表述或许不无必要，通过阅读这样一部权威的英文版《俄国文学史》教科书，了解一些西方俄国文学研究者的基本观点和学术话语，我们至少可以获得与西方同行进行更多对话和沟通的可能性。